Christian Wolter Neumann

Deutscher - wer bist du?

Christian Wolter Neumann

Deutscher – wer bist du?

Eine biographische Begegnung mit Pflicht, Flucht und Vertreibung

SANVEMA

Bibliografische Information der Deutschen Nationalbibliothek:
Die Deutsche Nationalbibliothek verzeichnet diese Publikation in der Deutschen Nationalbibliografie; detaillierte bibliografische Daten sind im Internet über http://dnb.dnb.de abrufbar.

Umschlaggestaltung: Xenia Rub
Bilder: Christian Wolter Neumann
Lektorat: Daniela Seiler
Buchsatz & Layout: Verena Blumenfeld
Puplishing: Angela Zigann
Druck & Vertrieb:
tredition GmbH, An der Strusbek 10, 22926 Ahrensburg, Germany

ISBN (Softcover): 978-3-347-90026-4
ISBN (eBook): 978-3-98869-005-0

Für unsere Großmütter, Mütter, Frauen

Vorwort

Ein Unrecht hebt kein anderes Unrecht auf, kein eigenes Leid rechtfertigt das Leid anderer.

14 Millionen Deutsche mussten aufgrund des Zweiten Weltkriegs ihre Heimat im ursprünglichen Osten Deutschlands verlassen und wurden somit zu Vertriebenen. Zwei Drittel schafften es in die westlichen Besatzungszonen, aber vier Millionen wollten nicht zu weit weg von der alten Heimat, weshalb sie sich vorübergehend in der sowjetischen Besatzungszone (SBZ) ansiedelten.

75 Jahre später müsste inzwischen jeder dritte Deutsche Vorfahren haben, die zu dieser Zeit aus ihrer Heimat vertrieben worden sind.

35 Jahre lang dachte ich, die DDR und der Sozialismus wären der alleinige Urheber für eigene erlebte Benachteiligungen oder jene der Familie, womit ich sicherlich auch nicht gänzlich falschlag. Wir haben bis heute kein Eigentum, denn meine Eltern trauten sich nie, Schulden aufzunehmen. Stets zahlten sie ein neues Auto bar mit ihrem Ersparten und auch ich zögere den Kauf eines Eigenheimes ständig hinaus mit immer neuen Ausreden. 1994 im Westen angekommen, wurde ich erst mal in die Brennnesseln geworfen und als dummer Ossi beschimpft, aber das legte sich mit fortwährender Zeit. Je jünger man war, desto besser konnte man sich integrie-

ren. Zurück im Osten war ich dann aber immer der Wessi, den man von Jahr zu Jahr weniger greifen konnte, wenn er etwas aus seinem Alltag erzählte. In der Schweiz bin ich seit 15 Jahren nur «der Deutsche», was oft mit einer eher abwertenden Konnotation im Zusammenhang steht, da uns nach wie vor die NS-Vergangenheit, aber auch unsere eigene Naivität im Wege steht. Wenn man es 15 Jahre lang hört, dann fragt man sich irgendwann, »Deutscher«, was heißt das eigentlich für mich und meine Landsleute? Sind alle Deutschen naiv? Waren alle Preußen, Bayern oder Hessen etwa Nationalsozialisten? Sind meine Vorfahren Mitläufer gewesen oder haben sie sogar mitgemacht? Eine Antwort findet sich nicht so einfach, aber eindeutig wird schnell, dass unter allen deutschen Nicht-Juden die 14 Mio. Vertriebenen aus dem Osten des Reiches weitaus mehr Konsequenzen für den Zweiten Weltkrieg zu tragen hatten als Landsleute aus dem Westen, aber auch Mitteldeutschland. Selbst wenn die Sowjets den Bewohnern in der SBZ das Eigentum nahmen, so blieben ihnen immerhin die Heimat und das vertraute Umfeld.

Wir waren ausnahmslos Preußen, eine Region und Volksgruppe mit langer Militärgeschichte, welche die Wehrmacht dominierten und nicht in allen Fällen willige Mitläufer Hitlers waren, ganz im Gegenteil sogar. Hitler störte sich an den preußischen Militärs, da sie meist der Monarchie nachtrauerten und in ihm nur einen böhmischen Gefreiten sahen. Nicht zuletzt brauchte Hitler daher seine eigene Schutzstaffel, die ausnahmslos dem NSDAP-Regime folgte.

Die Vertriebenen stellten mit ihren 4 Mio. in der SBZ also knapp ein Viertel der Bevölkerung der späteren DDR und daher ist es keine Überraschung, dass ich als geborener DDR-Staatsbürger gleich von mehreren Flüchtlingsfamilien abstamme.

Ostpreußen war mir immer ein Begriff, denn von dort floh meine Oma mit ihrer Mutter und ihren zwei Schwestern, wobei Oma die Jüngste von allen war und noch auf dem Rücken getragen werden musste. Die Geschichte war mir bekannt, da meine Uroma auf sich allein gestellt war und die eindeutigen Auswüchse noch 65 Jahre nach der Flucht meiner Großmutter bis hin zu meinem Vater deutlich zu spüren waren.

Pommern war mir lange kein Begriff, es musste irgendwo in der Nähe von Mecklenburg-Vorpommern liegen, dessen Bevölkerung zeitweise sogar bis zu 50% aus Flüchtlingen des Zweiten Weltkriegs bestand. Heute mache ich mir den Vorwurf, nicht weiter nachgehakt zu haben, warum meine Uroma einen für mich so norddeutsch klingenden Dialekt hatte. Oder warum mich das Ostpreußen meiner anderen Oma so wenig interessierte, wo doch Geschichte immer eine Leidenschaft gewesen war. Ich hätte mit meiner Uroma lang genug sprechen können, sie war bei der Flucht bereits 28 Jahre alt und konnte auch darüber erzählen. Zwar tat sie das nur sehr selten, aber sie sprach mit jedem ihrer Enkelkinder darüber. Wir Urenkel waren hingegen erst mal zu jung und in ihren Augen vielleicht zu weit weg für die eigene Familien-Tragödie. Wer konnte auch erahnen, dass meine Generation der Kriegsurenkel nun endlich mit der Aufarbeitung für die Familie beginnen würde, weil für uns die eigene Tragödie weit genug entfernt scheint? Trotz meines Geschichtsinteresses und 100% Vertriebenen in beiden Familien wuchs das eigene Bewusstsein dazu nur langsam. Mit dem Kollektiv-Trauma der Kriegskinder, Kriegsenkel und Kriegsuren-Enkel erkannte ich plötzlich Verhaltensweisen meiner Eltern und Großeltern wieder und realisierte, dass meine Generation nun an der Aufarbeitung der eigenen Geschichte arbeiten kann.

Persönlich hat mir die eigene Geschichte nicht nur einen Sinn verschafft, sondern auch Aufschluss über mich selbst und meine Familie gegeben. Ich konnte Dinge ans Licht bringen, die längst in Vergessenheit geraten waren, stieß aber auch auf Geheimnisse, die nicht wieder ausgegraben werden sollten. Ich musste 37 Jahre alt werden, um zu realisieren, dass ich nicht einfach nur Pech hatte, in einer Diktatur geboren zu sein, sondern dass die Kultur und Heimat meiner beiden Familien für fast 75 Jahre verschwunden bzw. ausgelöscht wurde. Eine Kultur, die ich kaum kenne, welche mir aber etwas hätte geben können. Es geht also nicht darum, die Opferrolle für mich und meine Familien einzunehmen, sondern darum zu wissen, wo man herkommt und welche Geschichte sich hinter dieser Herkunft befindet.

Von der limitierten eigenen DDR-Geschichte hin zu meinen Vorfahren aus Ostpreußen und Pommern bis ins 17. Jahrhundert mit Kirchenbüchern, Standesämtern, Heiratsurkunden und Totenscheinen ist es doch ein großer Sprung. Wenn dann noch ein GdC (Garde du Corps) des Kaisers dabei auftaucht, der den Ersten Weltkrieg durchlebte und erst auf Heimaturlaub und Weiterbildung heiraten und meine Urgroßmutter zeugen konnte, dann wird es plötzlich sogar richtig spannend. Schnell aber auch traurig, denn vor entsetzlicher Gewalt und Verschleppung ist man im Zweiten Weltkrieg nicht gefeit. Selbst namhafte Pfarrer, die für ihre Gemeinden in der Not blieben, waren vor Folter, Tötung und Verschleppung nicht sicher und so ziemlich alle unserer Großeltern verschwanden spurlos auf der Flucht oder noch in ihrer Heimat. In Elbing, Ostpreußen sind viele deutsche Opfer unter dem heutigen Sportplatz verscharrt. Die deutschen Friedhöfe wurden vereinnahmt und es finden sich nur noch versteckte deutsche Gräberfelder, wie beispielsweise das Grab von Angela Merkels Großvater in Elbing (er war dort einmal Stadtpräsident) oder die meines Ururgroßvaters in Zewelin, Pommern, wo noch einige andere Namen meiner Familie zu finden sind. Hervorzuheben ist, dass sich die katholischen Polen bis heute um die protestantischen Gräber kümmern und auch das Denkmal der Gefallenen im Ersten Weltkrieg unberührt geblieben ist. Zweimal war ich kürzlich dort und weitere Male sind bereits in Planung.

Nicht alle nachfolgenden Generationen kennen unsere möglicherweise kollektive Vergangenheit. Das Thema wurde im Geschichtsunterricht nicht umfangreich behandelt, ist in den Medien lange wenig präsent und auch die eigene Familie trug wenig dazu bei, zu erzählen, was Großeltern und Urgroßeltern meist totgeschwiegen hatten, weil der Verlust der Heimat für sie ein zu schmerzliches Erlebnis war.

Diese ist die Geschichte einiger meiner unmittelbaren Vorfahren, deren Lebzeiten noch nicht lange vergangen sind, aber über viele Jahre in Vergessenheit geraten sollten.

Prolog

Deutschland, Oktober 2011

Der Wind blies die gelben und braunen Blätter zu einem wirbelnden Tanz über den kleinen Friedhof. Die Trauergemeinde hatte in der Trauerhalle Platz genommen und die letzten Töne von »Il Silenzio« waren zu hören.

Die ganze Familie war zusammengekommen, um Margarete, genannt Oma Grete, das letzte Geleit zu geben. 94 Jahre, fast 95, war die rüstige alte Dame geworden, hatte einen Weltkrieg überlebt und die Flucht aus Pommern, auch wenn sie über Letzteres so gut wie nie sprach.

Christian saß mit gefalteten Händen in der zweiten Reihe. Der steife Kragen seines Hemdes kratzte an seinem Hals. Er war der Urenkel von Oma Grete und mit seinen 25 Jahren hatte er nicht häufig an Beerdigungen teilnehmen müssen, sodass ihn die Veranstaltung mit einer Mischung aus Trauer, Anspannung und Aufregung erfüllte. Viele seiner Verwandten, die heute zusammengekommen waren, hatte er seit Jahren nicht gesehen.

Wie merkwürdig doch Familie war, dachte er. Irgendwie war man miteinander verbunden, wusste, dass dies der Onkel, dies die Tante oder Cousine war, doch im Alltag hatte man kaum miteinander zu tun.

Oma Grete war seine Uroma mütterlicherseits gewesen und er hatte viele liebe Erinnerungen an sie. Nun lag sie dort vorne in der Urne, verdeckt von zahlreichen Blumenbouquets, die ihren starken Duft verbreiteten. Ob ihr das gefallen hätte? Grete hatte es nie gemocht, wenn man zu viel Aufheben um sie machte. Sie war ein bescheidener Mensch gewesen, zurückhaltend und glücklich, wenn die Menschen um sie herum glücklich waren.

Erst jetzt bemerkte Christian, wie wenig er über seine Uroma wusste. Sie war alt geworden, fast 95, geboren im vorletzten Kriegsjahr des Ersten Weltkrieges. Was für eine Spanne an Weltgeschichte ihr Leben umfasst hatte. Tatsächlich dachte er über diesen Umstand jetzt zum ersten Mal nach und eine seltsame Art von Trauer ergriff von ihm Besitz. Warum hatte er nie die Gelegenheit genutzt, mit Oma Grete über diese Dinge zu sprechen, als sie noch am Leben gewesen war?

Eine Träne stahl sich in sein Auge und Christian wischte sie verstohlen mit dem Handrücken ab, in der Hoffnung, dass sie niemand gesehen hatte. Es war zwar nichts Ungewöhnliches, auf einer Beerdigung zu weinen, dennoch wäre er sich ein wenig albern vorgekommen. Oma Grete hatte ein langes und erfülltes Leben gehabt und war von schwerer Krankheit bis zum Schluss verschont geblieben. Alles war sehr schnell gegangen und sie war friedlich eingeschlafen. Ein Tod, wie ihn sich jeder nur wünschen konnte. Kein Unfall, kein Unglück hatte sie tragisch aus der Mitte des Lebens gerissen.

Christian blickte zu seiner Mutter, die ebenfalls sehr gefasst wirkte. Ja, für Oma Grete war es an der Zeit gewesen. Und dennoch war da so vieles, was nun für immer ungesagt und ungefragt bleiben musste.

Der Pfarrer trat an das Rednerpult und verschaffte sich räuspernd Gehör, nachdem die letzten Orgelklänge verklungen waren.

Er begrüßte die Trauergemeinde und begann seine Rede mit einem Zitat von Georg Runsky.

»Wenn deine Mutter alt geworden und älter du geworden bist, wenn ihr, was leicht und mühelos, nunmehr zur Last geworden ist, wenn ihre lieben, treuen Augen nicht mehr wie einst ins Leben seh'n, dann reiche ihr den Arm zur Stütze, geleite sie mit froher Lust, die Stunde kommt, da du sie weinend, zum letzten Gang begleiten musst.«

Der Geistliche ließ seinen Blick über die Trauergemeinde schweifen, bevor er fortfuhr.

»Wir trauern heute um Margarete. Sie starb im Alter von 94 Jahren und wir nehmen in Liebe und Dankbarkeit von ihr Abschied. Erinnern wir uns an das erfüllte, glückliche, aber auch leidvolle Leben von Margarete, geborene Wolter.

Sie wurde am 09. Februar 1917 in Potsdam geboren und wuchs in einem liebevollen Elternhaus auf. Ihr Vater war Landwirt und die Mutter Schneiderin. Margarete hatte drei Geschwister: Schwester Elsa, Schwester Herta, die mit 36 Jahren starb, und ihren Bruder Ernst, der mit 25 Jahren im Krieg gefallen ist. So lernte sie bereits in jungen Jahren Schmerz und Leid kennen. Margarete besuchte in Zewelin die Grundschule und arbeitete danach in der elterlichen Landwirtschaft.

1938 heiratete sie den Landwirt Werner Dahnz. In den Jahren darauf wurden die beiden Töchter Margot und Hanni geboren. Leider war dieses Familienglück nicht von langer Dauer, denn 1944 fiel der Vater Werner mit 33 Jahren im Krieg in Russland.

Nun musste Margarete mit zwei kleinen Kindern ohne ihren Mann zurechtkommen und den Hof ohne Hilfe bewirtschaften.

Die Wirren des Zweiten Weltkriegs brachten es mit sich, dass Margarete und ihre Familie sowie die gesamte Dorfgemeinschaft ihre geliebte Heimat verlassen und flüchten mussten. Margarete floh mit ihren Töchtern sowie ihren Eltern und Geschwistern im Pferdewagentreck über Landstraßen und Wiesen, wobei sie sich immer wieder vor voranrückenden russischen Soldaten versteckt halten mussten.

Weiter ging es über mehrere Lager mit Viehwaggontransporten nach Köthen, wo die Familie mitten in einer kalten Oktobernacht 1945 ankam und keine Ahnung hatte, wie es mit ihnen weiterging.

Der Bruder des verstorbenen Werners wohnte in Köthen und nahm sie alle bei sich auf. Sie besaßen zu diesem Zeitpunkt nicht mehr, als was sie am Leibe trugen. Ausgezehrt und erschöpft von den Strapazen der Flucht, gerade so mit dem Leben davongekommen. Viele andere hatten weniger Glück.

Margarete fand mehrere Anstellungen als Haushaltshilfe und lernte später ihren zweiten Ehemann Willy kennen, der 1980 verstarb. Sie hatten Freude an ihrem

Schrebergarten im Zollhaus, der oft Treffpunkt der gesamten Familie war …«

Der Pfarrer sprach weiter darüber, dass Margarete 1971 ihre Tochter Margot verloren hatte, doch dass die Enkel und Urenkel ihr ganzer Stolz gewesen seien und sie die letzten Jahre in einer Seniorenresidenz verbracht hatte.

Ein Stück von André Rieu wurde gespielt, doch Christian hörte gar nicht mehr wirklich hin. Er war wie paralysiert. All die Jahre hatte er keine Ahnung gehabt, wie viel seine Uroma erduldet, erlitten und wie viel sie verloren hatte. Warum hatte sie nie darüber gesprochen? Und da war auf einmal dieser ferne Uropa Werner, der irgendwo im eisigen Russland auf einem Schlachtfeld gestorben war. Christian hatte zwar gewusst, dass es diesen Uropa gab, doch er hatte sich nie eine konkrete Vorstellung von ihm gemacht. Auf einmal aber, nach den Worten des Pfarrers, war er sehr präsent.

Unauffällig sah er sich um und glaubte festzustellen, dass es nicht nur ihm so ging. Sie alle hatten Uroma Grete vor allem als liebenswürdige, lebensfrohe alte Dame kennengelernt, doch von ihrer Biografie hatten die meisten von ihnen kaum etwas gewusst. Sie hatte auch nie darüber gesprochen – und keiner von ihnen, von den Enkeln und Urenkeln hatte sie je danach gefragt.

»Ich möchte diese Trauerfeier mit den Worten von Jörg Zink beschließen«, sagte der Pfarrer vorne am Rednerpult. »Ich bin überzeugt, dass es mehr Verbindungen gibt zwischen denen drüben und uns hier, als die meisten von uns heute meinen. Wir brauchen dazu keine besonderen Fähigkeiten. Wir müssen nur wissen, dass die Wand dünn ist zwischen jener Welt und der unseren.«

Die ersten Klänge von Ave Maria waren zu hören und die Trauergemeinde erhob sich, um die Urne nach draußen zu ihrer letzten Ruhestätte zu begleiten.

Etwa anderthalb Stunden später kam die Trauergemeinde in einem kleinen Wirtshaus unweit des Friedhofs zusammen. Draußen zog ungemütliches Wetter auf, es nieselte und die Dunkelheit nahte bereits.

»Das ist ja total heftig, was Oma Grete alles erlebt hat«, sagte Christian zu den anderen. »Ich meine, sie hat mit uns darüber nie gesprochen.«

»Ja, Oma wollte nie so recht über früher reden. Krieg und Vertreibung und all das, das waren keine schönen Erinnerungen«, sagte seine Mutter. »Wenn das Thema darauf kam, hat sie immer abgewunken. Nur auf ihren Papa, den Franz, auf den war sie stolz. Ohne ihn wäre es der Familie nicht gelungen, aus Pommern zu fliehen, denn der Werner, der Mann von Oma Grete, der war ja bereits tot.«

Christian schwieg einen Moment. Dann fiel ihm etwas ein. »Vor ein paar Jahren hat mir Oma Grete etwas geschickt. Es war ein Bild von Opa Franz. Es zeigt ihn in Uniform.«

»Ja, dein Ururopa war in der Garde vom Kaiser«, erklärte Christians Onkel. »Die *Garde du Corps* war eine

Art Eliteeinheit damals. Da durfte nicht jeder mitmachen. Oma Grete war darauf richtig stolz.«

»Ich glaube, ich habe es sogar dabei«, sagte Christian. »Ich gucke mal in meinem Auto nach.«

Er stand auf und verschwand nach draußen. Kurz darauf kehrte er mit dem Bild im Brieftaschenformat zurück. Es zeigte einen ernsten jungen Mann in einer eindrucksvollen preußischen Uniform ganz in Weiß, den Schnurrbart in der damals typischen Form nach oben gezwirbelt.

»Ja, das ist Uropa Franz«, sagte Christians Mutter. »Von wann ist das Bild?«

Christian drehte es um. »Von 1914. Fast 100 Jahre alt.«
Er schüttelte ungläubig den Kopf.

»Man nennt diese Karten übrigens *Carte de Visite*, das ist ein Fotografieformat aus der Zeit zwischen 1860 und 1915«, sagte Christians Onkel. »Es hat sicher etwas zu bedeuten, dass Oma Grete dir diese Karte geschickt hat. Sie wollte, dass du sie aufbewahrst.«

Andächtig betrachtete Christian dieses Überbleibsel einer längst vergangenen Epoche, angeschwemmt durch den Fluss der Zeit, über so viele Jahre nun in seine Hände gelangt. Das konnte doch kein Zufall sein, oder?

»Ich bin traurig darüber, dass ich nicht mehr über unsere Familie weiß«, sagte Christian und bemerkte, dass ihn auf einmal alle aufmerksam ansahen.

»Wie meinst du das?«, fragte ihn seine Mutter.

»Ich weiß kaum etwas über unsere Geschichte oder unsere Herkunft. Wer waren unsere Vorfahren? Ich meine Opa Franz auf dem Bild, da war er doch kaum älter, als ich jetzt bin, oder? Aber er lebte in einer ganz anderen Zeit, in einer Welt, die es heute nicht mehr gibt. Ich glaube, Oma Grete hat mir damals gesagt, dass das Bild in Potsdam aufgenommen wurde. Das gehörte doch zu Preußen. Und dann kam der Erste Weltkrieg und es folgte der Zweite sowie die Flucht aus Pommern und Pommern existiert auch nicht mehr. War denn von euch noch einmal jemand drüben? Was wurde aus dem Hof, den sie damals in Zewelin hatten?«

Christians Onkel lächelte. »Ja, Oma Grete engagierte sich sehr in einem dieser Vertriebenenvereine bis zum Schluss. Aber da sterben ja jetzt auch die meisten weg. Und mit denen hat sie Busreisen unternommen, auch nach Zewelin. Das liegt ja jetzt in Polen.«

»So viel Geschichte«, murmelte Christian.

Seine Mutter berührte ihn sanft an der Schulter.

»Ja, das ist auch deine Geschichte. Interessiert dich das wirklich so? Ich dachte immer, das ist für euch junge Leute nichts.«

Christian runzelte die Stirn. Bis zum heutigen Tag hatte all das tatsächlich kaum eine Rolle für ihn gespielt, doch die Grabrede hatte etwas verändert. Es war, als ob er jetzt wüsste, wie sehr Uroma Gretes und sein Leben verbunden waren.

»Es hängt alles miteinander zusammen«, sagte er. »Wenn Opa Franz Oma Grete damals nicht bei der Flucht geholfen hätte, dann wären wir heute nicht hier, oder?«

»Ein bemerkenswerter Gedanke«, sagte seine Mutter. »Vielleicht solltest du ein wenig Ahnenforschung betreiben. Da gibt es sicher das ein oder andere Interessante zu entdecken.«

1. Kapitel

Zewelin, Pommern 1895

Der Wind wirbelte Staub auf der Dorfstraße auf. Es war August und die großen Heuwagen brachten die Ernte in die Scheunen.

Das Fuhrwerk der Familie Wolter schaukelte, gezogen von dem kräftigen Braunen, die Dorfstraße hinunter in Richtung des kleinen strohgedeckten Hauses mit den beiden Scheunen, in dem die Familie lebte. Richard, Paul und Franz saßen hinten auf dem duftenden Heu, das nach dem Mähen in der heißen Augustsonne getrocknet war. Vereinzelt leuchteten blaue Kornblumen darin. Alle Kinder der Familie Wolter mussten, so wie jedes Kind im Dorf bei der Ernte mithelfen. Bis in den Herbst hinein waren die Tage angefüllt mit Arbeit auf den Feldern. Den Kindern blieb nach der Schule kaum Zeit, um zu lernen, so viel gab es auf den Höfen und in den Ställen zu tun und jede Hand wurde gebraucht.

Das Heu diente im Winter als Futter für die Kühe und Pferde.

Der siebenjährige Franz war 1888 im Drei-Kaiser-Jahr geboren worden. Im März 1888 war Kaiser Wilhelm I., jener Kaiser, der das Deutsche Kaiserreich zu seiner derzeitigen Größe geführt hatte, verstorben und ihm war sein Sohn, der schwerkranke Friedrich III. auf den Kaiserthron gefolgt. Die Hoffnungen waren groß gewesen, dass sich mit ihm das Reich liberalisieren und der Einfluss demokratischer Kräfte verstärken würde, schließlich galt er als Sympathisant des britischen Parlamentarismus und stellte sich sogar gegen die innerdeutschen »Judenfeinde«. Doch schon 99 Tage nach seinem Antritt am 15. Juni 1888 starb er und sein 29-jähriger Sohn Kaiser Wilhelm II., der Lieblingsenkel der englischen Queen Victoria, kam auf den Thron, der das genaue Gegenteil seines Vaters war.

Von Demokratie und Parlamentarismus hielt er wenig, dafür hatte er ein traditionelles Verständnis des Kaisertums. Die militärische Aufrüstung und die Forcierung der deutschen Kolonialpolitik in Afrika gehörten zu seinen wichtigsten Themen. Er liebte Paraden und alles, was mit dem preußischen Militär zu tun hatte, schließlich war er der preußische König.

Dennoch war er ein Reformer mit modernen Ansichten, der die Sozialgesetze, die Otto von Bismarck ins Leben gerufen hatte, um die wachsende Anzahl der proletarisch Beschäftigten in den Fabriken der Städte vor Ausbeutung und im Krankheitsfall mit Versicherungen zu schützen, weiter ausgebaut hatte.

Vor allem die Wissenschaften förderte Wilhelm II., der an den Fortschritt und vor allem an den Primat der Technik glaubte. Gerade war man dabei, den verhassten Bruderstaat Frankreich zu überholen und die Weltmacht Großbritannien einzuholen.

Die Konkurrenz der europäischen Königshäuser untereinander war groß, was eine persönliche Note hatte, war man doch bis in das russische Zarenreich untereinander kreuz und quer verwandt.

Während im Zentrum des Reiches, in Berlin, Bremen, in Hamburg und vor allem im Ruhrgebiet die Zeichen auf Aufbruch standen, aller Orten die Maschinen stampften und Schornsteine der Fabrikhallen rauchten, gingen hier in Pommern im Nordosten des Kaiserreiches die Uhren langsamer.

Man lebte von dem, was der Boden hergab, von Getreide und Viehwirtschaft, man liebte seine Pferde und die nahe gelegene Ostsee mit ihren Bernsteinvorkommen. Es gab die Gutsherren, die viel Land besaßen und es gab die Knechte und Mägde, die für sie arbeiteten und dann gab es noch die dazwischen, die kleinen Leute und genau solche waren die Wolters.

Albert Wolter gehörte eine kleine Scholle Land, die er mit viel Arbeit und noch mehr Schweiß bewirtschaftete. Im Frühjahr, wenn der Boden nicht mehr gefroren war, wurde der Pflug vor das Pferd gespannt und tiefe Furchen in die Erde gezogen. In die wurde das Korn gesät, das hoffentlich im Sommer Früchte trug und sich so wie jetzt im August, goldgelb bis zum Horizont erstreckte – Roggen, Hafer, Gerste und natürlich Weizen.

Er hatte nur einen Knecht und seine Söhne Richard, 12, und Paul, 10, sowie Franz, 7. Albert und Ernst, seine beiden Jüngsten, lagen noch in den Windeln, und seine beiden ältesten lebenden Töchter Ida und Bertha mussten zu Hause auf dem Hof helfen. Kühe melken, Wäsche waschen, die Hühner füttern, da seine Frau Friedericke schon wieder schwanger war.

Zwei Kinder hatten sie verloren. Zwei Mädchen, eines an das kalte Fieber, das andere an den Husten. Andere verloren jedes zweite Kind und Albert Wolter wusste, dass er mit so vielen gesunden Kindern ein gesegneter Mann war. Dafür dankte er Gott jeden Sonntag in der Kirche.

Wie fast jede Familie in Pommern waren auch die Wolters lutherisch, mit einer schlichten, aber frommen protestantischen Ethik.

»Franz? Franz, komm schnell her und schau nach dem Braunen!«, rief Albert, der vorne auf dem Bock saß.

Flink sprang Franz von dem Fuhrwerk ab und lief nach vorne. Behutsam tastete er das Bein des großen Braunen ab.

»Es ist geschwollen«, rief er. »Sieht nach einem entzündeten Schnakenstich aus.«

»Elende Mistviecher!«, schimpfte der Vater. »Lasst uns schauen, dass wir nach Hause kommen, es sieht nach einem Gewitter aus.«

Er lenkte das Fuhrwerk auf den Hof, wo ihr Knecht Friedrich auf sie wartete. Mit Mistgabeln wurde das lose Heu in die Scheune geschaufelt.

Nach getaner Arbeit versammelten sich alle um die große Tafel in der Küche, wo Mutter Wolter frisch gebackenes Sauerteigbrot, gesalzene Butter, Käse und Kompott auftischte.

»*Aller Augen warten auf dich, Herr, und du gibst ihnen ihre Speise zu seiner Zeit. Du tust deine milde Hand auf und sättigst alles, was lebt, mit Wohlgefallen. Vater unser … Herr Gott, himmlischer Vater, segne uns und diese deine Gaben, die wir von deiner milden Güte zu uns nehmen, durch Jesum Christum, unsern Herrn. Amen*«, murmelte der Vater das Tischgebet.

Nach dem Essen schlich sich Franz noch einmal in den Stall, um nach dem Braunen zu sehen. Der warme Geruch von Pferdekörpern und Stallmist schlug ihm entgegen.

Er ging zu der Box des Braunen, wo das Tier stand und berührte sacht das Bein, das von dem Insektenstich geschwollen war.

Er trug eine Paste aus Melkfett und Spitzwegerich auf, die half, die Schwellung zu lindern. Noch gab es drei Wiesen, auf denen Heu zu machen war, der Braune musste noch ein paar Mal ran.

»So ist es gut, mein Großer«, flüsterte Franz und klopfte dem Tier den Hals. »Das wird helfen, damit die Schmerzen abklingen, du wirst sehen. Morgen geht es dir schon besser.«

Die Familie hatte drei Pferde, den großen Braunen für die Feldarbeiten und zwei kleinere Pferde, die vor die Kutsche gespannt wurden oder als Reitpferde dienten.

Automobile sah man hier draußen in Pommern selten, sie taugten nicht für die Feldarbeit und die holprigen, von Schlaglöchern übersäten Straßen aus Pflastersteinen, auch wenn sie sich in den Städten wachsender Beliebtheit erfreuten.

Franz wusste, dass er mit Pferden arbeiten wollte. Er liebte das Reiten, das Gefühl, wenn ihm der Wind um die Ohren sauste, während er auf ihrem Rücken saß. Die Mutter mahnte ihn stets vorsichtig zu sein, waren seine Beine noch viel zu kurz, um richtig in die Steigbügel zu kommen, doch das spielte keine Rolle.

Er hatte ein Händchen für Pferde, das wusste sein Vater, weshalb er auch ihn schickte, wenn es etwas mit den Pferden zu tun gab.

Wenn er groß war, das wusste Franz, dann wollte er zur Kavallerie, zum berittenen Teil des preußischen Heeres, den Kürassieren.

Als er aus dem Stall trat, fielen die ersten Tropfen eines sanften, reinigenden Sommergewitters, das die Erde benetzte und ihr neuen Segen gab.

Am Sonntag nach dem Kirchgang, wenn alle Arbeit ruhte, ging es zum Strand, ein Picknick machen. Die Kinder trugen ihre Sonntagskleidung, alles nach Art der Matrosen, wie es in Mode war.

Mit der Kutsche fuhr man die wenigen Kilometer an Köslin, der nächstgrößeren Stadt vorbei an den von Kiefern und anderen Nadelbäumen gesäumten Sandstrand.

Vor ihnen erstreckte sich das endlose, weite Meer.

»Dort drüben ist Schweden!«, rief Richard.

»Kannst du es sehen?«, fragte Franz.

»Natürlich nicht, du Dummerchen, es ist viel zu weit weg. Aber mit einem Schiff kann man es in wenigen Stunden erreichen. Irgendwann, wenn ich groß bin, rudere ich einfach hinüber.«

»Die Schweden werden auf dich schießen«, sagte Paul lachend.

»Dann schieße ich zurück!«, rief Richard.

Die Mutter breitete mit den Schwestern die Picknickdecke und manche Leckerei darauf aus. Der Vater hatte sich den Strohhut auf das Gesicht gelegt und döste in der Sonne.

»Kinder, hört auf zu streiten, das schickt sich nicht am Sonntag«, mahnte die Mutter. Ihr Bauch wölbte sich beachtlich unter ihrem hellrosa Musselin-Kleid.

Franz legte seinen Kopf in ihren Schoß. Er liebte es, wenn seine Mutter ihm das Haar zauste und so tat sie es auch jetzt, fuhr mit ihren Fingern durch seine dichten, dunklen Locken.

»Junge, du hast Wimpern, die würden jede feine Dame in Berlin vor Neid erblassen lassen«, sagte sie und lachte.

»Wenn ich groß bin, dann heirate ich eine feine Dame, Mama!«, rief Franz.

»Da bin ich mir sicher, mein Sohn. Du wirst die Damenwelt ganz verrückt machen mit deinen Augen.«

»Aber vorher, vorher werde ich Kürassier!«

Von den Kürassieren gab es nur 10 Regimenter in Preußen. Es handelte sich um die mit Kürassen genannten Brustpanzern ausgestattete Truppengattung der schweren Kavallerie.

Man konnte sagen, dass sie so etwas wie die letzten Ritter des Deutschen Reiches waren, auch wenn sie ihren Kürass nur noch zu Paraden anzogen. Die Pickelhaube aber trugen sie immer.

»Da hast du aber einiges vor.« Seine Mutter lächelte.

Der letzte Krieg war nunmehr 24 Jahre vorbei. Es waren gute Jahre, in denen sich kaum noch jemand im Deutschen Kaiserreich an Leid und Elend des Krieges, an das Blutvergießen und das Schlachten erinnern konnte, und so spielten die Kinder und gerade die Jungen nichts lieber als Soldaten.

Der Stand eines Reserveoffiziers war die Eintrittskarte in die Kreise der besseren Gesellschaft. Sein Fehlen war ein Karrierehindernis und natürlich träumten auch die Wolters davon, dass ihre Söhne einmal nicht die Böden bestellen, sondern Beamte werden würden und der Weg dorthin führte über die preußische Armee.

Die Bedrohung eines realen Krieges war weit weg wie der weit entfernte Kanonendonner einer Schlacht, von der man nicht bedroht wurde. Männer trugen Uniformen zu allen Gelegenheiten, denn das ganze Reich verfiel dank der Leidenschaften ihres Kaisers in eine regelrechte Militarisierungseuphorie.

»Nur zu groß und zu schwer darf ich nicht sein«, sagte Franz, der wusste, dass man die Bauernjungen aus Pommern für die Kavallerie bevorzugte, da diese reiten konnten und als robust galten.

»Oh, da mach dir mal keine Sorgen, du hast zarte Knochen«, sagte seine Mutter sanft und strich ihm über die Wange.

»Sieh mal, Franz«, sagte der Vater, der seinen Mittagsschlaf beendet hatte.

Er hielt einen Stein in der Hand, in der das gewundene Muster eines Schneckenhauses eingeprägt war.

»Was ist das?«

»Eine uralte Amphibie«, sagte der Vater. »Aus einer lang vergangenen Zeit.«

»Wie alt, Papa?«

»Millionen von Jahren, vielleicht so alt, dass sie aus der Zeit der Dinosaurier stammt.«

Franz' Augen wurden groß. Von den Dinosauriern hatte er gehört. Vater hatte ihm einen Zeitungsartikel dazu vorgelesen, gigantische Riesen, die einst die Erde bevölkert hatten, nun aber verschwunden waren.

Andächtig nahm er den Stein in die Hand und schloss die Augen.

»Wieso schließt du denn die Augen?«, fragte der Vater.

»Ich kann die Geschichte spüren«, wisperte Franz. »Ich kann genau spüren, was dieser Stein schon alles erlebt hat.«

»Der Junge hat eindeutig zu viel Fantasie«, sagte der Vater, nicht ohne ein Lächeln in den Augen, wurde aber sofort wieder ernst. »Wir müssen aufpassen, dass er nicht verweichlicht. Du verzärtelst ihn zu sehr. Aus ihm soll ein anständiger Mann werden.«

Friedericke legte ihrem Mann beruhigend die Hand auf den Arm. »Oh, das wird er, keine Sorge. Schau doch nur, wie hart er anpackt bei der Arbeit, immer ist er bei den Großen mit dabei. Ich habe ihn Holz schlagen sehen wie ein Erwachsener. Lass ihn nur, der Junge wird seinen Weg gehen, da bin ich sicher. Du weißt doch, wie Kinder in dem Alter sind.«

»Dein Wort in Gottes Ohr, Friedericke. Du weißt, es sind harte Zeiten. Er muss sich die Flausen aus dem Kopf schlagen, wenn aus ihm etwas werden soll.«

»Das wird er, Albert, das wird er. Habe nur ein wenig Geduld und Gottvertrauen.«

Potsdam, Preußen 1914

Hell schien die Junisonne über der Heimatgarnison des Regiments der Gardes du Corps, als sich das vornehmste Kürassierregiment zum morgendlichen Appell aufstellte.

In ihren weißen Hosen zum dunkelblauen Waffenrock, dem weißen Bandolier und Säbelkoppel, mit ihrem Pallasch, den kniehohen Schaftstiefeln samt Sporen und der glänzenden Pickelhaube boten sie einen eindrucksvollen Anblick.

Jeder der 168 jungen Männer, die hier in der Garnison ihren Dienst ableisteten, wusste, dass sie zu einem Elite-Regiment der kaiserlichen Armee gehörten.

Nur die Besten schafften es in das Regiment und so war es nicht nur für die jungen Männer, sondern auch für ihre Familien mit großem Stolz verbunden, Teil dessen zu sein.

Franz Wolter blinzelte in die Sonne. Er schwitzte unter der Pickelhaube, doch er wagte nicht, sich zu rühren, bis der Appell vorbei war.

Sein Pferd, ein schwarzer friesischer Wallach, stand still. Es war ein gutes Pferd, muskulös und gut eingeritten, wie alle Pferde des Regiments, bestens ausgebildet für den Einsatz auf dem Schlachtfeld. Weder Pistolenschüsse noch Kanonendonner konnten sie erschrecken.

»Franz, du hast Post«, rief ihn der Rittmeister zu sich, als der Appell vorbei war.

Franz nahm die mit Siegel verschlossenen Briefe an sich. Je einer kam von seinen Brüdern. Richard war Polizei-Wachtmeister in Spandau, sodass sie sich gelegentlich sahen, Paul hatte es zum Postbeamten gebracht. Einer der Briefe stammte aus Zewelin, von der Mutter, die jede Woche schrieb und ihn über alles informierte, was zu Hause geschah. Ida und Bertha waren inzwischen beide verheiratet, Minna war bald eine junge Dame und Paul, Ernst und Max träumten davon, einmal zum Regiment der Gardes du Corps zu gehören wie ihr großer Bruder.

Die Mutter berichtete von den diesjährigen Arbeiten, von ihren Scherereien mit dem neuen Knecht und von der Gicht des Vaters, die immer schlimmer wurde.

Es war anzunehmen, dass wohl einer seiner Brüder, vielleicht Paul, einmal den Hof übernehmen würde.

»Franz, kommst du mit? Heute geht es hinaus zum Jahrmarkt«, rief Karl-Gustav. »Die Mädchen werden verrückt werden, wenn wir da in unseren Uniformen auftauchen. Wir werden uns vor Avancen kaum retten können.« Der Schalk stand ihm deutlich in seinen hellblauen Augen.

Franz hatte hier fernab von zu Hause schnell Freunde gefunden. Dazu gehörte Karl-Gustav, der aus dem Württembergischen stammte, und Josef aus Wilhelmshaven. Sie waren beide wie er aus bäuerlichen Familien.

Kaum eine Stunde später zog eine ausgelassene Gruppe zum Jahrmarkt in die Potsdamer Innenstadt. Es gab ein Karussell, einen Hau-den-Lukas und man konnte nach Äpfeln tauchen. Schießstände, Dosenwerfen und Kuchenwettbewerbe fand man dort, außerdem eine Show mit Menschen aus den Kolonialgebieten, Pygmäen waren darunter und echte Menschenfresser, auch eine Frau mit Bart und ein Schlangenmensch aus China.

Sie kauften sich Kreppel mit Zuckerguss und Marmelade und tauchten in das muntere Treiben ein.

An einer Schießbude fielen Franz zwei Mädchen auf. Das eine war eher klein, mit dunklen Haaren und einem runden, freundlichen Gesicht, das andere schlank und von graziler Gestalt mit haselnussbraunem Haar und hellen Augen.

Es war etwas an der Art, wie sie seinen Blick erwiderte, das ihn innehalten ließ.

»Franz, was starrst du denn so? Hat es dich erwischt?«, scherzte Karl-Gustav und schlug ihm auf die Schulter. »Du kannst den Blick ja gar nicht abwenden.«

»Ich muss sie ansprechen«, sagte Franz und bahnte sich seinen Weg durch die Menge auf die beiden jungen Frauen zu.

Als er vor ihnen stand, verließ ihn plötzlich der Mut. Er hatte nie zuvor ein Mädchen einfach so angesprochen.

»Guten Tag«, sagte er und kam sich mit einem Mal schrecklich einfältig vor.

»Guten Tag«, erwiderte sie schüchtern.

»Ich bin der Franz«, sagte er.

»Anna«, wisperte sie und schlug die Augen nieder.

»Soll ich es für dich versuchen?«, fragte er, von neuem Wagemut ergriffen.

Sie lächelte und er hatte das Gefühl, als könnte er die Welt für sie aus den Angeln heben.

Er griff nach dem Gewehr, lud es durch und schoss

mit dem Luftgewehr auf die Figuren, bei denen es sich um Boote in einer stilisierten Ozeanlandschaft handelte.

Er traf eine Krake, einen Wal und sogar die Möwe.

Die beiden Mädchen jubelten und Franz lief rot an.

In einiger Entfernung sah er Karl-Gustav und Josef feixend beieinanderstehen, doch er ignorierte sie geflissentlich.

Als Belohnung erhielt er von dem Schießbudenbesitzer einen Strauß Rosen, den er Anna überreichte.

»Wollen wir ein Stück gehen?«, fragte er. Sein Herz schlug höher, als sie nickte.

Sie hakte sich bei ihm unter und sie schlenderten über den Jahrmarkt, vorbei an den Buden, in denen gebrannte Mandeln und kandierte Äpfel verkauft wurden. Für ein paar Groschen kaufte er ihr Zuckerwatte, die sie mit gezierten Bewegungen in kleinen Happen verspeiste.

»Warst du schon in der Gruselbahn?«, fragte Franz. »Oder in dem Spiegelkabinett?«

Anna schüttelte den Kopf. »Nein, ich habe nur zwei Stunden frei, dann muss ich wieder zurück. Ich bin in Anstellung bei einem französischen Diplomaten, aber ich träume davon, eines Tages Schneiderin zu werden.«

»Oh«, sagte Franz.

»Ich mag deine Hosen, überhaupt die Uniform.«

Franz wurde noch eine Spur roter. Es gefiel ihm, dass sie ihn mochte.

»Ich mag die Farbe deines Haars. Es sieht aus wie Butterkaramell in der Abendsonne«, sagte er und betrachtete es versonnen.

»An dir ist ja ein Poet verloren gegangen«, neckte ihn Anna.

»Das hat mein Vater auch immer über mich gesagt«, sagte Franz nachdenklich. »Er war stets in Sorge, dass ich es nicht bis zum Militär schaffen würde.«

»Doch jetzt bist du hier«, sagte sie.

»Ja, das bin ich und ich finde es großartig. Es macht solchen Spaß, mit den Pferden zu arbeiten. Es gibt nichts, das ich lieber tue.« Er betrachtete Anna. »Was tust du gerne? Ich meine, außer zu schneidern?«

»Oh, ich lese gerne, am liebsten Romane, die von fernen Ländern handeln.« Auf ihren Wangen zeigte sich eine zarte Röte. »Und von der Liebe.«

Wieder schlug Franz' Herz ein wenig schneller.

»Wohin würdest du gerne einmal reisen?«, fragte er rasch.

Sie musste nicht lange überlegen. »Oh, am liebsten mal in eine Stadt zu einer Weltausstellung, so wie früher in Paris oder Chicago.«

»Soll nicht im nächsten Jahr eine in San Francisco stattfinden? Ich las davon in der Zeitung, doch ich befürchte, die Zeit der großen Wahrzeichen ist wohl vorbei.«

»Das befürchte ich auch«, stimmte er zu.

Karl-Gustav und Josef riefen nach ihm, sie drängten danach, weiterzuziehen.

»Ich muss weiter, liebste Anna«, sagte Franz. »Doch sag mir, darf ich dich wieder sehen? Am Sonntag vielleicht nach der Kirche? Lass uns einen Spaziergang machen auf der Promenade.«

Sie zögerte, doch er wusste, es war nur zur Zier. Sie war eben ein anständiges Mädchen.

»In Ordnung«, sagte sie. »Um 14 Uhr auf der Promenade.«

Damit war es beschlossen. Er tippte sich an sein Krätzchen und schlug die Hacken aneinander, dann drehte er sich um und eilte schnittigen Schrittes zu seinen Freunden.

Potsdam, Havelpromenade, Juli 1914

Anna trug ein hellblau kariertes Cartoon-Kleid, das ihre helle Haut und ihre zarten Formen hervorragend in Szene setzte. Zufrieden stellte Franz fest, dass sie mit Abstand die schönste junge Frau war, die sich an diesem Sonntag auf der Promenade zeigte.

Zum dritten Mal trafen sie sich heute hier. Immer für zwei Stunden schlenderten sie die Promenade auf und ab, plauderten und amüsierten sich. Hin und wieder nahmen sie auf einer Bank Platz, unterhielten sich und ließen die Zeit vergehen.

Die Sonne stand hoch am Himmel und die Luft hing schwer wie Blei über der Havel, die sich wie ein blaues Band durch die Landschaft schlängelte. Vermutlich würde es noch vor dem Abend ein Unwetter geben, so aufgeheizt war die Luft.

»Es heißt, wir ziehen in den Krieg«, sagte Anna. Ihr schmales Gesicht war ernst.

»Ja«, sagte Franz und seine Augen leuchteten.

Seit 43 Jahren war Deutschland nicht mehr im Krieg. Doch seit der Ermordung des österreichischen Thronfolgers Franz Ferdinands am 28. Juni befand sich das ganze Land im Kriegstaumel.

Als Verbündeter der Donaumonarchie war damit der Bündnisfall eingetreten, und da Serbien ein enger Verbündeter des russischen Zarenreichs war, war damit zu rechnen, dass das Deutsche Kaiserreich in den nächsten Tagen Russland den Krieg erklären würde.

Die Mobilmachung war in vollem Gange, die Zeitungen überschlugen sich mit ihren Meldungen zum baldigen Kriegseintritt Deutschlands. Endlich, endlich Krieg!

2. Kapitel

Luzern, November 2021

Die Welt war zu einem seltsamen Ort geworden. Dessen wurde sich Christian mehr und mehr bewusst. Spätestens seit Beginn der Pandemie schienen alle Gewissheiten über das Leben auf den Kopf gestellt.

Lag es daran, dass er sich mehr und mehr mit der Vergangenheit beschäftigte, nicht nur mit seiner eigenen, sondern mit der seiner Familie? Oder war es das merkwürdige kleine Foto, die CDV, Carte de Visite, die seinen Ururopa Franz in seiner Paradeuniform zeigte?

»Schaust du dir wieder das Foto an?«, fragte ihn Andrea, seine Freundin, die ins Wohnzimmer kam.

Vor dem Fenster breitete sich in unaufdringlicher Dramatik das Panorama der Schweizer Alpen aus. Rötlich versank die Abendsonne hinter den Gipfeln.

»Ist es nicht bemerkenswert? Ich meine, als dieses Foto aufgenommen wurde, war er so alt wie ich. Es war 1914, kurz danach brach der Krieg aus. Er konnte damals nicht wissen, was ihm alles bevorstand. Die Menschen hatten seit 43 Jahren keinen Krieg erlebt und bald würde die Welt im Chaos versinken. Gewalt, Völkersterben, Spanische Grippe, Inflation und Armut, dann Nationalsozialismus, Zweiter Weltkrieg. All das rollt da auf ihn zu und er hat keine Ahnung. Im Gegenteil, er ist ein gemachter Mann, erwachsen auf der Höhe seines Mannseins. Es ist, als würde ich durch einen Tunnel in die Vergangenheit blicken, einfach 100 Jahre zurück.«

Andrea setzte sich neben ihn und betrachtete das Foto.

»Es gibt ja schon viele Parallelen. Ich meine, der Unterschied zwischen damals und heute ist nur, dass wir ein bisschen besser Bescheid wissen über das, was uns möglicherweise blüht. Klimakatastrophe, die Probleme mit der Globalisierung, die Umwälzungen durch die Digitalisierung und ein Krieg ist auch jederzeit möglich, sogar ganz in unserer Nähe, wenn wir uns den Ukraine-Konflikt ansehen.«

»Ja, du hast recht. Über einige Entwicklungen sind wir besser informiert, weil wir andere Medien haben, weil die Welt vernetzter geworden ist. Trotzdem hat uns zum Beispiel die Pandemie vollkommen kalt erwischt. Kein Land der Welt war darauf vorbereitet und auch fast zwei Jahre später stehen wir noch immer ziemlich hilflos davor. Und eigentlich wissen wir doch gar nicht so richtig, wo es bald knallen könnte«, sagte Christian nachdenklich. »Ich stelle mir vor, wie es wäre, zu dieser Zeit zu leben. Ich wäre heute nur ein bisschen älter als er damals. Es gab kein Internet, keine Handys, kein Social Media, man war froh, wenn man ein Telefon hatte und ein Automobil war schon Luxus. Die Leute kommunizierten noch per Telegramm und Musik wurde über das Grammophon abgespielt. Und sie stehen kurz vor der Urkatastrophe des 20. Jahrhunderts. Ohne sie hätte es den Zweiten Weltkrieg nicht gegeben und den

Kalten Krieg auch nicht. Die Welt wäre eine vollkommen andere. Es ist ein Wunder, dass Franz und der Rest der Familie sie überlebt hat. Einer ist ja nicht zurückgekommen. Opa Werner. Aber das ist eine andere Geschichte.«

»Opa Werner ist der Vater von Oma Hanni?«

»Ja, genau. Und er war der Schwiegersohn von Uropa Franz. Er kam aus dem Zweiten Weltkrieg nicht zurück.«

»Ok, so langsam blicke ich durch. Du beschäftigst dich ganz schön viel mit der Vergangenheit«, bemerkte Andrea. »Du unternimmst all diese Nachforschungen, warst sogar auf Reisen. Was ist es, was dich da antreibt? Das frage ich mich schon lange.«

»Weil ich irgendwie das Gefühl habe, dass sie mir etwas über mich erzählen kann. Ich kann es auch nicht erklären. Es ist, als würde ich in all dem auch mich selbst entdecken. Als würde ich in einen Spiegel blicken.«

Potsdam, August 1914

»Gardes du Corps! Der Kaiser und König ruft! In flammender Begeisterung werden wir ihm folgen! Von Seiner Majestät zum Chef des Generalstabs des Gardekorps ernannt, muss ich in dieser ernsten Stunde von euch scheiden. Mein Herz bleibt unter euch! Ihr werde eure Pflicht tun, das weiß ich! So zieht denn auf dem Wege der Ehre und Treue hinaus in den Kampf zu neuem, unvergänglichem Ruhm. Möge unser stolzes Regiment, eingedenk seines Namens und seiner großen

Überlieferung, das Erste am Feinde sein und das Letzte, das von ihm ablässt. Gott geleite euch!«

Mit diesen Worten verabschiedete sich der bisherige Kommandeur der Gardes du Corps, Graf von der Schulenburg, am 01. August 1914 von seinem Regiment. Am 03. August war die Mobilmachung des Regiments beendet, obschon viele Offiziere, Unteroffiziere und Mannschaften im Urlaub gewesen waren. Ein jeder war begierig darauf, seine Pflicht für Vaterland und Kaiser zu leisten und der Geschichte des Gardes du Corps zu Ehre zu gereichen.

Neuer Kommandeur der Truppe wurde Oberstleutnant von Kleist, zuvor Militärattaché in Italien. Das Regiment war kriegsbereit, auch wenn niemand mit einer langen Kriegsdauer rechnete, sich viele überrascht zeigten, dass es zum Ausbruch des Krieges gekommen war.

Auf die Kriegserklärung Österreich-Ungarns war Ende Juli 1914 die Mobilmachung der russischen Streitkräfte unter Zar Nikolaus II. gefolgt, was am 01. August zur Kriegserklärung des Deutschen Reiches an Russland geführt hatte. Zwei Tage später waren deutsche Truppen in Luxemburg einmarschiert und hatte am Tag darauf das neutrale Belgien gemäß des Schlieffenplans besetzt und Frankreich den Krieg erklärt.

Bismarcks Schreckensvision eines Zwei-Fronten-Kriegs war Realität geworden.

Als Garantiemacht der Neutralität Belgiens sollte kurz darauf Großbritannien in den Krieg eintreten und eine fatale Kettenreaktion ausgelöst werden. Binnen weniger Tage war ein Weltenbrand entstanden, der kaum zu löschen war und in den folgenden Jahren eine verheerende Wirkung entfalten und Millionen Menschen das Leben kosten sollte.

Im Deutschen Reich bewilligte der Reichstag die ersten Kriegskredite, ein Burgfrieden zwischen der Zentrumspartei und den Sozialdemokraten beziehungsweise den Sozialisten stellte sich ein.

In den heißen Sommermonaten von 1914 ahnte niemand, was sich ereignen würde, und so überwog die Kriegseuphorie vor der Sorge. Wachtmeister Röhl befahl der 2. Eskadron, dass die Leute ihre alten Sachen in Bündeln auf Kammer abgeben sollten, damit sie bei der Rückkehr des Regiments alles wieder beisammen hätten.

Am 03. August abends um 08:00 Uhr stand das Regiment marschfertig auf dem Kasernenhof zu einer kurzen Abschiedsfeier, um als erstes der Potsdamer Garnison auszurücken. Der kommandierende General des Regiments der Gardes du Corps, General der Infanterie Freiherr von Plettenberg, hielt eine kurze Ansprache.

»Getragen von tiefem Vertrauen verlassen wir das liebe Potsdam, den Segen unseres Herrn und Gottes auf und herabflehend, den Zurückbleibenden ein herzliches Lebewohl wünschend. Unsere trüben und traurigen Gedanken müssen wir hier zurücklassen. Mit Begeisterung wollen wir uns in den Kampf stürzen, der uns aufgezwungen ist und der jetzt nicht nur für die Ehre, sondern auch für die Existenz unseres geliebten Vaterlandes ausgefochten werden muss. Wie es schon zu früheren Zeiten geheißen hat, wenn der Kommandeur die Meldung machte: ‚Ich halte keine Schlacht für verloren, in der die Garde du Corps des Königs noch nicht attackiert hat«, und darauf die Schlacht entschieden wurde, so wollen auch wir die Entscheidung bringen und unser Vaterland erlösen durch eine Attacke, die alles mit sich reißt, was uns entgegentritt. Das geloben wir in dieser feierlichen Stunde unserem allerhöchsten Regimentschef mit dem Ruf: Seine Majestät, unser allergnädigster Kaiser und König – hurra!«

»Hurra«-Rufe waren zu hören, in die Franz mit lauter Kehle einstimmte. Die schwarzen Lackstiefel glänzten im Sonnenlicht, die Adlerhelme schimmerten und nie zuvor war das Regiment prunkvoller und ansehnlicher gewesen als in jenem Moment.

Franz barst beinahe die Brust vor Stolz, ein Teil dessen zu sein, auch wenn ihm der Abschied von Anna denkbar schwerfiel, – er würde kaum für lange fort sein. »Weihnachten sind wir wieder zu Hause hieß es!« Niemand konnte ahnen, wie lange und quälend sich dieser schreckliche kommende Krieg hinziehen würde.

Mit dem Regiment ging es zunächst in Richtung Bitburg. Auf allen Bahnhöfen wurden die durchfahrenden Truppen mit größter Begeisterung empfangen und so reichlich mit Kaffee, Gebäck und Limonade bewirtet, dass die meisten auf den zur Hauptverpflegung vorgesehenen Stationen keinen Appetit mehr hatten. Die ganze Fahrt glich einem Triumphzug und man konnte sich nur schwer an den Gedanken gewöhnen, dass es in den Krieg ginge. Am 05. August erreichte die Truppe die Nachricht von der Kriegserklärung Englands, was keine Bestürzung hervorrief. Was nun folgte, war der Marsch durch Belgien.

Am 07. August war das derweil in feldgrauer Uniform eingekleidete Regiment in dem kleinen Eifelort Baustert versammelt und trat von dort, am Anfang des Trosses marschierend, im Verbande der Garde-Kavallerie-Division den Vormarsch in Richtung Ettelbrück an. Dieser Vormarsch sollte es in wenigen Wochen bis in die Nähe von Paris und dann bis an die Kanalküste bei Ostende führen, wo für das Regiment der Stellungskrieg begann. Ungeahnte Anstrengungen sollten Mann und Pferd in den nächsten Wochen zugemutet werden. Fast täglich mussten in den frühesten Morgenstunden die Biwaks und Quartiere verlassen werden und erst spät am Abend wurden die Plätze und Quartiere wieder erreicht. An ein Einrichten des Biwaks, wie man es aus den Manövern gewöhnt war, war nicht zu denken. Nachdem oft 50 Kilometer und mehr täglich zurückgelegt worden waren, stieg jeder erschöpft von seinem Pferd und nutzte die wenigen Stunden bis zum neuen Abmarsch zum Schlafen.

Da bei dem schnellen Vormarsch die Verpflegung nicht nachkam, musste auf lokale Ressourcen zurückgegriffen werden. Manche Kuh wanderte von der Weide in den Kochkessel der Schwadronen. Hafer und Heu wurden requiriert, wenn man den Hafer nicht in Garben vom Felde holte und verfütterte. Glücklicherweise mangelt es nicht an Getränken, sogar Schaumwein war genügend zur Verfügung.

Kaum in Belgien angekommen, wurde das Gardes du Corps in Gefechte verwickelt, so etwa die 3. Eskadron, als plötzlich in der Nähe eines kleinen Wäldchens Schüsse fielen, das eigentlich nur zur Artilleriebedeckung abkommandiert worden war. Die 3. Eskadron wurde sofort wieder zum Regiment zurückbeordert. Auf dem Ritt dorthin gerieten sie unter Granatenbeschuss. 17 Männer und 20 Pferde fanden den Tod. Bald schon überschlugen sich die Ereignisse und das Regiment erlebte kaum einen ruhigen Tag. Die Aufgaben der Gardes du Corps waren vielfältig. Mal wurden sie zu Aufklärungszwecken eingesetzt, mal um andere Regimenter wie die Artillerie abzusichern. Man schätzte die Gardes du Corps für ihre Wendigkeit und ihren Kampfesmut. Einmal mehr bewiesen sie, dass sie ihren Ruf als Elitetruppe zu Recht trugen. Ende August ging es dann von der belgisch-französischen Grenze zur Marne. In der Nähe des winzigen französischen Ortes Crecy au mont wurde das Regiment in heftige Gefechte verwickelt, um den französischen Truppen den Rückzug abzuschneiden. Anfang September folgte ein heftiges Gefecht bei Branges. Eigentlich hatte das Regiment dort eine Attacke geplant. Die Gardes du Corps und die Garde-Kürassiere sowie die 2. Garde-Dragoner waren bereits in Eskadronskolonne auseinandergezogen worden, um gegen die die nördlich von Branges gelegenen Waldstücke anzureiten. Im letzten Moment wurde erkannt, dass wegen vieler Drahtzäune und eines tiefen Einschnitts unmittelbar vor dem Walde bei der Stärke des Feindes eine Attacke undurchführbar war. Die Regimenter erhielten daher den Befehl, zum Gefecht zu Fuß abzusitzen. Unter den Mannschaften entstand darüber eine gewisse Enttäuschung, da die meisten sich darauf gefreut hatten, mit gefällter Lanze auf den Feind einreiten zu können. Doch sie erkannten bald, dass eine Attacke ein heller Wahnsinn gewesen wäre, als den ausgeschwärmten Schützen ein gewaltiges Artillerie- und Infanteriefeuer entgegenschlug. Der Feind schoss zum Glück sehr schlecht. Da er in Überzahl war, konnte der Angriff nicht weiter vorgetragen werden und die Schützen des Regiments wurden wieder zurückgezogen und der Befehl zum Aufsitzen gegeben. Wie durch ein Wunder blieben die Verluste gering und es gelang, den Feind für mehrere Stunden aufzuhalten.

Der Vormarsch nach Westen erfolgte so schnell, dass der Nachschub kaum nachkam, und war selbst für die Mitglieder des Regiments überraschend. Binnen weniger Wochen standen sie fast vor Paris.

Im September dann erfolgte die Eroberung von Courtacon durch die Garde-Jäger und -Schützen und damit der eigentliche Abschluss des Vormarschs. Hatte das Gardes du Corps zuvor noch den Auftrag gehabt, die Südfront von Paris zwischen Marne und Seine zu beobachten und weit gegen Süden aufzuklären, so lautete der neue Befehl, die zwischen 1. und 2. Armee entstandene Lücke zu schließen.

Die Marneschlacht zwischen dem 05. bis 12. September brachte die Wende. Der bis dahin so erfolgreiche Vormarsch der fünf Armeen des rechten deutschen Flügels war durch eine englisch-französische Gegenoffensive überraschend zurückgedrängt worden. Die deutschen Truppen mussten sich bis hinter die Aisne zurückziehen, unter ihnen auch das Regiment der Gardes du Corps. Die Ereignisse wurden schwieriger, es kam zu schweren Verlusten und Gefangennahmen, auch von hochrangigen Offizieren, wie etwa des Leutnants Graf Hyazinth Strachwitz, der erst 1919, nach vielen Wirren und Abenteuern wieder in Potsdam ankam.

Es folgten Kämpfe in Nordfrankreich und Belgien. Die Kämpfe wurden immer schwerer. Es folgte über Weihnachten 1914 bis in den Sommer 1915 die Stationierung an der belgisch-holländischen Grenze, an die sich die Offensive gegen Polen anschloss, wo das Regiment zwischen Oktober 1915 und 1917 in einen Stellungskampf zwischen Minsk und Memel verwickelt wurde.

Die Nachrichten verhießen nichts Gutes.

Zuerst hatte Österreich-Ungarn Serbien den Krieg erklärt, Serbien wiederum dem Deutschen Reich, Frankreich und Großbritannien Österreich-Ungarn und noch im August 1914 marschierten russische Truppen in Ostpreußen ein.

Paul von Hindenburg wurde Oberbefehlshaber der 8. Armee in Ostpreußen, Generalmajor Erich Ludendorff Chef des Stabes.

Die belgische Stadt Löwen wurde von deutschen Soldaten zerstört, 248 Zivilisten getötet und 1.500 Belgier deportiert als Vergeltung für einen angeblichen Überfall belgischer Freischärler.

In der Schlacht von Tannenberg wurden russische Truppen vernichtend geschlagen. Hindenburg wurde zum »Ritter Ostpreußens« und zum Symbol des deutschen Siegeswillens.

Anfang September überschritten deutsche Truppen, unter ihnen das Gardes du Corps, die Marne und bedrohten Paris. In der ersten Marne-Schlacht zogen sich die deutschen Truppen nach einem französischen Gegenangriff zurück, der Schlieffenplan war gescheitert, deutsche Truppen wurden an beiden Fronten in einen verheerenden Stellungskrieg verwickelt.

Potsdam, Juli 1916

Zwei Jahre dauerte der Krieg und hatte manche Besonderheit hervorgebracht. In Deutschland hielt man sich an das Narrativ, siegreich aus diesem Krieg hervorgehen zu wollen. Man verbreitete entsprechende Bilder, auch wenn Franz wusste, dass die Wirklichkeit aufgrund von Materialmangel, Nachschubproblemen und anderen Schwierigkeiten anders aussah.

Anfang 1915 hatten deutsche Zeppelin-Luftschiffe Großbritannien attackiert.

In der Winterschlacht in den Masuren hatte sich Russland aus Ostpreußen zurückgezogen, 100.000 russische Soldaten gerieten in deutsche Gefangenschaft.

Im April war der erste dokumentierte Großeinsatz von Giftgas erfolgt. Bei Ypern setzte das Deutsche Reich mehr als 160 Tonnen Chlorgas gegen französische Soldaten ein. Eine neue Grenze der Gewalt und Entmenschlichung war überschritten, eine neue Eskalationsstufe dieses Weltkrieges war erreicht.

Auch Zivilisten werden nicht mehr verschont. Anfang Mai versenkte ein deutsches U-Boot den britischen Passagierdampfer Lusitania; fast 2.000 Menschen starben, darunter mehr als 100 US-Bürger.

Im Februar 1916 begann die zehnmonatige Materialschlacht um die Festung Verdun. In weniger als einem Jahr starben 300.000 Soldaten, 400.000 wurden verwundet. Doch für Franz und Anna stand ein freudiges Wiedersehen an.

Das Magnesiumpulver des Fotografen sorgte für eine beeindruckende Explosion.

Das Brautpaar stand dicht beieinander. Anna trug ein schlichtes Empire-Kleid aus fließendem Musselin, mit einer Seidenschärpe, dazu einen schlichten Schleier, Franz der Kürassier, seine Paradeuniform. Beide lächelten schüchtern und zugleich ernst in die Kamera.

Anna trug ihren Brautstrauß wie ein Schutzschild vor der Brust.

»Ein schönes Paar!«, rief der Fotograf, wohl, um die Stimmung ein wenig aufzulockern.

Doch Franz war nicht nach Lachen zu Mute. Vor wenigen Tagen hatte er seinen neuen Marschbefehl erhalten. Der größte Teil des Regiments war ausgerückt. 1914 erst nach Belgien und Frankreich an der Aisne, nach

Sablonnière, L'Hêolle, La Bassé und Givenchy und 1915 schließlich an die holländische Grenze und im Juli 1917 nach Polen.

Seine Dienstzeit war gerade zu Ende, jetzt ging es nach Osten, in die Nähe von Pinsk und dann weiter Richtung Kiew. Der Feind hieß Russland.

Anna hatte ihre Anstellung bei dem französischen Diplomaten verloren. Mit der Kriegserklärung Deutschlands an Frankreich waren alle französischen Diplomaten ausgewiesen worden.

Anna schmiegte sich an seine Brust, er konnte ihr Herz aufgeregt schlagen hören.

Franz ergriff ihre Hand.

»Alles wird gut«, wisperte er ihr zu, doch er konnte die Trauer unter ihrem dunklen Wimpernkranz erahnen.

Der Abschied des jungen Brautpaars fiel kurz aus, viel zu kurz. Ein kurzer Kuss, eine Umarmung, dann schon wurden sie auseinandergerissen in eine ungewisse Zukunft.

Am 15. Oktober 1915 hatte das Regiment die Stellung eingenommen, welche es in den kommenden anderthalb Jahren verteidigen musste. 23 Offiziere, 599 Mann und 596 Pferde verteidigten den Streckenabschnitt von rund 4,5 Kilometer Länge. In Minsk befand sich das russische Oberkommando, die Verteidigung war von höchster strategischer Bedeutung. Der Zug brachte Franz mit 15 seiner Kameraden bis nach Alytus, eine litauische Stadt direkt an der Memel. Jetzt im Juli leuchteten die Rapsfelder gelb und staubige Hitze lag über dem Land mit seinen reichen Kornfeldern. Auf dem Weg in die Stadt war vom Krieg nur wenig zu sehen.

Die Stimmung im Zug war ausgelassen, man hatte die vielen Stunden Fahrt mit Kartenspielen verbracht, doch nun war die heitere Stimmung verflogen. Schon am Bahnhof trafen sie auf zahlreiche verletzte Soldaten, nicht wenigen fehlten Arme und Beine, die Gesichter entstellt, Nasen, Ohren und Augen zerfetzt. Alle Euphorie aus den ersten Kriegswochen war verschwunden.

Von dort aus ging es zu Pferde weiter nach Pogatje, wo sich das Regiment in Stellung befand. Franz wurde der sogenannten Mühlenstellung zugeteilt, benannt nach der Mühle, die sich in der Nähe befand.

Die Tage bestanden aus Wachdienst in den Schützengräben, stets 48 Stunden am Stück, bevor man auf Ablösung hoffen konnte. Die Stellung der Russen hatte der der Deutschen gegenüber den Vorteil, dass sie sich am Wald entlang zog, sodass man den Verkehr bei ihnen nicht gut beobachten und ihre Geschützstellung nur schwer erkennen konnte. Etwa 1400 Meter vor der deutschen Stellung, also unmittelbar im Schussfeld, lag ein Kiefernwäldchen, das alle nur das »schwarze Wäldchen« nannten. Dieses schwarze Wäldchen war zwar von keiner Seite dauernd besetzt, hätte aber für die Russen im Falle eines Angriffs einen natürlichen Brückenkopf gebildet, der zum Ausgangspunkt der Sturmtruppen bei einem Angriff auf die deutsche Linie hätte dienen können. Dieses musste der Stützpunkt, dem Franz zugeteilt wurde, besonders im Auge behalten.

Ein Stützpunkt wurde durchschnittlich mit 20 bis 30 Mann besetzt, einschließlich der M.-G.-Schützen. Die Versorgung der Munition wurde folgendermaßen geregelt: Jeder Schütze trug 60 Patronen bei sich. In den Unterständen der einzelnen Gruppen war so viel Munition aufgestapelt, dass jeder Schütze sofort 300 Patronen erhalten konnte. Es erwies sich als unpraktisch, den Schützen dauernd mehr Patronen, als sie in den Patronentaschen unterbringen konnten, auszuhändigen, da Patronen in Traggurten leicht verloren gingen oder versandeten.

Im Falle eines Angriffs konnten etwa je 100 Karabiner innerhalb von 40 Minuten von den in Krassijewo und Bostitschi liegenden Eskadronen zur Unterstützung herangezogen werden. Außerdem waren in jedem Stützpunkt ständig ein bis zwei Maschinengewehre. An Artillerie befanden sich hinter der Stellung eine Batterie Langrohr-Geschütze südlich des Stawok, eine Batterie Feldkanonen bei Krassijewo, eine Batterie 15-cm-Haubitzen südöstlich Krschizn und ein Zug schwere Fußartillerie in Bostitschi. Patrouillen wurden je nach Bedarf in das Vorgelände entsandt. Etwa 200 Meter feindwärts vor jedem Stützpunkt befand sich nachts ein Doppelposten als Horchposten. Innerhalb der einzelnen Stützpunkte waren heizbare Wohnunterstände gebaut worden, die eine gewisse Schutzsicherheit gegen leichte und mittlere Artillerie gewährten. Da aber die Schusssicherheit bei schwerer Beschießung zu wünschen übrig ließ, wurden später Kampfunterstände oder Stollen angelegt. Diese waren nur einen Meter hoch und einen Meter breit, mit Eisenschienen und starken Hölzern eingedeckt und innen auf Rahmen gebaut. Man erhoffte von ihnen eine Schusssicherheit bis zum Kaliber von 21 cm. Die Wohnunterstände lagen in der Mitte der Stützpunkte. Letztere bestanden aus einem rundumlaufenden Graben und waren von einem Drahthindernis rings umschlossen, sodass jeder Stützpunkt nach allen Seiten hin verteidigt werden konnte. Vor der ganzen Stellung lief ein stets breiter werdender Drahtzaun, der im Laufe der Zeit eine Breite von 40 Metern erreichte.

Die Tage bestanden aus den Wachdiensten und dem Ausharren in den Quartieren, die sich die Soldaten mit Würfeln, Kartenspielen und dem Schreiben von Briefen vertrieben. Jede Woche schrieb Franz an Anna, doch es konnte bis zu vier Wochen dauern, bis diese seine Briefe erhielt.

Der Winter kam früh in jener Gegend, schon Ende Oktober fielen dichte Flocken vom Himmel und verwandelten das trostlose Gelände in eine wahre Hölle aus Eis und Schnee. Die Soldaten mussten achtgeben, dass ihnen bei den Wachdiensten nicht die Finger und Zehen abfroren. Sie trugen einen schmutzig-grauen Schafspelz mit Ohrenklappen auf dem Kopf, dazu Schals aus kratziger Wolle und über den Stiefeln die großen Filzwachtschuhe. Zwischen ihnen und den stolzen Reitern mit Adlerhelm, weißer Uniform, roter Supraweste und den hohen Lackkürassierstiefeln, die das Regiment der Gardes du Corps in Friedenszeiten trug, bestand kaum noch Ähnlichkeit.

Die Dörfer, die dem Regiment als Quartiere zugeteilt waren, boten denselben Anblick wie alle anderen in dieser Gegend. Durch ihre Mitte zog sich ein breiter Sandweg, an dessen beiden Seiten die grauen Holzhäuser mit Strohdächern und winzigen Fenstern nebst den dazugehörigen Scheunen errichtet waren. Meist waren die Wohnhäuser alle auf einer Seite der Straße erbaut, und zwar mit dem Giebel nach der Straße hin. Die Scheunen standen bald breit, bald senkrecht zur Dorfstraße, auf der sich zwei bis drei Ziehbrunnen und am Eingang des Dorfes ein Holzkreuz befanden. Gärten um die Gehöfte wie in Deutschland gab es nicht, die niedrigen Gebäude waren so nahe aneinandergebaut, dass bei einem Brande meist die Hälfte des Dorfes oder noch mehr ein Raub der Flammen wurde. Auf diese Weise kam es am 14. Januar 1916 bei Bostitschi zu einem Brand, bei dem 21 Pferde und mehrere Kisten Munition vernichtet wurden.

Die Hütten waren elend und fensterlos, die Böden aus gestampftem Lehm. Mensch und Tier teilten sich einen Raum. Geschlafen wurde auf Stroh. Die ganze Gegend nördlich von Pinsk konnte man mit Recht als hässlich bezeichnen. Flach, öde und monoton erstreckte sich das Gelände und wurde nur hin und wieder durch Waldstücke aus Kiefern unterbrochen, die aus Ginster und kümmerlichen Birken bestanden. Besonders in den letzten Monaten des Jahres, unter einem grauen, nebligen Himmel, ehe der Schnee fiel, bot das Land ein trauriges Bild. Dafür war die Bevölkerung zwar ärmlich, aber freundlich und aufgeschlossen und zeigte sich sowohl hilfsbereit als auch großzügig.

Als Schnee lag, machte die Gegend keinen so melancholischen Eindruck, sondern wirkte wundersam verzaubert. Im Frühjahr verwandelten sich die Wege in Schlamm durch den geschmolzenen Schnee. Im Sommer folgte dann eine fast schon unerträgliche Mückenplage. In dieser Gegend lag das Regiment nun fast 1¾ Jahre. Es war eine Zeit, die viel Arbeit, Mühe und Anstrengungen aller Art für das Regiment brachte. Eine Zeit, die arm an Kampfhandlungen war und deren Ende von Monat zu Monat von jedem Garde du Corps ersehnt wurde.

Im Juli 1917 begann die Offensive nach Galizien, an die sich die Offensive und Kämpfe in Kurland und Livland bis zum Oktober 1917 anschlossen. Bis zum Februar 1918 war das Regiment mit der Bekämpfung vereinzelter Banden in der Gegend westlich von Lida beschäftigt.

Potsdam, Dezember 1917

Niemand, der es damals miterlebte, konnte ahnen, dass man das Jahr 1917 einst als »Epochenjahr« oder Wendepunkt der Geschichte bezeichnen würde.

Viele Ereignisse waren diesem Jahr vorausgegangen.

Ende August des vorangegangenen Jahres bildeten Paul von Hindenburg und Erich Ludendorff die neue 3. Oberste Heeresleitung (OHL). In der Schlacht an der

Somme misslangen britisch-französische Durchbruchsversuche trotz des erstmaligen Einsatzes von Panzern. Mehr als eine Million Soldaten wurden verwundet oder getötet. Der Tod war allgegenwärtig.

Anfang Dezember 1916 trat das Gesetz über den Vaterländischen Hilfsdienst in Kraft, das Arbeitsverpflichtungen im Dienst der Kriegsindustrie vorsieht und auch die Frauen mit einbezog. Anna meldete sich freiwillig und versah seither Dienst in einer Munitionsfabrik.

Vor Jahresende unterbreiteten die Mittelmächte den Alliierten ein Friedensangebot, das diese aber am 30. Dezember zurückwiesen.

Ein banges Jahr 1917 brach an, in dem Anna von ihrem Franz nur alle paar Wochen einen Brief erhielt. Er unterrichtete sie über sein Leben an der Front und sparte all das Schwere, das Grausame, das er erleben musste, aus. Doch das Wortlose, das Ungesagte zwischen ihnen wurde so groß, dass es Jahre dauern sollte, es zu überwinden.

Zum 01. Februar eröffnete das Deutsche Reich erneut den uneingeschränkten U-Boot-Krieg und im April erklärten die USA den Deutschen den Krieg.

Im Juli flogen die Deutschen ihren bis dahin größten Luftangriff auf London.

Im Land hungerten die Menschen. Suppenküchen versorgten Millionen Notleidende, es fehlte an allem.

Alles Geld ging für den Krieg drauf, auf den Straßen bettelten abgemagerte Kinder. Im Juli forderte der Reichstag in seiner Friedensresolution einen Verständigungsfrieden. Die Bevölkerung war kriegsmüde.

Im November trafen Nachrichten von der Oktoberrevolution in Russland ein und Mitte Dezember kam es zu einem Waffenstillstand zwischen Sowjetrussland und den Mittelmächten.

Das Ende des Krieges rückte in greifbare Nähe, doch noch immer starben Tag für Tag Tausende in den Schützengräben und noch mehr durch Hunger und Seuchen.

An jedem Morgen stand Anna vor Sonnenaufgang auf. Mit kaltem Wasser wusch sie sich mit Seife über der Waschschüssel, eine Katzenwäsche, mehr war nicht drin. Eine Tasse Tee und ein Stück Zwieback, das musste für den Tag reichen.

Die kleine Margarete, wenige Wochen alt, gezeugt während einer seiner Heimaturlaube, schlief in einem Weidenkörbchen. Für sie musste es immer warm sein.

Die winzige Stube im obersten Stock eines Wohnhauses, dort, wo früher die Dienstboten gehaust hatten, diente ihr als Wohnung.

Bis zur Geburt von Margarete war Anna jeden Morgen zu ihrem Hilfsdienst gefahren.

Dann schwang sie sich auf ihr Fahrrad und fuhr im ersten Licht des Tages zu der Fabrik am Rand von Potsdam, um dort Munition zu fertigen. Zum Arbeitsdienst hatte man sie abgestellt. Es hatte sie nicht gekümmert, hatte sie ihre Anstellung verloren und ihr Wunsch, Schneiderin zu werden, war durch den Krieg ohnehin in weite Ferne gerückt.

Sie lebte einzig und allein für ihre kleine Tochter und für die Briefe von Franz. Meist kam einer pro Woche.

Blieb er aus, wurde sie von einer schrecklichen Sorge ergriffen. Was, wenn ihm etwas geschehen war? Wenn ihr geliebter Franz verwundet war? So viele kehrten kriegsversehrt zurück. Ihnen fehlten Gliedmaßen, Augen, die Gesichter entsetzlich entstellt. Ob sie ihn noch lieben könnte, ihren Franz, wenn er so aussähe?

Schlimmer noch, was wäre, wenn er fiele? Wenn er nie mehr zurückkehrte? Oder wenn er das Nervenleiden hätte, das viele Männer nach der Front befiel? Das unerklärliche Schreien und Zittern, für das es keinen Namen gab? Ein Entsetzen, das sich in ihren Augen ausdrückte?

Sie mochte nicht daran denken.

Seit Kurzem war der Hunger ihr ständiger Begleiter. Gleich mit Beginn des Krieges waren die Nahrungsmittelpreise gestiegen. Der Sold der eingezogenen Soldaten war verschwindend gering und die Lebensmittelversorgung wurde immer schlechter.

Seit dem letzten Winter gab es nur noch Kohlrüben, die kaum satt machten und noch weniger Nährstoffe boten. Die Kinder der Familie, die die Wohnung gegenüber bewohnte, hatten bereits dicke Bäuche.

Hinzu war die extreme Kälte gekommen. Es gab nicht genug Heizmaterialien, Kohle und Holz waren knapp.

Schon seit Ende November lagen die Temperaturen unter Null, in einigen Nächten sogar bei minus 20 Grad. Lebensmittel wurden bald von den Behörden eingesammelt und nur noch auf Lebensmittelkarten ausgegeben. Eine Tagesration bestand aus fünf Scheiben Brot, fünf Gramm Butter, 20 Gramm Zucker und ein Bissen Fleisch.

Am Ende des Kriegs würden 700.000 Menschen in Deutschland verhungert sein.

Der Schwarzmarkt florierte, doch dort konnten sich nur die Wohlhabenden eindecken.

Nicht wenige Menschen, darunter auch Anna, sahen darin eine große Ungerechtigkeit, zumal der Staat nur wenig dagegen unternahm.

Lieber wurden Ratschläge herausgegeben. Dass man jeden Bissen Dutzende Male kauen sollte, um die Nahrung besser zu verwerten; ebenso Kriegskochbuch-Empfehlungen mit Butter oder Kalbfleisch zu kochen, dabei hatte sie seit fast zwei Jahren keinen Bissen Kalbfleisch mehr gesehen.

Besonders schlimm musste es in den Anstalten sein, dorthin, wo man die Behinderten und die Verrückten brachte, die man als »nutzlose Esser« ansah. Lisbeth Wiechmann, die Anna von ihrer Anstellung kannte, hatte einen Bruder in einer solchen Anstellung und erzählte, dass man sie dort einfach dem Hungertod preisgab.

Schlimm waren auch die Attacken aus der Luft. War die Erfindung des Motorflugzeugs vor Kriegsausbruch als Wunder gepriesen wurden, so entwickelte es sich zum Fluch. Besonders der Südwesten Deutschlands wie Freiburg war von Bombenangriffen vor allem aus Frankreich betroffen, nicht nur gegen Munitionsfabriken, sondern auch gegen Wohngebiete.

Nachts mussten die Fenster verdunkelt werden, Zuwiderhandlung wurde unter Strafe gestellt. So war der Erste Weltkrieg der erste Bombenkrieg der Geschichte.

Der Krieg war teuer. Die Bevölkerung in Deutschland sollte über die Steuerzahlungen hinaus einen finanziellen Beitrag leisten und wurde dazu in zahllosen Zeitungsanzeigen und auf Plakaten aufgefordert.

»Kriegsanleihen zeichnen« hieß das, dem Staat Geld für den Krieg leihen. Das taten viele Menschen, und für sie bedeutete eine mögliche Niederlage des Deutschen Reiches den Verlust ihres Geldes.

Doch wer wollte schon daran denken, auch wenn die Zeichen immer deutlicher wurden?

Immer wieder gab es Aufrufe, Gegenstände zu spenden, die für den Krieg wichtig waren. Vor allem Metall war dabei begehrt, das in enormen Mengen für Waffen und Munition benötigt wurde. So brachten die Menschen Töpfe, Bügeleisen, Fahrräder und vieles mehr zu den Sammelstellen. Auch Anna hatte alles dorthin gebracht, was sie erübrigen konnte. Nur einen Milchtopf für das heiße Wasser hatte sie behalten.

Jetzt hieß es warten. Warten, dass der Krieg vorbei war. Warten, dass Franz zurückkam. Warten, dass all das Schreckliche endlich aufhörte.

Kurland, Weihnachten 1917

Liebste Anna,

nun ist es das zweite Weihnachtsfest nach unserer Hochzeit, das wir getrennt voneinander verbringen. Die Kameraden haben einen Weihnachtsbaum aufgestellt, ich schreibe diesen Brief im Schein einer Kerze und ich frage mich, wie du diesen Abend wohl verbringst im fernen Potsdam. Habt ihr genug zu essen? Ist genug Kohle für den Ofen da oder müsst ihr frieren? Hast du die Decke noch fertig bekommen, die du für die kleine Margarete begonnen hast, oder haben sie die Wolle nun auch schon rationiert?

Was gäbe ich dafür, jetzt deine Stimme zu hören, die mit klarer, reiner Stimme ein Weihnachtslied anstimmt. Stattdessen höre ich nur meine Kameraden, die mit wehmütigem Klang das ein oder andere Lied singen, die Wehmut macht die Kehlen rau.

Es ist ein schönes Land, in dem wir hier sind, trotz des eisigen Winters. Viele kleine Seen, freundliche Alleen, sanfte Hügel. Dir würde es wohl gefallen. Es erinnert mich sehr an die Heimat, an Pommern.

Von zu Hause habe ich schon eine Weile nichts gehört, es kommen wohl nicht mehr alle Briefe durch. Ob alles in Ordnung ist in Zewelin? Wie sie wohl dort das Weihnachtsfest verbringen?

Bitte versprich mir, wenn die Not allzu groß ist in Potsdam, dass du die Reise antrittst und dorthin fährst, man wird dich dort mit offenen Armen empfangen. Dort wird es immer genug zu essen geben. Mama und Papa werden dich wie ihre Tochter aufnehmen.

Ich habe große Sorge, dass du mir vom Fleisch fällst, in diesem elenden Hungerwinter.

Bald schon soll es losgehen nach Livland. Ich habe keine rechte Vorstellung davon, wie es dort sein soll. Der Feind hat sich zurückgezogen, von Unruhen in Russland ist die Rede. Vielleicht ist der Krieg bald vorbei, vielleicht sehen wir alle uns bald wieder.

Ich denke an dich,
in Liebe,
Franz

Es sollte eine Weile dauern, bis Franz seine geliebte Anna und seine kleine Tochter wieder in die Arme schließen durfte. Nach Livland ging es nach Minsk, schließlich nach Orscha und von dort aus nach Kiew.

Im November 1917 hatte die Vorhut des Regiments die Gegend westlich von Lida erreicht, bald schon folgten die restlichen Eskadronen. Aufgabe war die Bekämpfung von Partisanenverbänden, – sogenannten »Banden« – die versprengt im Umland lebten und sich durch Bewegungsfreiheit und Unberechenbarkeit auszeichneten. Es handelte sich nicht mehr um große Gefechte in Truppenstärke, sondern um einzelne Scharmützel, Hinterhalte und Vorstöße, was das Risiko für den Einzelnen drastisch erhöhte.

Die Gegend war im Großen und Ganzen waldig, zum Teil sehr leichter, sandiger Boden mit Kiefernwäldern. Es gab aber auch einige hübsche Punkte an den Stellen, an welchen große Seen lagen. Umfangreiche Sumpfstrecken mit fast undurchdringlichem Urwald kamen ebenfalls vor.

Durch die räumlich weite Unterbringung des Regiments war der Einfluss des Regimentsstabes auf die eigentliche Bandenbekämpfung beschränkt. Die Eskadronen arbeiteten selbstständig im engsten Einvernehmen mit den zuständigen Etappenkommandanturen und durchkämmten die ihnen zugeteilten Bezirke, wo es immer wieder zu Überfällen der Banden kam. Ehe die Nachricht von einem solchen Angriff zum nächsten deutschen Posten kam, war stets eine ziemliche Zeit verstrichen; die Räuber hatten sich beim Eintreffen der Patrouille längst entfernt. Die Verfolgung der Spuren im Schnee war leider nie von Erfolg gekrönt, da es die Banden sehr geschickt verstanden, ihre Spur zu verwischen. Des Öfteren wurden auch Lauerposten an abgelegenen Gehöften, auf die ein Überfall wahrscheinlich war, aufgestellt. Da die Banden aber mit äußerster Vorsicht arbeiteten, gelang es niemals, sie auf frischer Tat zu ertappen.

Für Franz zogen sich die Tage in monotone Länge. Einzig die Briefe von Anna waren eine willkommene Ablenkung. Die winterliche Landschaft versank in Trostlosigkeit, selbst der Winter wollte ihr keine Lieblichkeit verleihen. Ihre Unterkünfte auf den abgelegenen Gehöften waren karg, geschlafen wurde auf Strohsäcken, das Essen bestand aus Kohlsuppe, Graupen, selten mal wurde ein Huhn oder ein Schwein geschlachtet.

Die Bauern der Gegend waren schweigsame Menschen, von gedrungener Gestalt, die Zimmer rußig und dennoch immer kalt und zugig und so fing sich Franz schon nach wenigen Tagen einen Husten ein, der nicht abklingen wollte. Ständig war ihm kalt, Finger und Zehen waren klamm und der Tag bestand nur auf Warten auf den Alarm. Dann galt es, in aller Schnelle auf das Pferd zu springen und den Banden nachzujagen, die sich in die Wälder zurückzogen, in denen sie sich besser auskannten als die ortsfremden Eskadronen.

Franz war kriegsmüde, wie die anderen des Regiments, versprengt auf die Gehöfte fehlte die Nähe der Kameraden, der Krieg dauerte viel zu lange und die Heimat war fern. Er sehnte sich danach, nach Hause zu kommen, zu Anna und den Kindern in eine vertraute Umgebung. Wie lange sollte dieser Krieg noch dauern?

Am 22. Dezember 1917 begannen die Friedensverhandlungen von Brest-Litowsk, die sich mit Unterbrechungen bis zum 10. Februar 1918 hinzogen, ohne Frieden zu bringen. Während dieser Zeit ereignete sich im Regiment wenig.

Im Januar 1918 legte US-Präsident Woodrow Wilson dem US-Kongress sein 14-Punkte-Programm vor, das die amerikanischen Friedensbedingungen enthielt. Das Deutsche Reich lehnte es ab. Der Krieg sollte noch mehrere Monate weitergehen und Tausende weitere Menschenleben fordern.

Doch die Bevölkerung war es leid. Im Januarstreik erhoben sich mehr als eine Million Arbeiter, sie forderten bessere Arbeitsbedingung und mehr Mitspracherecht. Kaiser Wilhelm II., ohnehin kein Freund der Demokratie, war empört.

Nachdem am 10. Februar die Friedensverhandlungen von Brest-Litowsk gescheitert waren, hatte die Oberste Heeresleitung beschlossen, von Neuem die Offensive gegen Russland zu ergreifen. Dieses brachte dem Regiment eine neue, scheinbar befriedigendere Aufgabe und erlöste es von dem notwendigen, aber verhassten Polizeidienst der Etappe. Am 17. Februar begann der Abtransport des Regiments über Minsk bis in die Gegend nach Orcha. In schrecklicher Kälte und unbeheizten Abteilen reisten Mann und Pferd in Richtung Ukraine. Das Regiment hatte hier die Aufgabe, die Ordnung wiederherzustellen, die Ortschaften zu entwaffnen, Lebensmittel zur Verpflegung der Besatzungsarmee beizutreiben, die Demarkationslinie, welche gegen das bolschewistische Russland gezogen worden war, vor einem Überschreiten durch bolschewistische Banden zu schützen und diese zu zerstreuen beziehungsweise auszuheben sowie bolschewistische Rädelsführer zu verhaften und zur Aburteilung an die ukrainischen Gerichte auszuliefern. Es waren diese Aufgaben, welche viel Umsicht wie Zuverlässigkeit und rücksichtsloses Draufgehen verlangten. Aufgaben, die nur eine so gute Truppe wie das Regiment erfüllen konnte. Leider war ein Teil der berittenen Truppe bereits zurück nach Westen geschickt worden, sodass die größtenteils verbliebene Infanterie nicht die gewohnte Stärke hatte, um diese Aufgaben zu bewältigen.

Ende März drangen deutsche Streitkräfte in der zweiten Marne-Schlacht 60 Kilometer vor und nahmen 90.000 Franzosen gefangen. Doch die OHL musste die Offensive aufgrund massiver Nachschubprobleme abbrechen.

Die französisch-amerikanische Gegenoffensive drängte die Deutschen nahezu in die Gefechtsstellungen vom September 1914 zurück. Mehr und mehr zeichnete sich für Deutschland eine Niederlage ab, doch noch mochte darüber niemand sprechen.

Im August brach die deutsche Verteidigung unter dem Großangriff der Alliierten bei Amiens zusammen. Den 450 britischen Panzern hatten die entkräfteten Streitkräfte des Deutschen Reiches nichts mehr entgegenzusetzen.

General Erich Ludendorff bezeichnete den 8. August 1918 später als »schwarzen Tag des deutschen Heeres«. Er bildete den Auftakt der Schlussoffensive der Entente, auch »Hunderttageoffensive bis zum 11. November« genannt.

Am 8. August gelang den alliierten Truppen in der Schlacht bei Amiens der Durchbruch bei der Westfront. Sie zwangen die deutschen Truppen zum Rückzug, auch wenn der Vormarsch der alliierten Truppen kurz darauf wieder abgebremst werden konnte.

Die OHL stufte daraufhin die militärische Lage als aussichtslos ein, offiziell wurde nichts verlautbar. Die Soldaten in den Schützengräben erfuhren davon nichts.

Am 3. Oktober wurde eine neue Regierung unter Reichskanzler Max von Baden gebildet, der nun auch Vertreter der Mehrheitsparteien des Reichstages unter Einschluss der Mehrheitssozialdemokratie angehörten.

Die Reichsregierung bat US-Präsident Wilson um einen Waffenstillstand und Friedensverhandlungen auf der Grundlage des 14 Punkte Programms, das man zuvor noch hochmütig abgelehnt hatte.

Die von amerikanischer Seite geforderte Abdankung des Kaisers beantwortete die OHL mit der Wiederaufnahme der Kriegshandlungen.

Erst Ende Oktober mit der Meuterei von Matrosen der Kriegsmarine in Wilhelmshaven begann ein landesweiter Aufstand, die sogenannte Novemberrevolution, und läutete das Ende des Krieges ein.

Am 09. November verkündete Max von Baden die widerwillige Abdankung des Kaisers und übergab die Regierungsgeschäfte an Friedrich Ebert. Philipp Scheidemann rief die Republik, Karl Liebknecht sogar die sozialistische Republik aus und der Waffenstillstand wurde unterzeichnet.

Der Krieg war endlich, endlich vorbei. Die Welt war nicht mehr, wie sie war. Die Revolution fegte alles hinweg, was Franz vertraut war.

Länger kursierte unter den Soldaten an der Front die sogenannte »Dolchstoßthese«, nach der die Niederlage durch zu wenig Unterstützung oder gar Sabotage an der Heimatfront herbeigeführt worden war. Hunger und Elend hatten auf dem Land und in den Städten im Deutschen Reich zu Protesten und Aufständen geführt, aus denen im Jahr 1918 Massenproteste wurden. Die Menschen wussten nicht mehr, was sie essen sollten, aus den Protesten wurde eine Krise. Die Monarchie und das Kaisertum wurden infrage gestellt, weil sie nicht mehr in der Lage waren, die Menschen zu versorgen. Radikal politische Gruppen wie die Kommunisten und Sozialisten erhielten immer mehr Zulauf und sprachen von Umsturz, aber auch gemäßigtere Gruppen, die eine parlamentarische Demokratie anstrebten, gewannen immer mehr der Bürger für sich. Die einstürzende Westfront tat ihr Übriges, um die Enttäuschung zu vergrößern. Der Kriegsbeginn 1914 war eine Art gemeinschaftsstiftendes Erlebnis gewesen, man war als ein geeintes Kaiserreich glanzvoll in den Krieg gezogen. Vier Jahre in den Schützengräben hatten von diesem Glanz nicht mehr viel übrig gelassen. Das Reich lag am Boden, materiell und moralisch, und der Kaiser vermochte seine Untertanen nicht mehr zu mobilisieren. Die sozialen Spannungen wurden immer stärker. Vorsichtige Versuche, das Kaiserreich zu reformieren und in Parlamentarismus umzuwandeln, stießen bei Kaiser Wilhelm II. auf Widerstand. So war diese Umwandlung weder im Sinne der hungernden Arbeiter und der Landbevölkerung noch dem der Adeligen und der bürgerlichen Elite, die um ihre Privilegien fürchteten.

Ein als selbstmörderisch empfundener Befehl für Marinetruppen in eine Schlacht gegen die Royal Navy brachte schließlich das Fass zum Überlaufen. In Kiel revoltierten die Matrosen und zündeten so das Pulverfass der schwelenden Revolution, die das Kaiserreich endgültig hinwegfegte. Arbeiter- und Soldatenräte wurden allerorten gebildet.

Von Anfang an gab es stark widerstreitende Kräfte aus dem linken Spektrum, die sich mit dieser neuen Ordnung nicht zufriedengeben wollten, und konservative Strömungen, die am anderen Ende des politischen Spektrums standen. Dieser Widerstreit sollte in Verbindung mit Inflation und hohen Reparationszahlungen den Untergang der Weimarer Republik und den Aufstieg der Nationalsozialisten besiegeln, doch bis dahin war es noch über ein Jahrzehnt hin.

Zunächst einmal war der Krieg vorbei und eine neue Ära brach an. Die Menschen jener Tage hatten nicht weniger als eine Zeitenwende erlebt, deren Ausmaß sie noch gar nicht ermessen konnten.

Für Franz begann ab Januar 1919 der lange und entbehrungsreiche Rückmarsch von Kiew. Während des gesamten Rückmarschs herrschte strenge Kälte, sodass um ein Erfrieren der Gliedmaßen, besonders der Füße zu verhindern, meist abgesessen werden musste und die

Pferde geführt wurden. Hoher Schnee bedeckte alle Wege. Dieser erschwerte besonders der Bagage das Vorwärtskommen sehr, vor allem weil die russische Schlittenspur auf den Straßen sehr viel schmäler als die deutsche Wagenspur war. Im Winter bewegte man sich in Russland nur mit dem Schlitten. Die Fahrzeuge mussten sich also immer erneut Bahn machen. Unter den Reitpferden gab es nach den ersten Märschen sehr häufig Zerschlag. Dies war eine typische Folgeerscheinung des vielen Weizenfutters in Kiew.

Auf dem Rückmarsch kam es zu einigen Scharmützeln, im Chaos des Krieges einmal durch ukrainische Truppen, die die sich zurückziehenden deutschen Truppen nicht erkannten.

Am 13. Februar trafen die ersten Transporte in Potsdam ein. Sie wurden von vielen Offizieren und Angehörigen des Regiments am Bahnhof empfangen. Wohl erfüllte Freude die Herzen der Gardes du Corps, nach 4 ½-jähriger Abwesenheit mit nur wenigen Heimaturlauben und allen Gefahren und Strapazen des Krieges Heimat und Angehörige wieder zu sehen, aber wie anders hatte man sich die Heimkehr gedacht. Potsdam, – die alte Königstadt, – war nicht mehr der Sitz des Königs von Preußen, des allerhöchsten Chefs. Dieser weilte fern, ein Verbannter in fremdem Land. Furchtbar lastete das Geschick des Vaterlandes auf dem Herzen eines jeden Garde du Corps. Einer Welt von Feinden hatte Deutschlands tapferes Heer über 4 Jahre siegreich widerstanden. Es war an allen Fronten weit in das Feindesland vorgedrungen, als ihm der alte Fehler der Deutschen, die innere Zwietracht, der durch Hunger der Boden bereitet und durch gewissenlose Hetzer geschürt worden war, die Waffen aus der Hand schlug. So sahen es zumindest viele. So fanden die Gardes du Corps bei ihrer Heimkehr die Wirren der Revolution vor, deren verderbliche Folgen sie in Russland kennengelernt hatten: Chaos, Hunger und Zerfall. Hinzu trat, dass sich jeder sagen musste, die Tage des Regiments waren gezählt und die Auflösung stand unmittelbar bevor. Daher war die Stimmung eine überaus ernste und mancher alte Garde du Corps hatte Tränen in den Augen, als er durch die bekannten Straßen unter der freudigen Begrüßung der Potsdamer Bevölkerung dem Kasernenareal zuritt. Am 14. Februar traf der Rest des Regiments ein. Als Erstes hatte am 3. August 1914 das Regiment der Gardes du Corps die Garnison verlassen, als Letztes kehrte es heim, so wie es der Oberleutnant Graf von der Schulenburg in seinem Abschiedsbrief vom 1. August 1914 gesagt hatte. Aber wie anders war alles doch gekommen.

Am 15. Februar sprachen Oberst von Arnim und Oberstleutnant Graf Yorck dem auf dem Kasernenhofe der 2. und 4. Eskadron zum letzten Mal angetretenen Regiment ihre Anerkennung für das im Krieg Geleistete aus. Am Abend dieses Tages feierten die Eskadronen in den alten Lokalen, wo früher manche fröhliche Kaisergeburtstagsfeier stattgefunden hatte, im Zusammensein mit ihren Offizieren ein letztes Abschiedsfest. Dann begannen am 16. Februar die Entlassungen.

Das Gardes du Corps gehörte zu einer alten Welt, die nun vergangen war, der Welt des Kaiserreichs, der Monarchie und der alten Ordnung, die nun von der Revolution hinweggefegt worden war. Eine Elitetruppe, siegreich, stolz, nunmehr nur noch eine Erinnerung in ihrem Glanz.

Zewelin, Pommern, September 1919

Der Krieg war vorbei, doch seine Nachwirkungen hielten noch an.

Ende 1918 war Anna aus Potsdam nach Zewelin gegangen. Die Lage in Potsdam war nicht mehr auszuhalten gewesen. Durch die Seeblockade der Alliierten gab es kaum Nahrungsmittel, Hunger und Elend hatten allerorten um sich gegriffen und mit ihnen die Krankheiten: Cholera, Pocken und Diphtherie. Manche waren einfach auf offener Straße zusammengebrochen und gestorben.

Die Suppenküchen kamen längst nicht mehr hinterher, alle zu versorgen, jetzt, wo die Kriegsheimkehrer in die Städte strömten.

Man hörte schreckliche Geschichten. Das Land versank im Chaos. Die Reparationszahlungen an Frankreich waren hoch, das Land verschuldet, der Kaiser im Exil, die neue, demokratisch gewählte Regierung instabil und die Grenzen des neuen Deutschland längst nicht gefestigt. Das Land war politisch gespalten. Da die Konservativen, die Zentrumspartei, hier die Sozialisten und irgendwo dazwischen die Sozialdemokraten, ein jeder rang um die Deutungshoheit nach einem Krieg, so verheerend wie noch keiner zuvor.

Immer wieder kam es zu Aufständen. Menschen hungerten in den Straßen, viele Frauen mussten sich prostituieren, den Kriegsversehrten blieb nur das Betteln.

Ein großes Elend war über Deutschland gekommen, das viereinhalb Jahre zuvor noch so hochmütig und siegessicher in den Krieg gezogen war.

Anna hatte sich diese Entscheidung nicht leicht gemacht. Es waren die sanften Tritte in ihrem Bauch gewesen, die sie letztlich überzeugt hatten. Noch ein Kind bei der schlechten Versorgungslage durchzubringen, wäre unmöglich gewesen.

Es war bei Franz' letztem Fronturlaub geschehen, im Spätsommer 1918. Seither war sie wieder froher Hoffnung.

Wäre sie in Potsdam geblieben, sie hätte das Kind wohl verloren, zu schlimm waren Hunger und Kälte. Außerdem gab es einen neuen Feind, unsichtbar, doch nicht weniger tödlich: die Spanische Grippe. Eingeschleppt von amerikanischen Soldaten hatte sie sich im vergangenen Jahr binnen weniger Wochen über den gesamten europäischen Kontinent ausgebreitet. Die zweite tödliche Welle hatte dann vor allem Frauen und Kinder getroffen.

Als das große Sterben begann, hatte Anna es nicht länger ausgehalten. Sie musste die kleine Margarete, sich und das Ungeborene in Sicherheit bringen.

Franz hatte nicht gelogen. In Zewelin hatte man sie mit offenen Armen empfangen. Hier, im ländlich geprägten Pommern, gab es wenigstens immer genug zu essen. Der Hunger hatte endlich ein Ende.

Aus Potsdam kam dann nur ein kurzes Telegramm: REGIMENT AUFGELÖST STOP KOMME NACH HAUSE STOP FRANZ

Fünf Tage später war Franz zu Hause. Das Gardes du Corps war Vergangenheit, ebenso wie der Krieg, das Deutsche Kaiserreich, das alte Deutschland und das 19. Jahrhundert. Eine neue, ungewisse Zukunft stand bevor, unter Vorzeichen, die schlechter nicht hätten sein können.

Luzern, Dezember 2021

Hand in Hand schlenderten Andrea und Christian durch die Reihen der Weihnachtsbäume. Auch wenn sie Masken trugen, kam dabei ein Hauch von Normalität auf.

Nahezu alle Weihnachtsmärkte in diesem Jahr waren verboten worden, doch der Christbaumverkäufer machte sich wie in jedem Jahr eine Freude daraus, nicht nur Weihnachtsbäume, sondern auch Glühwein und Weihnachtsmusik unter freiem Himmel anzubieten.

»Ob jemals wieder Normalität einkehren wird?«, fragte Andrea, während sie ihrer Tochter Lilly nachsah, die hüpfend zwischen den Tannenbäumen verschwand.

Christian schüttelte den Kopf. »Keine Ahnung. Ich meine, im Sommer sah es ja fast so aus, als hätten wir es hinter uns, jetzt ist die Pandemie mit so einer Wucht zurück. Anscheinend läuft das jetzt jedes Jahr so ab. Mich erinnert das an die Spanische Grippe. Nur dass vorher noch der schlimmste Krieg geherrscht hatte, den die Welt je gesehen hat. Man stelle sich also vor, dass wir vor Corona einen solchen Krieg erlebt hätten, kurz davor sind unser zweites Kind zu bekommen, aber trotzdem nur nach vorne schauen ...«

»Ich kann mir das gar nicht vorstellen«, sagte Andrea. »Ich meine, wie hat Anna das gemacht, ganz allein in Potsdam mit einem kleinen Kind. Es gab doch nichts zu essen, es gab nicht einmal genug zum Heizen und dann kam noch die Spanische Grippe.«

»Ja, und für uns gibt es Hoffnungsschimmer. Es gibt Menschen, die die Welt verändern wollen, den Klimawandel aufhalten, es gibt Bitcoin und neben dem Hunger einiger Menschen sammeln andere Pokémon Karten, die 5-stellige Werte erreicht haben. Verrückt, oder?«, sagte Christian.

»Franz und Anna hätten wohl große Schwierigkeiten, unsere Welt von heute noch zu verstehen«, sagte Andrea. »Eine Welt der Gegensätze. Die Schere zwischen Arm und Reich ist viel größer, als sie es damals war.«

»Da hast du wohl recht. Ich kann nicht anders, als uns die ganze Zeit mit ihnen zu vergleichen. Je mehr ich mich mit ihrer Geschichte beschäftige, umso deutlicher treten die Parallelen hervor. Franz und Anna sind in den 80ern geboren, genau wie wir, nur 100 Jahre später. Wir haben keine Spanische Grippe mit Toten knapp unter 3% der Weltbevölkerung, keinen Weltkrieg und noch keine 800.000 Hungertoten in unserem Land erlebt.

Wie würden wir unser Leben gestalten, wenn wir wüssten, dass in 7 Jahren die Weltwirtschaft zusammenbricht und gleichzeitig in 10–13 Jahren einer neuen schlimmen politischen Bewegung wie dem Faschismus den Weg ebnet? Würden wir Kinder zeugen, welche wir allenfalls in Kriege senden müssen? Welche Art von Krieg wäre das? Cyberkriege, Wasserkriege, Stromkriege? Unabhängig davon werden wir ohne etwas zu ändern 2045 wohl die Meere leergefischt und damit unseren Untergang besiegelt haben … wir laufen fröhlich ignorant darauf zu …« Christian schüttelte den Kopf. »… über diese Dinge mache ich mir erst Gedanken, seit Oma mir die CDV von Opa Franz zugeschickt hatte. Denn erst mit seiner Geschichte wurde mir klar, dass sich vieles in der Welt wiederholt und dass das noch gar nicht so weit her ist.

Die Spanische Grippe vor etwa 100 Jahren klingt lange her, aber meine Oma ist noch nicht mal 80 und Opa Franz ist ihr Großvater, sie kannten sich gut und verbrachten Zeit miteinander, bis sie 20 war. Ihre Oma Anna, sie hatte zwei, lebte da noch weitere 11 Jahre und meine Oma war schon über 30. So alt wie ich heute bin. Opa Franz war ganz nebenbei auch noch Vaterersatz, die beiden waren also innig. Mit etwas Glück bleibt meine Großmutter auch noch über ein Jahrzehnt, denn ihre Mama (Oma Grete) wurde locker 94 und fuhr mit 86 noch selber mit dem Fahrrad abends zurück in ihre WG, die sie scherzhaft Oldie-Kommune nannte.«

Andrea blieb stehen und sah Christian an. Über seinem Kopf tanzte eine einzelne Schneeflocke, die sich wie aus ferner Zeit verirrt zu haben schien.

»Weißt du, was mir auffällt? Also an deiner Familie? Es sind die Frauen, die stark sind und zugleich verschlossen. Die Männer wie Opa Werner, der Vater von Oma Johanna, sind seltsam abwesend. Woran liegt das eigentlich?«

»Ich glaube, das liegt an den Kriegen. Das hat so eine gewaltige Sprachlosigkeit, so ein großes Schweigen geschaffen, das sich selbst heute kaum in Worte fassen lässt. Irgendwie möchte da niemand drüber reden. Es muss ja weiter gehen. Meinen Opa Werner zum Beispiel, den habe ich mehr oder weniger in der letzten Sekunde dem Vergessen entrissen. Ich kannte bis vor ein paar Jahren nicht einmal seinen Namen.

Er war, wie gesagt, der Mann von Oma Grete, der ältesten Tochter von Opa Franz, die damals 1917 in Potsdam geboren wurde. Er fiel im Zweiten Weltkrieg im Russlandfeldzug. Er ist der Vater meiner Oma Hanni. Sie erwähnte ihren Papa zum ersten Mal, als sie mir erzählte, dass er fehlte bis in ihre Jugend. Sie fing an zu weinen, obwohl es vorher allgemein um den Krieg ging und die fehlenden Männer das Thema waren. So viele Jahre später und sie nahm den Verlust noch immer deutlich wahr. Ich erinnere mich noch an das, was sie sagte: ‚Mein Papa hieß Werner und er ist gefallen in Russland. Bei Witebsk, um genau zu sein ... Er hat mir gefehlt in meiner Jugend und Opa Franz war eine Art Ersatz, denn ich war immerhin schon 20, als er starb.'

Die Offensive der Russen Anfang 44 und der unkontrollierte Rückzug der Deutschen sind eine heftige Geschichte. Untergegangen sind 2 Armeen mindestens. Werner starb verwundet im Lazarett. Er kehrte, anders als Franz, nie nach Hause zurück. Über seine Geschichte wissen wir sehr wenig.«

Andrea zog Christian an sich. »Eine schreckliche Geschichte. Jetzt komm, lass uns einen Tannenbaum kaufen. Lilly ist bestimmt schon ganz ungeduldig. Und ich habe Lust auf einen Glühwein.«

Franz und Margarete Wolter, um 1920, in Zewelin.

3. Kapitel

Elbing, Westpreußen, September 1929

Obwohl der Sommer fast vorbei war, lag brütende Hitze über der Stadt. Else klebte das Leinenkleid an den Fesseln, als sie mit ihrer Schwester Waltraud in die Straßenbahn stieg, die sie über die Neue Brücke an der Marienkirche vorbei zur Zigarrenfabrik Loeser & Wolff bringen würde.

Die Straßenbahn, die seit 1903 durch die hanseatische Stadt mit kleinem Hafen und künstlichem Kanal fuhr, war voll besetzt mit Arbeitern der zahlreichen Fabriken, den Schichau-Werken, die Lokomotiven herstellten, den Brauereien, der Schnapsbrennerei, der Schokoladenfabrik und vielen anderen. Es stank nach Schweiß und Kohlsuppe und Else drehte den Kopf zu den geöffneten Fenstern, wo der Geruch des Kanals hereinwehte.

Waltraud fächelte sich mit einer Zeitung Luft zu, was nur wenig Abhilfe schaffte.

Seit dem Ende des Krieges gehörte Elbing nicht länger zu Westpreußen, sondern zu Ostpreußen. Das nahe gelegene Danzig war vom deutschen Reichsgebiet abgetrennt und politisch von Polen abhängig. Die Weltwirtschaftskrise war an Elbing nicht spurlos vorübergegangen, mehrere Fabriken hatten schließen müssen, darunter auch die Bus- und Lastwagenfabrik Franz Komnick und Söhne AG. Es schien, als seien die guten Zeiten Elbings vorbei.

Bis 1913 hatte der Kaiser in der Nähe Urlaub gemacht, in Cadinen am Frischen Haff. Dafür hatte er extra eine Bahnstrecke von Potsdam nach Cadinen legen lassen.

Elbing hatte hanseatisches Flair mit hohen Häusern aus Ziegelsteinen und mit weißen Fenstern, die an Hamburg und Potsdam erinnerten, gepflasterten Straßen, breiten Alleen und geschwungenen Brücken.

Es war Mittag, Waltraud und sie arbeiteten heute in der Spätschicht und Else drückte sich die Handballen gegen die Stirn, um etwas gegen den drückenden Kopfschmerz zu tun, der sich hinter ihren Schläfen ausbreitete.

Dem Vater ging es nicht gut. Seit er vor 10 Jahren aus dem Krieg zurückgekehrt war, war er nicht mehr derselbe. Er wurde von Albträumen heimgesucht, schrie in den Nächten und manchmal saß er einfach da und starrte ins Leere. Nie sprach er darüber, was er im Krieg erlebt hatte, in Frankreich. Nur hin und wieder, an Sonntagen, sah man ihn lächeln. Er arbeitete hart, um seine Töchter Else, Hildegard, Waltraud und seine Frau zu ernähren. Nach Feierabend rauchte er gern eine Pfeife und sah aus dem Fenster und am liebsten aß er Birnenkompott.

Doch nun war die Komnick Fabrik pleitegegangen, in der er viele Jahre gearbeitet und die ihm und seiner Familie ein bescheidenes Auskommen ermöglicht hatte. Zwar war Hildegard bereits verheiratet und Else und Waltraud hatten eine Lehre in der Zigarrenfabrik als Zigarrendreherinnen gemacht und eine Anstellung gefunden, doch nun stand Julius Wilhelm Krause, geboren 1882, vor dem Nichts.

Else starrte auf ihre Hände. Zu gerne hätte sie den Vater aufgeheitert, ihm versichert, dass alles wieder gut werden würde, doch es fiel ihr nichts ein.

Trautchen schien zu ahnen, was in ihr vorging und griff nach ihrer Hand.

Die Straßenbahn hielt in der Alexanderstraße, die Menschen drängten nach draußen. Else kam aus dem Tritt und drohte zu stolpern, als plötzlich jemand ihren Arm fasste und sie stützte.

»Geben Sie acht, junges Fräulein, bei so hübschen Fesseln wäre es sehr schade, wenn Sie sich einen Bruch zuzögen«, sagte eine warme Stimme.

Else hob den Blick und schaute in zwei freundliche Augen, die zu einem jungen Mann mit einem feschen Hut gehörten, der sie spitzbübisch anlächelte. Sanft führte er sie aus der Straßenbahn hinaus, bevor er ihren Arm losließ und sich vor ihr verbeugte. Er trug einen Blaumann, offensichtlich war er ebenfalls auf dem Weg zur Arbeit.

»Gestatten? Fritz Radtke«, sagte der junge Mann.

»Ich bin Else«, sagte Else zerstreut. »Else Wanda Krause.«

»Hocherfreut, Fräulein Krause«, sagte Fritz.

Trautchen tauchte hinter ihr auf. Gleich würde die Glocke zum Schichtbeginn läuten.

»Darf ich Sie am Sonntag zum Tanz ausführen?«, fragte Fritz.

Else zögerte. Sie kannte den jungen Mann ja kaum. Papa würde das kaum gefallen. Immerhin war sie erst 16, viel zu jung, um mit einem Mann auszugehen. Aber der Fritz, der gefiel ihr. Groß war er, er trug das Haar ein wenig länger, wie es Mode war.

Else lächelte schüchtern. »Na gut«, sagte sie.

»Ich warte auf dich zur Mittagsstunde an der Haltestelle«, sagte Fritz und tippte sich verwegen an seinen Hut. Damit war es beschlossene Sache.

Beschwingt gingen Waltraud und Else auf das Fabriktor zu. Der vertraute Geruch des Tabaks empfing sie. Else band sich ein Kopftuch um und legte die Schürze an, dann setzte sie sich an ihren Platz. In der Halle arbeiteten pro Schicht fast 60 Zigarrendreherinnen. Zwei Mädchen gingen mit großen Körben zwischen den Tischen umher und verteilten die Tabakblätter, die in der benachbarten Halle getrocknet wurden. Trautchen saß an dem Platz neben ihr, die Bewegungen gingen ihnen beiden rasch von der Hand. Pro Stunde drehten sie 30 Zigarren, acht Stunden dauerte eine Schicht, nach vier Stunden war Pause. Dann standen sie mit den anderen Frauen draußen auf dem Hof. Es wurde geraucht, viel geredet und Tee getrunken, denn Kaffee war rar geworden. Da war Helga, die endlich von ihrem Verlobten einen Antrag erhalten hatte und vor dem Herbst heiraten würde. Man munkelte, es gäbe einen bestimmten Grund für diese Eile, doch da Helga von Natur aus eine kräftige Statur hatte, konnte sie das gut verbergen.

Die Arme in die Hüften gestemmt stand sie nun auf dem Hof und vollführte eine Pirouette, damit sich alle vorstellen konnten, wie sie in ihrem Hochzeitskleid aussehen würde. »Und es wird eine Torte geben«, sagte sie. »Mit echter Buttercreme. Und ich werde Spitze tragen, richtige Spitze.«

»Das klingt aber alles ganz schön teuer«, warf Annemarie ein, die schon über 30 war. »Meinem Hans ist nichts zu viel für mich«, gab Helga schnippisch zurück.

Else lächelte und dachte an Fritz und sein verschmitztes Lächeln. Wie sollte sie es dem Vater beibringen, dass sie am Sonntag zum Tanz ging? Ob er es ihr erlauben würde? Und was würde die Mutter sagen?

Tatsächlich war es leichter als gedacht. Der Vater nickte nur, als sie ihn danach fragte, der Mutter war es gleich und so ging sie am Sonntag zur Mittagsstunde, untergehakt bei Fritz, in einem zitronengelben Kleid zum Tanzcafé in der Heiliggeist-Straße. Schon von Weitem hörten sie Lola Lenya die Zuhälter-Ballade singen. Eigentlich ein unzüchtiges Lied, doch allen gefiel es gerade, weil es so frivol daherkam.

Fritz trug einen Leinenanzug und seinen Hut, fesch sah er aus und ein Hauch von Rasierwasser umgab ihn. Niemand würde erahnen, dass er in der Fabrik arbeitete, wo er es zum Vorarbeiter gebracht hatte.

»Möchtest du eine Limonade trinken?«, fragte Fritz, als sie das Café betraten, in dem bereits einige Pärchen ihre Runden drehten.

Else nickte einigen vertrauten Gesichtern zu. Am Vormittag war sie mit der Mutter in der Kirche gewesen, eigentlich nahm man es bei den Krauses nicht ganz so eng mit den religiösen Dingen, doch auf den Kirchgang am Sonntag legte Mutter wert und so taten die drei Mädchen der Mutter den Gefallen.

»Das nächste Mal entführe ich dich nach Danzig«, verkündete Fritz, während sie an ihrer Limonade nippte. »Dort gibt es Tanzsäle, die sind dreimal so groß, mit richtigen Galerien und einer Bühne, und die Männer tragen Frack und außerdem stößt man da nicht immerzu auf Menschen, die man kennt.«

Else lächelte in sich hinein. Es war schon eine Weile her, dass sie zuletzt in Danzig gewesen war, zuletzt im Sommer 1924, da war sie 11 gewesen. Vater hatte ihr eine Kette aus Bernstein gekauft, die sie nur zu besonderen Anlässen trug. Ob er ihr erlauben würde, mit Fritz bis nach Danzig zu fahren?

»Bist du hier in Elbing geboren?«, fragte Fritz sie.

Else nickte. »Ja, wir wohnen schon immer hier«, sagte sie. »Und du?«

»Meine Familie stammt eigentlich ein wenig von außerhalb von den Masuren, der wundervollen Seenlandschaft, Gross Stoboy, wenn dir das etwas sagt. Mein Stammbaum geht bis in das 17. Jahrhundert zurück.«

Der Stolz in seiner Stimme war nicht zu überhören.

»Das ist beeindruckend«, sagte Else. Sie hatte keine Ahnung, wie weit ihr Stammbaum zurückreichte, sie kannte gerade einmal die Großeltern, Tanten und Onkel. Nervös stellte sie ihr Glas ab, als Fritz die Hand ausstreckte und sie zum Tanz aufforderte.

Die Kapelle spielte Richard Taubers »Dein ist mein ganzes Herz« und Fritz führte sie galant auf die Mitte der Tanzfläche. Else war ein wenig unsicher, schließlich hatte sie bisher nur mit ihren Schwestern getanzt, doch bald schon bewegten sich ihre Füße wie von selbst, und beinahe fühlte es sich an, als würde sie fliegen. Die Klänge des Liedes sausten ihr in den Ohren, Fritz' Rasierwasser hatte eine fast schon berauschende Wirkung und ihr Herz fühlte sich so leicht an wie eine Feder.

Fritz Radtke, um 1935 in Elbing

Julius Wilhelm Krause, kurz vor der Jahrhundertwende, als junger Kadett in einer kaiserlichen Militärakademie für Jugendliche

Gut Zewelin, Kreis Köslin in Pommern, August 1933

Schwalben flogen tief im tanzenden Flug über der zur Hälfte gemähten Wiese, die die zwei Männer in schwingendem Gleichklang mit ihren Sensen bearbeiteten. Hin und wieder hielten sie inne, um sich den Schweiß von der Stirn zu wischen, der sich unter ihren schwarzen Hüten gesammelt hatte.

»Heute Abend zieht ein Gewitter auf«, sagte Werner und stützte sich auf seine Sense. »Wir müssen schauen, dass wir fertig werden, bevor der Regen kommt.« Mit seinen 23 Jahren war er der Jüngste der Männer, stattlich mit breiten Schultern, kurzem braunem Haar und einem offenen, freundlichen Gesicht.

Johann, der rund 10 Jahre älter als Werner und ein entfernter Cousin von ihm war, hob den Blick zu den dunklen Wolken, die am Horizont aufzogen, und nickte grimmig.

»Uns bleibt höchstens noch eine Stunde, lasst uns uns beeilen.«

Schweigend arbeiteten sie nebeneinander, bis der Wagen bis zur obersten Strebe mit duftendem Gras beladen war und der große Braune die Fracht die holprige Straße hinab zum Dorf bringen konnte. In einiger Entfernung lag der Gutshof, der dem Örtchen einst seinen Namen gegeben hatte. Noch heute arbeiteten die meisten Menschen aus dem Dorf auf dem Gutshof, als Knechte und Mägde, als Küchenmädchen und Bedienstete. Die Ländereien des Gutsbesitzers Manow erstreckten sich schier endlos und der Name seiner Familie reichte weit zurück. Werner erinnerte sich daran, dass er als Junge in dem großen Gutshaus gespielt hatte, denn Heinrich Manow, der jüngste Sohn der Familie, war in seinem Alter und seine Mutter hatte früher in der Wäscherei des Gutshofs gearbeitet.

Dann aber hatte sein Vater Land von Wilhelm Manow, dem Gutsbesitzer gepachtet und seither schlug er sich mit seiner Schusterei, zwei Kühen, ein paar Hühnern und Ziegen ganz gut durch. Der Krieg war an Pommern nahezu spurlos vorüber gegangen, auch wenn die Teuerungen hier spürbar gewesen waren. Die Inflation hatte die Ersparnisse aufgefressen und die Brotpreise in die Höhe schnellen lassen, doch nicht so stark wie anderswo in Berlin, Hamburg oder München. Hier gingen die Uhren eben langsamer. Es gab keine großen Fabriken, auch sah man nach wie vor nur wenige Automobile.

Eines Tages plante Werner, den Hof von seinem Vater zu übernehmen und zu erweitern. Mindestens zehn Kühe wollte er haben, denn mit der Milch ließ sich gutes Geld verdienen und sie wurde immer gebraucht. Er würde vom alten Manow noch ein paar Wiesen anmieten, als Weideflächen und um Heu für den Winter machen zu können.

Sein Vater hatte darauf bestanden, dass er in Köslin bei einem Tischler in die Lehre gegangen war, doch das hatte ihm keine Freude gemacht. Er liebte die Arbeit unter freiem Himmel, im Einklang mit den Jahreszeiten und mit den Tieren. Niemals konnte er sich vorstellen, von hier wegzugehen, das hier war seine Heimat.

Andere Burschen träumten davon, den Landkreis Köslin zu verlassen, ihr Glück in der Ferne zu versuchen. Matthias, der Sohn der Nachbarsfamilie Gernow, nur ein paar Jahre älter als Werner, hatte es bis nach New York geschafft, von wo hin und wieder eine Postkarte oder ein Brief eintraf. Doch Werner zog es nicht an unbekannte Orte. Ihm gefiel es hier. Er mochte die sanften Hügel der Landschaft, auf denen das Gras wogte, das Rauschen der Pappeln im Wind, wenn man auf den alten Alleen mit dem Pferdewagen unterwegs war. Den Duft der reifen Äpfel an den Obstbäumen, die zahlreichen kleinen Seen, die versteckt in den Wäldern darauf warteten, dass man sie fand und sich in ihre kühlen Fluten stürzte und auch das Meer und die Küste waren nicht weit. Hier gab es alles, was das Herz begehrte und nichts und niemand würde ihn dazu bringen, von hier fortzugehen. Seine Vorfahren, die Familie Dahnz, ließ sich bis 1770 hier in Zewelin zurückverfolgen, mal als Knechte im Gutshof, mal als freie Bauern und es gab keinen Grund, mit dieser Tradition zu brechen. Arbeit gab es genug, man brauchte sich nur umzusehen. Auf dem Dorf hielt man zusammen, half sich aus bei der Ernte und der Aussaat, beim Brennholz oder wenn ein Unglück hereinbrach, so wie beim Bauer Ramstatt vor zwei Jahren, dessen Scheune niederbrannte und der deshalb kein Heu für seine Kühe hatte.

Die Nachrichten aus München und Berlin waren beunruhigend, doch allzu viel bekam man hier nicht davon mit. Anfang des Jahres hatte man den Reichstag aufgelöst, seither gab es nur noch Hitlers NSDAP, die Einheitspartei. Kurz darauf hatte der Reichstag gebrannt, man hatte Notverordnungen zum Schutz von Staat und Volk erlassen. Seither las man davon, dass zum Boykott von jüdischen Geschäften aufgerufen wurde. Auch jüdische Ärzte und Anwälte hatten es zunehmend schwer.

In Zewelin lebten keine Juden, aber in Köslin gab es ein paar jüdische Geschäfte. Noch hatte Werner nichts davon mitbekommen, dass man sie schlechter behandelte, doch auch er hatte gehört, dass judenfeindliche Reden sich häuften. Seit dem Ende des Ersten Weltkriegs hieß es, die deutsche Niederlage sei nur der hinterhältigen Sabotage jüdischer Soldaten an der Front und jüdischer Bürger zu Hause zu verdanken, diese Dolchstoßlegende hielt sich hartnäckig.

Ihm wollte es nicht einleuchten, was Herkunft oder Religion mit dem Charakter einer Person zu tun hatten. Mit Herrn Schwitz, dem das Uhrengeschäft in Köslin gehörte, hatte er sich während seiner Lehrzeit gerne unterhalten. Schließlich lebten hier in Pommern Protestanten, Katholiken und Juden seit Jahrhunderten friedlich zusammen.

»Hallo, Werner!«, riss ihn eine Stimme aus seinen Gedanken, als sie den ersten Häusern entlang der gewundenen Dorfstraße begegneten.

Die Stimme gehörte Margarete Wolter, die in einem weißen Leinenkleid am Gartenzaun ihres Elternhauses stand und ihm zuwinkte. Es war das ehemalige Forsthaus, umwachsen von hochstehenden Tannen und mit einer Holzfassade. Mit ihren 16 Jahren und dem wehenden Haar sah sie bezaubernd aus.

Sie lächelte schüchtern, als Werner ihren Gruß erwiderte.

»Hallo, Margarete«, sagte er.

»Habt ihr alles Heu einbringen können?«, fragte sie. »Es sieht nach Regen aus. Ein Gewitter kommt bald. Die Schwalben fliegen tief.«

»Ja, jetzt müssen wir es nur noch in die Scheune bringen, bevor die ersten Tropfen fallen.« Werner schob sich seinen Hut in den Nacken. Heu klebte ihm an den Armen und am Hals, die Ärmel seines weißen Hemdes hatte er nach oben gekrempelt, die schwarze Hose mit den Hosenträgern war staubig.

»Ich ...« – weiter kam Margarete nicht, weil eine strenge Stimme sie nach drinnen rief. Das Mädchen lief rot an. »Das ist mein Vater«, sagte sie und machte einen Knicks. Dann lief sie mit flinken Schritten in das Innere des Hauses.

»Sie gefällt dir wohl«, sagte Johann, als die beiden Männer mit dem Fuhrwerk ihren Weg fortsetzten.

Werner blieb ihm die Antwort schuldig.

»Ein hübsches Ding ist sie ja, noch ein wenig jung. Aber ihr Vater ist streng, der alte Franz. Hat im 1. Weltkrieg gedient, war in Frankreich und in Russland beim Gardes du Corps, einer Eliteeinheit im alten Reich, direkt dem Kaiser unterstellt. Er wird seine Tochter nicht einfach so hergeben.«

Werner grinste verschmitzt. »Wer redet denn von einfach so?«

Der Vater saß in seinem Sessel und studierte die Zeitung, als Margarete hereinkam. Ihre roten Wangen und die strahlenden Augen verrieten sie.

Franz Wolter senkte seine Zeitung und musterte seine Tochter. »Du sollst doch den Burschen keine schönen Augen am Gartenzaun machen«, neckte er sie.

»Nicht den Burschen, nur einem«, verteidigte sich Margarete.

»Der Werner gefällt dir, mmh? Ist ein rechtschaffener Kerl und arbeiten kann er. Wenn er so weitermacht, dann kann aus ihm etwas werden.«

Franz seufzte und massierte sich die Schläfen. Sein Blick wanderte zu dem Brief, der noch immer ungeöffnet neben ihm auf dem Tisch lag. Er stammte von seinem Vater, der mit seiner Mutter am anderen Ende des Dorfs lebte. Dass der Vater ihm einen Brief schrieb, statt persönlich mit ihm zu sprechen, konnte nichts Gutes bedeuten.

Seiner Mutter ging es länger nicht gut und sicher wollte sein Vater über das sprechen, was geklärt werden musste: das Erbe. Doch Franz hatte zwei ältere Brüder, einer arbeitete als Polizeiwachtmeister in Köslin, einer als Postbeamter in Berlin. Die Sorge für den Hof oblag ihm.

Er mochte das kleine Forsthaus, in das er und seine Anna nach dem Krieg gezogen waren. Es war behaglich und war mit reichlich Land versehen, wenn auch nur zur Pacht. Das Holz brachte ihnen genügend Geld zum Leben ein und bislang schaffte er die Arbeit mit nur einem Knecht. Besonders gefiel ihm die Arbeit mit den

Pferden, gleich vier an der Zahl, die ihm bei den Waldarbeiten unterstützen. Seine Liebe zu den Pferden erinnerte ihn an seine Zeit beim Regiment, die ihm an manchen Tagen vorkam wie aus einem anderen Leben, so lange schien all das inzwischen her. Die Welt von damals gab es nicht mehr und auch die Weimarer Republik war im Zerfall begriffen. Adolf Hitler versetzte ihr den Todesstoß und niemand hielt ihn auf.

Franz hatte genug von der Welt gesehen, um seine Meinung für sich zu behalten, doch seine Gedanken über die schlagenden Braunhemden, die in München, Nürnberg und anderswo die Straßen unsicher machen, waren alles andere als gut. Hitler mochte Arbeitskräfte und Aufschwung versprechen, doch daran glaubte Franz nicht. Wenn er ihm zuhörte, dann hörte er einen Mann im Wahn, der von den traditionellen Werten wie Ehre, Disziplin, Treue und Fleiß, die Franz' Leben geprägt hatten und an denen er noch immer festhielt, wenig verstand. Ein Emporkömmling aus Österreich mit ungewisser Herkunft und wenig Ehrbarem, was er vorweisen konnte, der die hungernden Massen verführte und sie mit ihrem gedemütigten Nationalstolz lockte.

Was hielt die Zukunft wohl bereit? Seine Kräfte würden irgendwann schwinden, das wusste er. Vier Kinder hatten er und seine geliebte Anna nun. Nach Margarete war 1919 Ernst auf die Welt gekommen, gefolgt von Elsa 1921 und Herta 1927. Viele Mäuler wollten gestopft werden und die letzten Jahre waren hart gewesen für viele Menschen. Er hatte die Bilder der hungernden und bettelnden Kinder in den Zeitungen gesehen, als die Weltwirtschaftskrise hereingebrochen war. Ein großes Elend hatte weite Teile der Bevölkerung befallen, auch einige seiner ehemaligen Kameraden, die im Krieg versehrt worden waren und nicht mehr länger für ihren Lebensunterhalt sorgen konnten. Verarmt wurden sie an den Rand der Gesellschaft gedrängt, angewiesen auf Almosen von Verwandten. Die Familien von jenen, die im Krieg gefallen waren, blieben sich selbst überlassen. Er hatte Berichte gehört, nach denen sich die Frauen in den Straßen prostituierten, um sich und ihre Kinder durchzubringen. Und dann war alles immer teurer und teurer geworden, für 1.000 Reichsmark hatte man sich bald nicht mal mehr ein Stück Brot kaufen können. Zum Glück fand vieles hier in Pommern nach wie vor auf Basis von Tauschgeschäften statt, sodass die Inflation ihnen nicht allzu viel hatte anhaben können.

Franz war froh, dass er seine Familie vor all dem hatte bis hierhin beschützen können und hoffte, dass das auch weiter so blieb. Niemand wusste, was dieser Verrückte in Berlin noch vorhatte, jetzt, wo er die Macht an sich gerissen hatte. Doch noch gab es hoffentlich genug Vernünftige, die das Schlimmste zu verhindern wussten.

4. Kapitel

Luzern, Sommer 2017

»Was machst du da?«, fragte Andrea und ließ sich neben Christian auf das Sofa gleiten.

»Ich blättere in alten Familienalben. Schon komisch, wie schnell alles verschwindet, wenn es niemanden gibt, der die dazugehörigen Geschichten erzählen kann.«

»Wer ist das?«, fragte Andrea und deutete auf das Bild einer Frau in einem Kittel, vermutlich aus den 1970er-Jahren. Sie stand vor einem Gartenzaun und blickte halb misstrauisch, halb verschmitzt in die Kamera, so wie es zu jener Zeit, als Kameras noch nicht allgegenwärtig waren, viele Menschen taten.

»Das ist meine Oma Hanni, eigentlich Johanna, die Tochter von Oma Grete.«

»Deine Familie ist echt kompliziert. So viele Omas und kaum etwas über die Opas.«

»Ja, du hast recht, das ist mir auch erst vor Kurzem aufgefallen. Also eigentlich schon seit der Beerdigung von Oma Grete, aber damals war ich irgendwie noch zu jung, um das so richtig zu begreifen. Aber jetzt lässt mich das nicht mehr los. Ich will unbedingt mehr über meine Familie herausfinden. Ich kann dir das nicht erklären. Seit ich Kind bin, denke ich, dass ich ja nichts anders bin als ein Ossi, ohne Vergangenheit, ohne Herkunft. Aber das stimmt gar nicht. In Wirklichkeit habe ich auf beiden Seiten meiner Familie ganz starke Vorfahren, die zwei Kriege und die Flucht aus Pommern beziehungsweise Westpreußen gemeistert haben, meine Oma Else sogar ganz allein mit drei Kindern. Mein Ururopa Franz und Uropa Werner kämpften in zwei verschiedenen Kriegen. Franz kam zurück und floh dann mit vier Frauen und zwei Enkelinnen und Werner fiel in Russland. Ihre Geschichten sind vergessen. Das möchte ich so gerne ändern. Aber ich weiß nicht, wie. Ich meine, wie holt man denn Geschichte wieder in das Bewusstsein, die so lange her ist und über die auch keiner mehr sprechen möchte. Aber für mich ist es wichtig. Verstehst du das?«

Andrea nickte. »Ich glaube, es geht um deine Identität. Wer du bist. Man weiß ja heute, dass das nachweislich ein Teil von uns ist, von unseren Genen. Die Epigenetik hat gezeigt, dass die Erfahrungen unserer Vorfahren uns auch im Heute beeinflussen. Sie entscheiden, welche Gene bei uns angeknipst werden.«

Über Christians Gesicht legte sich ein Schatten. »Weißt du, dass ich darüber schon seit einer Weile nachdenke? Mir hat man immer gesagt, dass Oma Gretes Mann im Krieg gefallen ist. Das ganze Thema war für sie so schmerzhaft, auch für Hanni, dass nicht darüber gesprochen wurde. Es ist wie ein schwarzer Fleck in unserer Familiengeschichte. Aber als ich zuletzt bei meiner Oma Hanni zu Besuch war, da hat sie auf einmal von ihm gesprochen. Sie hat mir erzählt, wie sehr ihr ihr Vater in ihrer Jugend gefehlt hat. Schon komisch, oder? Wie präsent solche Erinnerungen nach so vielen Jahrzehnten noch immer sind.«

»Es war bestimmt nicht leicht, mit so einem Verlust umzugehen«, sagte Andrea verständnisvoll.

»Werner fiel in Russland in der Schlacht von Witebsk, da war Hanni gerade geboren, sie hat ihn nie kennengelernt. Mein Uropa Franz, also eigentlich mein Ururopa, Gretes Vater, Hannis Opa, wurde für sie eine Art Vaterersatz, vor allem, weil sie ja zusammen fliehen mussten. Das Ganze ist total verworren und es ist echt nicht leicht, an Informationen zu kommen.«

»Aber es ist dir wichtig?«

»Seit Gretes Beerdigung lässt mich das nicht mehr los. Ich kann es auch nicht erklären. Es hat alles mit mir zu tun, verstehst du? Es gibt da diesen dünnen Firnis aus vermeintlicher Normalität und darunter, ja, da sind all diese alten Verletzungen aus Verlust, Vertreibung, aus verlorener Identität und die betreffen auch mich.«

»Ich habe zuletzt etwas dazu gelesen«, sagte Andrea. »Es war ein Zeitungsartikel. Warte mal, vielleicht habe ich ihn aufgehoben.«

Sie stand auf und verschwand im Nebenzimmer. Kurz darauf tauchte sie mit einer Zeitschrift wieder auf. Sie schlug den Artikel auf.

»Es geht um etwas, das sich transgeneratives Trauma nennt und mit der Epigenetik zu tun hat. Die Wissenschaft ist erst dabei, das zu erforschen. Die Erfahrungen, die unsere Vorfahren machten: Krieg, Vertreibung, Gewalt, Genozid, Hunger, Seuchen, all das kann auf die nächsten Generationen übertragen werden. Das bedeutet, die verhalten sich dann so, als ob sie selbst das Trauma haben, entwickeln Angststörungen, Suchtprobleme, Depressionen, ohne sich an das eigentliche Trauma erinnern zu können. Psychologen sind damit inzwischen gut vertraut und entwickeln sogar Therapiemethoden. In Deutschland ist das ein gesamtgesellschaftliches Problem, schreibt die Journalistin hier. Die Kriegskinder, die waren eigentlich alle traumatisiert, nur hat sich niemand darum gekümmert, schließlich waren sie ja die Überlebenden. Es hieß, sich um den Wiederaufbau kümmern, nur nicht jammern. Vielfach waren sie ihren eigenen Kindern gegenüber besonders hart, obwohl gerade sie zu Symptomträgern dieses transgenerativen Traumas wurden, was viele Familien entzweit hat. Deshalb leiden viele von den sogenannten Babyboomern besonders oft unter unerklärlichen psychischen Erkrankungen oder haben ein schwieriges Verhältnis zu ihren Eltern. Und so dreht sich das immer weiter. Hinzu kommt die Epigenetik.«

Christian nickte. »Du meinst, dass wir das, was wir erleben, genetisch an unsere Nachfahren weitergeben und so bestimmte Gene an- oder ausknipsen. Das gilt auch für die Erfahrungen, die wir konkret machen. Sie bewirken, dass bei uns bestimmte Gene an- oder ausgeschaltet werden. Das ist aber noch kaum erforscht.«

»Ja, spannend, oder? Daran erkennt man, wie sehr das Leben unserer Vorfahren unseres beeinflusst, selbst wenn wir gar nichts darüber wissen.«

Christian überlegte einen Moment. »Seit der Beerdigung meiner Uroma kehre ich immer wieder dahin zurück. Mein ganzes Leben lang denke ich schon, ich sei nur ein dummer Ossi, einer, der eigentlich nirgendwo hingehört. Ich habe meine Heimat hinter mir gelassen, weil man mir beigebracht hat, dass diese Heimat wertlos ist. Ich fühle mich, als hätte ich keine Wurzeln, keine Identität, doch da ist etwas, das mich ruft, das regelrecht leuchtet vor Bedeutung und das von mir entdeckt und ausgegraben werden möchte.«

»Dann solltest du darauf hören.«

»Ich will nur keine alten Wunden aufreißen. Viele dieser Themen rühren an schmerzhafte Erinnerungen. Aber wenn ich jetzt keine Fragen stelle, dann ist es möglicherweise bald zu spät dafür.«

»Ok, was ist dein Plan?«

»Ich habe Kontakt mit einer Historikerin aufgenommen. Sie recherchiert für mich im Bundesarchiv. Ich will alles über ihn wissen, wie er gestorben ist, was damals los war. Ich denke, das ist die sauberste Lösung.«

»Und, hast du schon etwas zurückbekommen?«

Christian legte das Fotoalbum zur Seite und nahm seinen Laptop auf seinen Schoß. »Ja, und es ist sehr spannend.« Er öffnete die E-Mail. »Ich hatte Fragen, ich wollte wissen, ob er hungern musste, ob er überrannt wurde, all das eben. Sie hat ihn tatsächlich gefunden. Er starb im Lazarett, nach einer Verwundung am Fuß, konkret der Ferse. Er musste weder frieren, noch wurde er überrannt. Das deute ich positiv.«

»Was ist das?«, fragte Andrea.

»Das ist die Antwort aus dem Bundesarchiv aufgrund meiner Anfrage. Da steht: *Der Gesuchte ist erstmals mit einer Meldung vom September 1939 in der Einheit 2. Kolonne Marine-Bau-Bataillon 313 erfasst.* Er taucht dann später bei den Genesenen wieder auf und schließlich als Verstorbener.«

Christian griff neben sich und zog aus einem Umschlag zwei schwarz-weiß Fotos hervor. Eines zeigte vier junge Männer in Wehrmachtsuniform, auf einem anderen waren Wehrmachtsfahrzeuge abgebildet, unter denen »Stargard« zu lesen war.

»Ist das Opa Werner?«, fragte Andrea.

»Ja, kurz nach seiner Einberufung. Man sieht es an den Gesichtern, oder? Die Augen leuchten noch, sie sind noch nicht so ausgelöscht und leer wie nach der Schlacht.«

Andrea nahm das Foto in die Hand. »Du siehst ihm ähnlich. Schon komisch, wie sich Gene manchmal durchsetzen.«

»Ich habe anhand der Informationen vom Bundesarchiv inzwischen eine Menge herausbekommen. War gar nicht so einfach. Daraus wird ja ersichtlich, in welchen Regimentern er gedient hat. Er starb am 07.01.1944 in Witebsk.«

»Was sind das für Nummern?«, fragte Andrea.

»Feldpostnummern. So konnte sichergestellt werden, dass die Feldpost auch zugestellt wurde. Das war ja ein immenser organisatorischer Aufwand, die Feldpost zuzustellen, über gewaltige Strecken, unter Beschuss, etc.«

»Darüber macht man sich heute keine Gedanken mehr. Wir haben Handys.«

»Ja, schwer vorstellbar.«

»Was ist denn das Marine-Bau-Bataillon?«

»Das war die erste Station von Werner ab Mai 1940. Sie bauten Befestigungsanlagen an den Küsten. Als er eingezogen wurde, ging es zunächst nach Holland, Zeeland, Middelburg und so. Im September 1940 kam er dann zum Bau-Ersatz-Bataillon nach Pommern, also heutiges Polen, Straßenbau und so. Da bleibt er aber nicht lange, sein Dienstgrad ist Gefreiter. Warum er geht, ist nicht in den Akten verzeichnet. Er kommt dann im April zum Grenadier Ersatz-Bataillon 478 in Stargard/Pommern.«

»Da ist das Foto aufgenommen«, sagte Andrea.

»Ja, genau.«

»Dann kommt er im Mai 1943 zum Füsilier Regiment 27, was Teil der 12. Infanterie-Division ist, die in Ostpreußen eingesetzt wurde. Zu diesem Zeitpunkt waren die in Abwehrkämpfe im Raum Demjansk verwickelt, ab 1944 dann in Abwehrschlachten bei Witebsk. Und da endet seine Geschichte dann. Ein Kamerad brachte meiner Urgroßmutter den Ehering vorbei, der jedoch auf der Flucht später geraubt wurde. Grete verlor im selben Jahr an der Westfront ihren Bruder im Alter von 25 Jahren.«

»Was für tragische Schicksale sich hinter diesen mageren Fakten verbergen«, sagte Andrea. Sie legte ihm die Hand auf den Arm.

»Ja, wenn du bedenkst, dass ich bis vor Kurzem nicht einmal seinen Namen kannte, dann ist das schon eine ganze Menge, was ich dem Dunkel der Geschichte entreißen konnte«, sagte Christian.

»Wie geht es dir damit?«, fragte Andrea.

Christian überlegte. »Ich weiß es nicht. Es ist seltsam, weißt du? Auf der einen Seite fühle ich mich ihm so verbunden. Er war den Wirren seiner Zeit genauso ausgeliefert wie ich, auch er wusste nicht, was auf ihn zukommt. Er wurde am 03.10.1910 in Zewelin, Köslin in Pommern geboren, hat also als Kind den Ersten Weltkrieg miterlebt, allerdings war das in Pommern noch ziemlich soft, wenn man dem glaubt, was Oma Grete später darüber erzählt hat. Die Leute hatten genug zu essen, die Teuerungen und der Hunger gingen an ihnen vorbei, aber als dann die Revolution kam und die Umwälzungen waren sie auch davon betroffen. In Pommern gab es eigentlich nur zwei Sorten von Menschen, die Landbesitzer und die Landarbeiter, und das war alles eine große Gemeinschaft. Man verließ sich aufeinander, arbeitete zusammen, war eingebunden in den Jahreskreislauf, Ernte, all das. Jeder hatte seinen Platz. Und auf einmal war das vorbei. Man kann das auch als eine Identitätskrise beschreiben, auch wenn die Leute damals das wohl nicht so genannt hätten. In Pommern gingen die Uhren langsamer, die Industrialisierung, die Verstädterung des 19. Jahrhunderts, davon hat man dort nur wenig mitbekommen. Und auf einmal brach das alles dort hinein. Spätestens mit Ende des Zweiten Weltkriegs war dann Schluss mit der heilen Welt, da hieß es dann Flucht und Vertreibung. Deshalb waren diese Erinnerungen ja für viele noch Jahrzehnte später mit so viel Wehmut verbunden, weil es wirklich eine verlorene Welt war, die nie mehr zurückkehren würde.«

»Und ein bisschen davon lebt auch nach wie vor in dir«, sagte Andrea und schmiegte sich an ihn.

Christian strich ihr über den Kopf. »Ja, aber bis vor ein paar Jahren hatte ich davon keine Ahnung. Ich meine, ich wusste das alles, der Opa, der im Krieg geblieben war, Ururopa Franz und so, aber es hatte keine Bedeutung, weil ich nicht wusste, was es bedeutete, weil ich die Geschichte nicht kannte. Alles, was ich wusste, war, was man uns im Geschichtsunterricht erzählte, und da ging es immer nur um den Holocaust und um die Wende. Beides war jetzt nichts, mit dem ich mich unbedingt identifizieren wollte oder konnte. Aber jetzt, mit den Informationen, die ich heute habe, ist das etwas ganz anderes. Ich kann das fühlen, weißt du? Sie haben ihre Heimat verloren, sie waren Krieg und Not ausgesetzt, sie haben zusammengehalten, von vorne angefangen, sie haben so viel ausgehalten und nur weil sie das alles getan haben, bin ich heute hier. Es ist wichtig, das zu wissen. Aber viele Deutsche wollen das nicht wissen, weil sie denken, dass die Geschichte ihrer Großeltern und Urgroßeltern etwas ist, mit dem sie sich besser nicht beschäftigen. Und je mehr Zeit vergeht, umso mehr geht verloren. Es braucht nur eine Generation, die ihre Geschichte nicht erzählt, damit etwas unwiederbringlich verloren ist, damit die Lücken nicht mehr gefüllt werden können.«

»Aber es gibt ja schon viele Bücher und Biografien«, warf Andrea ein.

»Ja, aber die haben ja alle einen bestimmten Fokus.

Aufzuklären über die Gräueltaten, die die Deutschen begangen haben und damit wird das, was Deutschsein ist oder war, natürlich vor allem negativ bewertet, was ja auch verständlich ist. Aber was ist denn mit all denen, die nicht Feuer und Flamme waren für Hitler, die nicht unter den Tätern waren, sondern die wie mein Opa Werner einfach eingezogen und an der Front verheizt wurden? Was ist mit den Familien, die zerrissen wurden und die alles hinter sich lassen mussten? Die irgendwo neu anfangen mussten, mit nichts als den Kleidern, die sie auf der Flucht mitgenommen haben? Und da, wo sie hinkamen, waren sie ja auch nicht gut gelitten. Und als dann die Mauer fiel, da hieß es ja dann wieder ‚Scheiß-Ossis' und so.« Christian stand auf und begann, aufgeregt auf- und abzulaufen.

»Aber du hast es doch geschafft«, sagte Andrea. »Du bist weggegangen aus dem Osten und du bist heute jünger als dein Opa Werner und kannst auf eine beachtliche Karriere zurückblicken. Du lebst in der Schweiz, verdienst viel Geld, genießt viele Freiheiten, Ansehen, dein ganzes Leben liegt vor dir.«

Christian schwieg einen Moment. Vor dem Fenster ging mit einem rosaroten Himmel ein warmer Sommertag zu Ende, die Vögel zwitscherten ausgelassen.

»Aber ist diese Sicherheit nicht trügerisch?«, fragte Christian. »Ich meine, die Menschen 1914, die glaubten auch, sie seien in Sicherheit, ihnen könnte nichts passieren. Die Welt schien in festen Bahnen zu verlaufen, Kaiserreich, klare Regeln, seit 40 Jahren kein Krieg und die letzten Kriege hatten sie gewonnen. Es ging allen gut, sogar Kolonialreiche hatten sie, Deutschlands Platz an der Sonne. Es gab Telefon, Automobile, Zeppeline, sogar Flugreisen wurden modern. Und dann? Apokalypse. Danach Spanische Grippe, Inflation, Schwarzer Freitag und dann kam Hitler und die totale Zerstörung, Weltuntergang. Für jemand wie meinen Uropa Werner oder Ururopa Franz ist die Welt mehr als einmal untergegangen. Und damals war nicht alles so schnelllebig wie heute. Auch bei uns kann jederzeit etwas Unerwartetes geschehen, das alles verändert, alle Gewissheiten auf den Kopf stellt.«

Andrea lächelte stirnrunzelnd. »Und was soll das sein?«

Christian zuckte mit den Schultern. »Ein Virus? Ein Krieg? Ein Cyberangriff? Eine durchgeknallte KI? Woher soll ich das wissen? Genug düstere Szenarien gibt es ja von Totalüberwachung über Technokratie bis Weltkrieg.«

»Jetzt malst du aber ganz schön schwarz«, sagte Andrea, lachte und zog den Laptop zu sich. »Wir sollten lieber mal darüber nachdenken, wo wir im Sommer Urlaub machen. Wir sind schon ganz schön spät dran. Auf was hast du Lust? Bali? Oder Mauritius? Oder etwas ganz anderes?«

Ein Foto fiel herunter. Es zeigte eine ernste junge Frau in einem hellen Kleid, die vor einer Häuserpromenade stand.

»Wer ist das denn?«, fragte Andrea, als sie das Foto aufhob.

»Das ist meine Oma Else, die andere Familienlinie. Es

gibt aber Parallelen. Franz, Margarete und Johanna flohen aus Pommern, Else und ihre Familie aus dem Korridor oder Westpreußen. Alle erlebten Furchtbares auf ihrer Flucht vor den Russen in Richtung Westen.«

»Und wo steht sie da?«

»Das ist das alte Elbing. Eine wunderschöne, hanseatische Stadt direkt an der Ostsee, kleiner Hafen. Ich würde ja zu gerne mal hin und nachsehen, was davon heute noch übrig ist. Was hältst du davon, wenn wir unseren diesjährigen Urlaub in Polen machen?«

Andrea riss die Augen auf. »In Polen?«

»Ja, da liegen schließlich meine Wurzeln. Ich will durch die Straßen gehen, durch die meine Vorfahren gegangen sind, mir anschauen, was von damals noch übrig ist. Wir könnten über Pommern rüber in die Masuren fahren. Da ist es wunderschön, es gibt viele Seen und Danzig ist immer eine Reise wert.«

Andrea überlegte kurz. »Na, meinetwegen. Also wird das ein Roadtrip?«

»Roadtrip it is!« Christian lachte.

Zwei Wochen später war es so weit. Von Luzern aus ging es in Richtung Nordosten. In Würzburg aßen sie zu Mittag und genehmigten sich einen köstlichen Weißwein, am Abend trafen sie in Ballenstedt im Harz in Sachsen-Anhalt ein, wo Christian aufgewachsen war.

Alles hier wirkte winzig, die schmalen, gewundenen Straßen, das Ballenstedter Schloss, mit dem man verzweifelt versuchte, Touristen anzulocken, die vielen unsanierten Häuser, die architektonische Schmuckstücke waren, für die sich niemand erwärmen wollte. Sie fuhren an seiner ehemaligen Schule vorbei, dem Sportplatz, auf dem er Fußball gespielt hatte.

Alles erschien ihm fremd und vertraut gleichzeitig. Wie viel so ein paar Jahre ausmachen konnten. Oder sah er nun alles mit anderen Augen? An einer Bushaltestelle saßen Jugendliche und tranken Bier, an einem Kiosk standen Menschen mit verlorenen Gesichtern. Beinahe fühlte sich Christian wie ein Verräter, als er mit seinem teuren Wagen und dem Schweizer Nummernschild hier durchfuhr.

Andrea sprach aus, was er dachte. »Ich bringe das alles so gar nicht mit dir in Einklang.«

»Und doch komme ich von hier«, sagte er. »Ich bin ja irgendwie auch ein Ossi. Zumindest dachte ich das immer. Bis ich anfing, mich damit zu beschäftigen, was wirklich dahinter steckte.«

Christians Eltern erwarteten sie zum Abendessen. Nach ihrer Rente waren sie wieder in die alte Heimat zurückgekehrt, hatten sich hier, wo es günstiger war, ein Haus gekauft. Sein Vater warf den Grill an, die Stimmung war ausgelassen. Andrea half Christians Mutter in der Küche.

»Du hast es wirklich geschafft, mein Sohn«, sagte Christians Vater mit hörbarem Stolz in der Stimme. »Noch nicht einmal 35 und du verdienst so viel Geld. Lebst in der Schweiz und so. Der Timo, der Sohn vom Onkel Jens, der ist auch schon 32, und bekommt Hartz IV, wie viele hier.«

Christian nickte, ein Bier in der Hand. Warme Abendluft lag über den Gärten, die Vögel zwitscherten, irgendwo mähte jemand den Rasen.

Biografien wie diese waren Christian nicht fremd. Die meisten seiner ehemaligen Mitschüler hatten es nie aus Ballenstedt herausgeschafft. Ein paar von ihnen waren in den Westen gegangen und hatten nie zurückgeblickt, arbeiteten in Hamburg, München und Frankfurt, doch die anderen hatten Familien gegründet und waren zurückgeblieben. Schön war es hier im Harz, das war unbestritten. Vor allem jetzt im Sommer, wenn der Wald in seinem vollen Saft stand und alles grünte, auch kamen immer mehr Urlauber hierher, doch strukturell blieb es hier Entwicklungsgebiet. Der Bus fuhr nur zweimal am Tag, Magdeburg und Halle waren jeweils knapp eine Stunde mit dem Auto entfernt. Züge fuhren hier kaum noch, da die Deutsche Bahn immer mehr Bahnverbindungen im Osten abbaute und was es noch weniger gab als Bahnverbindungen, waren Jobs. Fast jede Gaststätte hatte geschlossen, ebenso wie jeder zweite Supermarkt.

Christian erinnerte sich daran, vor Kurzem eine Statistik gelesen zu haben, nach der so gut wie jedes Start-up aus den sogenannten alten Bundesländern kam, ebenso wie die erdrückende Mehrheit von Unternehmern.

Der Osten der Republik, er krankte noch immer am schweren Erbe der Vergangenheit. Die Rechten hatten Zulauf, man regte sich über Zuwanderung auf, über die, die einem alles wegnahmen, Arbeitsplätze, Hoffnung, Aufmerksamkeit.

Was nötig war, war ein echter Strukturwandel.

Und dann dachte Christian wieder an seine Vorfahren. An Oma Else, die mit drei Kindern, eins im Rucksack, allein durch das Chaos der letzten Kriegstage gen Westen geflohen war, über Werner, der in der russischen Eishölle seinen Verletzungen erlegen war, an Uropa Franz, der zwei Weltkriege und die Flucht überlebt hatte. Wie würden diese Menschen, inzwischen alle tot, wohl über diese Probleme denken? Würden sie sich fürchten, ärgern oder würden sie die Ärmel hochkrempeln und einfach wieder von vorne anfangen, so wie sie es schon viele Male getan hatten? War das, womit der Osten zu kämpfen hatte, weniger ein Strukturproblem als ein Mentalitätsproblem? Darüber wollte Christian nicht urteilen, dazu verstand er sich selbst nach wie vor viel zu sehr als »Ossi« und es erfüllte ihn mit Zorn, wenn dieses Wort eine entsprechende Abwertung erfuhr. Doch in der letzten Zeit hatte er begonnen, in größeren Zusammenhängen und Fragestellungen zu denken.

Nach dem Frühstück reisten sie ab. Sie ließen Ballenstedt hinter sich und fuhren in Richtung Stettin. In Brandenburg und Mecklenburg-Vorpommern wurde die Landschaft noch weiter und menschenleerer und die Straßen noch schlechter, dafür kam die Ostsee immer näher.

Sie passierten die alten Grenzposten und fanden sich kurz darauf auf polnischen Straßen wieder.

»Ich glaube, diese Autobahnen hat Hitler gebaut«, sagte Christian, während er seinen Ellenbogen aus dem Fenster hielt. Prompt gerieten sie in einen Stau. Am Straßenrand saßen alte Frauen und boten eingelegte

Früchte und frische Kirschen an. Sein Magen knurrte, doch er wollte bis zum Abend noch einige Kilometer schaffen.

Am Abend erreichten sie Stargard, wo sie sich in einem hübschen kleinen Hotel in der Innenstadt einmieteten und ein herrliches Abendessen auf dem Marktplatz einnahmen.

»Worüber denkst du nach?«, fragte Christian Andrea.

»Darüber, wie anders es hier aussah, als dein Opa Werner hier war.«

»Damals war Krieg«, sagte Christian. »Und es ist 76 Jahre her. Ein ganzes Menschenleben.«

»Aber die Leute vergessen so schnell«, sagte Andrea. »Um uns herum sprechen jetzt alle Polnisch. Ich meine, wissen die Menschen noch, dass das damals alles zu Deutschland gehörte?«

»Na ja, die Spuren sind ja schon noch sichtbar, da war doch das alte Fabrikgebäude, an dem wir vorhin vorbeigekommen sind, mit deutschem Namen, total verfallen. Als nach dem Zweiten Weltkrieg die Polen das alles hier übernahmen, wurden Polen aus dem Osten hierher übergesiedelt. Die waren also auch entwurzelt. So richtig in Gang gekommen ist die Wirtschaft hier nie, das sieht rund um Warschau im Osten anders aus.«

»Das Essen schmeckt auf jeden Fall lecker«, sagte Andrea.

»Das stimmt.« Christian lächelte.

Am nächsten Morgen ging es weiter nach Kołobrzeg an der Ostsee, das frühere Kolberg.

Mit ihren Türmen und ihrem feinen weißen Strand lag die Stadt malerisch in einer kleinen Bucht.

»Das ist ja ein Paradies!«, rief Andrea aus.

Christian lächelte.

Sie parkten das Auto an einem der vielen Parkplätze an der Promenade und schlenderten dann barfuß am Strand entlang. Überall gab es frischen Fisch und pappsüße Waffeln mit Schlagsahne. Badegäste planschten in den Wellen und Kinder freuten sich über den Sommer.

»Die Stadt entstand ursprünglich während der deutschen Ostsiedlung«, erklärte Christian. »Das geschah während des Hochmittelalters. Der Deutsche Orden lockte deutsche Siedler nach Osten, um das Land dort urbar zu machen. Die deutschen Siedler hatten die überlegeneren Techniken. So wurde auch Kolberg als Stadt befestigt, obwohl es wohl schon vorher eine slawische Siedlung gab. Im 19. Jahrhundert wurde es dann ein beliebter Badeort, man war weltoffen und so. Ich habe irgendwo gelesen, dass nach dem Zweiten Weltkrieg nur noch 2.200 Menschen hier lebten.«

»Unfassbar«, sagte Andrea.

»Von hier aus sind es nur noch 41 Kilometer bis Köslin. Mit dem Pferdefuhrwerk ist das natürlich ein ganzes Stück, aber eigentlich nur ein Katzensprung.«

»Ich mag die Landschaft hier so sehr, das habe ich vorhin schon gedacht, als wir durch all die alten Alleen mit dem holprigen Kopfsteinpflaster fuhren. Die Landschaft hat so etwas Wehmütiges, Verwunschenes, als sei sie aus der Zeit gefallen. Man meint geradezu, man kann die Bauern mit ihren Sicheln auf den Feldern stehen sehen, die Pferdefuhrwerke über die Straßen rumpeln hören und man schmeckt das Apfelkompott noch auf der Zunge.«

Christian zog Andrea an sich. »In dir steckt ja eine richtige kleine Poetin. Der Urlaub scheint dir gutzutun, hm?«

Sie lächelte. »Er ist eine Reise in die Vergangenheit, deine Vergangenheit und ich finde es gut, dass du das tust. Das gibt dir Wurzeln. Ich finde, jeder Mensch sollte das tun.«

Im goldenen Licht der Abendsommersonne erreichten sie schließlich Köslin.

»Eine Kleinstadt ist das aber nicht mehr«, staunte Andrea, als sie durch die belebten Straßen fuhren, in denen sich Autos, Busse und Straßenbahnen tummelten.

»Nein, eine sogenannte Regiopole, ein Zentrum mit 108.000 Einwohnern. Hier hat sich viel verändert, seit meine Vorfahren hier lebten. Sie lebten ja nicht direkt in Köslin, sondern in Zewelin. Das ist ein kleiner Ort. Da gibt es einen Gutshof und so. Aber ich habe schon geschaut, da gibt es nichts Gutes zum Übernachten, also bleiben wir für heute am besten hier und fahren morgen dorthin.«

Sie spazierten über den Stadtplatz mit dem Rathaus, auf dem einst ein Denkmal für König Friedrich Wilhelm I. stand, wie Christian aus Büchern wusste.

Sie fanden ein nettes Boutique-Hotel in der Innenstadt und fuhren am nächsten Tag nach Zewelin. Eine kleine gewundene Straße mit Pflastersteinen führte in den Ort. Linden und Pappeln säumten den Weg.

»Das muss das Forsthaus sein, in dem Ururopa Franz mit seiner Familie gelebt haben muss«, sagte Christian und hielt an.

»Meinst du wirklich? Dass das noch steht? Nach all den Jahren?«, zweifelte Andrea, als sie auf das Haus zuliefen.

Das Häuschen war kaum noch zu sehen zwischen den windschiefen Tannen und augenscheinlich war es auch nicht mehr bewohnt, doch niemand hatte sich die Mühe gemacht, es abzureißen.

»Ja, das ist die richtige Adresse. Hier ist Uroma Margarete aufgewachsen, bis sie Uropa Werner kennengelernt hat.«

Andrea blieb am Zaun stehen und blickte auf das Haus. »Stell dir mal vor, wie lange wir in deinem Auto hierher gebraucht haben. Ich versuche, mir gerade auszumalen, wie das damals gewesen sein muss.«

Christian folgte ihrem Blick. »Es war mitten im Winter, einer der kältesten Winter seit Jahren. Es schneite, viele Grad unter null. Sie hatten nur Pferdewagen und konnten nur mitnehmen, was sie tragen konnten, alles andere, ihr ganzes Leben mussten sie zurücklassen. Es gibt viele Berichte von Menschen, die aus Ostpreußen flohen, aber der Horror wird wohl ähnlich gewesen sein. Das Kurer Haff, also die Ostseebucht, war zugefroren, also flohen sie über das Haff. Pioniere der Wehrmacht hatten den Weg abgesteckt. Eisbrecher hatten eine Fahrrinne durchgebrochen für die Schiffe. Die russische Artillerie schoss auf die Flüchtlinge, es gab Schneestürme. Es muss entsetzlich gewesen sein. Einige waren auch auf Schlitten unterwegs. Viele starben, es heißt, der Weg war gesäumt mit gefrorenen Leichen. Der Treck brach im Eis immer wieder ein. Tiere und Menschen schwammen in den Bombenlöchern. Die Mütter mussten ihre Kinder unbestattet zurücklassen. Es war die absolute Hölle.«

»Hat deine Uroma mit dir darüber gesprochen?«

Christian schüttelte den Kopf. »Nein, keine von beiden. Weder Margarete noch Else, die ja von Elbing aus weiter im Osten geflohen ist. Else starb ja schon 1986, sie habe ich ja nicht mehr kennengelernt. Sie haben immer geschwiegen. Es waren dann andere Sachen wichtiger. Wiederaufbau, Ankommen in der DDR, sich einfinden im neuen Deutschland und so. Und bei Margarete dann die Wende, auf einmal wieder ein neues System, wieder war man nichts mehr wert. Diese ganzen Flüchtlingsbiografien, um die hat man sich doch gar nicht geschert. Deutschland, das waren die, die den Krieg verloren haben, aber das waren auch die Schuldigen am Holocaust, da jammerte man nicht über die verlorene Heimat und so. Auch nicht über das, was die Russen den deutschen Frauen angetan haben. Furchtbare Sachen, millionenfache Vergewaltigungen. Viele Frauen nahmen sich das Leben, weil sie damit nicht leben konnten, andere schwiegen für immer. All das steckt ja irgendwie in uns, in unserem kollektiven kulturellen Gedächtnis.«

»Ich glaube, damals hat es hier ziemlich ähnlich ausgesehen, nur nicht ganz so verfallen«, sagte Andrea verträumt. »Es fühlt sich irgendwie nach Heimat an, nach Wurzeln.«

Christian nickte. »Ja, das fühle ich auch.«

Sie schlenderten durch Zewelin und besuchten die Ruine des alten Gutshofs. Der Glanz vergangener Zeit war nicht mehr sichtbar, die neuen Bewohner der Ortschaft hatten andere Prioritäten. Werners Wohnhaus konnte Christian nicht mehr finden. Doch es fühlte sich gut an, über die alten Dorfstraßen zu gehen, über die auch Werner, Franz und Margarete so viele Male gegangen sein mussten. Die Kirche zu besuchen, in der Margarete getauft worden war und in der sie und Werner geheiratet hatten. Einen Auszug aus dem Taufregister und dem Sterberegister hatte Christian bereits online gefunden, die Kirche war damals noch evangelisch gewesen, heute war sie längst katholisch.

Sie ließen das Dorf hinter sich und schlenderten hinaus auf die Felder, auf denen Werner und Franz wohl viele Male Heu für ihre Pferde und Kühe gemäht hatten. Mit purer Muskelkraft, denn die Industrialisierung hatte in Pommern nie wirklich Einzug gehalten.

Hinter der Dorfkirche fanden sie einen alten, eingewachsenen Friedhof. Die Grabsteine waren verwittert, doch ohne lange suchen zu müssen, entdeckte Christian Grabsteine mit den Familiennamen seiner Mutter – Wolter und Dahnz. Es berührte ihn auf eine ganz eigentümliche Weise, die Gräber seiner Vorfahren gefunden zu haben und eine Träne schlich sich in seinen Augenwinkel.

Am frühen Mittag verließen sie Zewelin und brachen in Richtung Danzig auf, heute Gdańsk. Andrea verliebte sich sofort in die quirlige Metropole mit der wechselhaften Geschichte. Im Laufe der Jahrhunderte hatte Danzig unter polnischer, später unter preußischer und deutscher Oberherrschaft gestanden. Auch diese Stadt war, wie Kolberg durch den Deutschen Orden geprägt, jedoch wesentlich größer und geschichtsträchtiger.

»Günter Grass hat dem Postamt von Danzig in seiner Blechtrommel ja ein unvergessliches Andenken gesetzt«, sagte Christian, der sich noch lebhaft an den Roman erinnerte, den er als junger Mann gelesen hatte. »Gehört irgendwie zum Deutschsein dazu, den einmal gelesen zu haben. Ich weiß noch, dass mich die Sexszenen am meisten verwirrten.«

»Ich glaube, ich habe das Buch nie gelesen«, sagte Andrea. »Sollte ich vielleicht nachholen.«

Sie streiften durch Danzig, bestaunten die Marienkirche und den Neptunbrunnen und kauften Bernsteinschmuck von den Händlern am Hafen.

»Ich frage mich, wie oft Else mit ihrem Fritz hier war. Vielleicht kamen sie zum Tanzen hierher, immerhin hatten sie hier ein wenig mehr Privatsphäre als in Elbing. Es sind etwa 60 Kilometer, es gab damals eine gute Zug- und Busverbindung, wenn ich das richtig in Erinnerung habe. Möglicherweise hat er ihr genau hier auch mal ein Schmuckstück aus Bernstein gekauft, das dann auf der Flucht verloren ging.

Sie blieben nicht lange in Danzig, das jetzt im Sommer von Touristen geflutet wurde, die meisten von ihnen polnischsprachig.

»Komisch, sich vorzustellen, dass hier vor sieben Jahrzehnten mal alle Deutsch sprachen«, sagte Christian. »Obwohl sich vieles hier immer noch deutsch anfühlt. So als sei die Vergangenheit ganz dicht unter der Oberfläche immer noch lebendig.«

»Ich glaube, ich habe einfach weniger Fantasie als du. Ich kann mir das alles irgendwie nicht mehr vorstellen. Für mich ist das hier eine polnische Stadt. Ich habe da nicht so den Bezug zu, fürchte ich. Aber ich bin auch müde und es ist furchtbar warm.«

»Dann lass uns aufbrechen in Richtung Masuren. Elbing ist nicht weit und es wird dir gefallen. Unweit von hier ist übrigens auch das KZ Stutthof. Es wurde unmittelbar nach dem deutschen Überfall auf Polen errichtet und bestand bis 1945. Es war ein Vernichtungslager, auch wenn die Gaskammer dort nur kurzzeitig in Betrieb war, weil sie in Flammen aufging. Aber die Zustände, die dort herrschten, waren elendig menschenverachtend. Es gab Typhusausbrüche, außerdem wurden dort schreckliche Versuche an Menschen durchgeführt, und als klar war, dass das Deutsche Reich verloren war, schickten die Befehlshaber die vollkommen entkräfteten Menschen auf Todesmärsche. Insgesamt 65.000 Menschen sollen in Stutthof und auf den Todesmärschen ums Leben gekommen sein.«

»Das mit den Todesmärschen wusste ich nicht.«

»Ja, das ist auch allgemein gar nicht so bekannt. Es entlarvt das Nachkriegsnarrativ vieler Deutscher, dass ja eigentlich nur mitgemacht wurde, weil sie keine andere Wahl hatten oder aber, dass sie von nichts wussten. Die Todesmärsche fanden statt, als klar war, dass der

Krieg vorbei war, als Hitler und die SS keine Macht mehr hatten. Als man die Menschen in den KZs einfach hätte gehen lassen können, man aber Angst hatte, dass die Alliierten vorrückten und sie befreien könnte. Also schickte man sie auf diese Märsche, wo sie letztendlich zu Tode kamen. Das zeigte den absoluten Tötungswillen der Handelnden. Der amerikanische Historiker Noah Goldhagen, selbst ein Jude, hat darauf zum ersten Mal aufmerksam gemacht. Damals war richtig was los. Wie kann er sich das herausnehmen und so? Uns unsere Geschichte erklären? Aber in seinem Buch »Hitlers willige Vollstrecker« zeigt er sehr deutlich auf, dass die Ausreden der Deutschen – wir wussten von nichts, wir konnten nichts dagegen tun, wir haben nicht mitgemacht – für das Gros der Bevölkerung so nicht zu halten sind. Bis heute eine sehr schwierige Debatte, die nur insofern zu einem Ende kommt, als die meisten, die damals dabei waren, ob als Täter oder Opfer, inzwischen tot sind.«

»Müssen wir uns das auch angucken? Ich weiß nicht, ob ich das möchte.«

Christian schüttelte den Kopf. »Nein, wir fahren jetzt nach Elbing. Los, komm.«

Sie stiegen wieder ins Auto und fuhren weiter in Richtung Osten. Während die Sonne langsam tiefer sank, erreichten sie die Gegend der Masuren, wo sich zwischen verträumten Alleen idyllische Seenlandschaften erstreckten. Elbing selbst war ein pittoreskes Städtchen, das wirkte, als sei die Zeit stehen geblieben. Es gab einen kleinen Hafen und einen künstlichen Kanal, Herrenhäuser aus Ziegelsteinen und Brücken über den Kanal. Sie fanden eine niedliche Pension, in der es traditionelles polnisches Essen gab, und dann machten sie sich daran, das Städtchen zu erkunden.

»Das ist die Straße!«, rief Christian aufgeregt. »Hier hat Oma Else mit ihren Schwestern und ihren Eltern gewohnt, bevor sie Opa Fritz geheiratet hat. Dann sind sie irgendwann zusammen in sein Elternhaus gezogen.«

»Was ist aus ihren Eltern geworden?«, fragte Andrea, die im sanften Abendlicht neben ihm her schlenderte.

»Ihr Vater ist auf der Flucht verschollen, keine Ahnung, was aus ihm wurde. Sie hat ihn über das DRK noch gesucht, leider ohne Erfolg, ebenso wie die Mutter. Stell dir das vor! Beide Eltern auf der Flucht verloren! Das trifft auch auf Fritz' Eltern zu, ebenfalls verschollen auf der Flucht. Das muss das absolute Chaos gewesen sein. Die Stadt lag beinahe komplett in Trümmern, schon im Januar 1945 hatte ein Großteil der Bevölkerung die Stadt verlassen. Auch der Mann von Elses Schwester Hildegard ist auf der Flucht verschollen.«

Vor einem Haus mit niedrigem Dach blieb er stehen. Wäsche wehte auf einer Leine im Hinterhof. Irgendwo bellte ein Hund. »Hier muss das Haus gestanden haben. Aber das Gebäude hier ist zu neu. Vermutlich wurde das alte Haus im Krieg zerstört.«

In einiger Entfernung rumpelte die Straßenbahn. Ein Lächeln huschte über Christians Gesicht. »Laut Internet gab es die Straßenbahn damals schon. Ziemlich modern.«

Andrea nickte. »Und ganz anders als in Zewelin, oder? Irgendwie schon sehr städtisch, nicht so ländlich.«

»Ja, ein ganz schöner Kontrast. Trotzdem fällt es mir hier viel schwerer, vor meinem inneren Auge die Zeit zurückzudrehen. In Zewelin war das alles noch viel greifbarer.«

»Ja, weil nicht so viel verändert wurde«, stimmte Andrea zu. »Hier entgegen wurde viel gebaut, die Menschen haben die Stadt ihren Bedürfnissen angepasst. Und du darfst nicht vergessen, dass sieben Jahrzehnte dazwischen liegen. Und mehr als ein Regimewechsel.«

»Ich habe vor kurzem Mal eine Dokumentation gesehen. Da ist ein Kamerateam kurz nach der Wende nach Polen rüber. Man muss sich das vorstellen, damals gab es keinerlei diplomatische Beziehungen zwischen Westdeutschland und Polen, es herrschte Eiszeit seit dem Zweiten Weltkrieg. Da war ich immerhin schon auf der Welt. Jedenfalls war das, als würde man in eine andere Dimension reisen, die alten Autos, die verrußten Häuserzeilen, die Armut und all das. Die Diskrepanz zu dem, wie selbst wir in der DDR damals lebten, war schon krass. Und es hat lange gedauert, bis hier etwas in Gang kam, eigentlich erst mit der Aufnahme in die EU.«

Andrea dachte an Danzig, an die Zeilen mit den Geschäften, die gefüllten Cafés, die vielen Menschen.

»Dafür hat man aber ganz schön aufgeholt, wenn auch mit regionalen Unterschieden.«

Christian nickte. »Man darf nicht vergessen, dass Polen in seiner Geschichte gleich zweimal von der Weltkarte gewischt wurde und der deutsche Part dabei ist mehr als unrühmlich. Deshalb fühlt es sich für mich auch total zwiespältig an, auf der einen Seite der Geschichte meiner Ahnen nachzuspüren und auf der anderen Seite mitten in diesem Kapitel unfassbar brutaler Weltgeschichte zu stehen, das viel zu schnell ins Vergessen gerät. Doch diese beiden Dinge sind untrennbar miteinander verbunden. Die Geschichte meiner Vorfahren ist ein Faden in diesem riesigen Teppich der Vergangenheit – und es ist real. Das ist keine Fiktion, die sich irgendwer ausgedacht hat, das ist wirklich passiert und zwar den Menschen meiner Familie. Ich meine, wer in unserer Generation weiß denn noch etwas darüber? Die meisten verdrehen doch schon die Augen, wenn es im Geschichtsunterricht darum geht, weil sie nicht verstehen, wie viel das alles immer auch noch mit uns zu tun hat.« Er hielt kurz inne. »Wobei ich unterstellen würde, dass das auch etwas damit zu tun hat, wie es vermittelt wird.«

Andrea nickte. »Du meinst Geschichtsunterricht und so? Ja, fand ich auch immer eher langweilig. Aber seit ich jetzt mit dir unterwegs bin, so mittendrin, da ist das etwas ganz anderes. Da fühlt es sich total lebendig an mit einem gefühlsmäßigen Bezug. Ein bisschen wie Indiana Jones auf Deutsch.«

5. Kapitel

Aus einem niederländischen Geschichtsbuch:

Als Adolf Hitler im Mai 1940 seine Truppen in die Niederlande schickte, war es ein beispielloser Überfall. Er hatte das kleine Land nicht nur angegriffen, sondern auch verängstigt und verletzt. Viele Menschen waren auf der Flucht, um vor den Nazis zu fliehen und hofften, dass sie nicht gefangen genommen oder getötet werden würden.
Die deutschen Truppen durchsuchten und besetzten die Niederlande. Sie konfiszierten alle Ressourcen, einschließlich Essen, Wasser, Kraftstoff und Kommunikationsmittel. Viele Einwohner wurden zum Arbeitseinsatz gezwungen, um die deutschen Truppen zu unterstützen. Viele andere wurden in Konzentrationslager geschickt und dort schrecklich behandelt.
Es war ein Albtraum für die holländischen Einwohner, der viele Jahre andauerte und das Land und die Menschen schrecklich traf. Trotz des Bündnisses mit dem Nazi-Regime blieben einige holländische Widerstandsorganisationen bestehen, um die deutschen Truppen zu bekämpfen und schließlich zum Kriegsende im Mai 1945 zu vertreiben. Trotzdem hinterließ die Besetzung durch Hitler eine Reihe von Narben, die bis heute nicht vollständig geheilt sind.

Zewelin, Mai 1940

Krieg, Krieg, überall war Krieg. Der Ruf schallte von den Häusern, wurde von den Wänden zurückgeworfen. Spann sich durch die Straßen bis in die Gedanken der Menschen hinein wie ein giftiger Pilz, dessen Fruchtkörper man an der Oberfläche wahrnahm, dessen Fäden allerdings unterirdisch ein dichtes Netz des Verderbens webten.

Werner wollte nicht in den Krieg. Was hatte es für einen Sinn, für einen Führer oder ein Vaterland in den Krieg zu ziehen? Er war ein einfacher Mann, der seine Arbeit liebte, seinem Tagwerk nachging und abends früh einschlief. Seit er denken konnte, bestand das Leben aus Arbeit, am Sonntag der Kirchgang. Er machte nicht viele Worte, war in sich gekehrt und behielt meistens für sich, was er dachte.

Nun lag er da, der Einberufungsbefehl, zunächst in den Reichsarbeitsdienst, in das Marine-Bau-Bataillon, es ging nach Middelburg in Holland.

Margarete hatte den Brief heute vom Postboten erhalten. Wieso sollte es ihm anders ergehen als all den anderen, die an der Front kämpften? Aber er musste, musste diesen Weg gehen, denn es gab kein Entrinnen.

Während draußen die Vögel zwitscherten und einen neuen Sommer ankündigten, schienen in dem kleinen Haus am Waldrand die Uhren stillzustehen.

Werner wusste, dass er seinen Frieden machen musste mit dem Schicksal in ein fremdes Land zu reisen und den Krieg aktiv mitzumachen. Er würde nicht mehr den Tag begrüßen, sondern die Nacht willkommen heißen. Mit der Hoffnung auf eine bessere Zukunft verabschiedete er sich von seiner Familie und machte sich schweren Herzens auf den Weg.

Am 01. September hatte Deutschland Polen überfallen, am 03. September war der Kriegseintritt Frankreichs und Englands erfolgt und nun stand die Welt in Flammen. Hitler war in Holland einmarschiert, weil er einen englischen Angriff fürchtete. Als sei der letzte verheerende Krieg nicht seit etwas über 20 Jahren vorbei, waren sie alle wieder dabei, wollten verteidigen, was nicht mehr als Hirngespinst eines Irren war.

So dachte Werner über Adolf Hitler, diesen Emporkömmling aus der Gosse. Ein gescheiterter Künstler, der sich in den Schützengräben Frankreichs in die Hose geschissen hatte, als es richtig losging und der schickte nun Jungen und Männer in einen sinnlosen Krieg? Wenn Werner darüber nachdachte, dann ballten sich seine Hände zu Fäusten, doch es half nichts. Er konnte seinem Schicksal nicht entkommen, niemand konnte das.

Wenn er nur Margarete nicht zurücklassen musste, die kleine Margot war doch erst geboren. Und wer wusste schon, was die Zukunft bringen würde? Es lag nicht an ihm, die Zukunft vorherzusehen. Er musste sich fügen, obwohl sich alles in ihm dagegen wehrte. Immerhin war es der Reichsarbeitsdienst, nicht die Wehrmacht. Für die besaß er wohl nicht genug Tauglichkeit oder man hatte ihn aufgrund seiner handwerklichen Fähigkeiten ausgesucht, auch das wusste er nicht.

Wer blickte schon hinter die Kulissen jenes Bürokratiemonsters, das der Irre in Berlin geschaffen hatte? Behörden für alles und jedes, vor allem solche, die das Unrecht verwalteten, das Niederste der menschlichen Natur, säuberlich erfasst in Karteikarten und Aktenstapeln.

Später, das wusste Werner, würden sie alle sagen, sie hätten nichts gewusst. Dabei waren die Zeichen nicht zu übersehen: Die kaum verhohlene Gewalt und Mordlust, die hervorblitzte wie ein verschlagenes Raubtier, wenn sie mit ihren blank polierten Stiefeln im Stechschritt marschierten und der kleine Mann unter der Mitternachtssonne sich seinen Weltmachtsträumen hingab. Hatte die Welt nicht genug gelitten? Was für eine Verschwendung! Was Werner nicht wusste, war, dass er dieses Ende nicht mehr erleben würde, dass dieser Krieg ihn und seine Familie zerfetzen und in alle Winde verstreuen würde.

Werner versuchte, die aufkommende Verzweiflung zu unterdrücken. Er entschied sich für Mut und Aufrichtigkeit. Ein Teil des Widerstands, wenn man ihn so nennen konnte, das Mitleid der Menschen statt des Hasses. Er war einer der vielen, aber er besaß Hoffnung und den Glauben an eine gerechtere Zukunft. Er hatte seinen Kampf begonnen und bereitete sich auf den Weg nach Frankreich vor.

Er wusste, dass es ein Opfer war, das man bringen musste für Freiheit und Frieden. Werner konnte seinen Beitrag leisten, – vielleicht etwas bewirken – in der Hoffnung, dass die Menschen in seinem Land und anderswo eines Tages in Frieden leben könnten. So ging er hinaus ins Unbekannte – Gottes Segen in Form der Gebete seiner Frau begleitete ihn.

Das Marine-Bataillon 313, das er bei seiner Ankunft im beschaulichen Städtchen Middelburg vorfand, sollte ihn auf seinem Weg weiter begleiten. Es unterstand dem Oberkommando der Kriegsmarine und wurde nach der Kriegserklärung der Westmächte an Deutschland an die Westfront in Holland geschickt, da man einen Seeangriff Englands fürchtete. Der Überfall auf Polen hatte den Bündnisfall ausgelöst, vor allem, weil Russland dabei eine mehr als unrühmliche Rolle zukam. In einem Geheimabkommen hatte Stalin mit Hitler ein Bündnis abgeschlossen und Polen kurzerhand unter sich aufgeteilt – zum zweiten Mal in der von Gewalt geprägten Geschichte des kleinen Landes. Und nun stand Deutschland am Pranger und die seit Jahren laufenden Rüstungsbemühungen erreichten ihren Höhepunkt. Jeder wurde, ob er wollte oder nicht in diesen Krieg hineingezogen, nun auch Werner als Teil der Marineinfanterie. Zwar ohne direkte Gefechtsbeteiligung, aber Teil dieser gigantischen, nach Blut dürstenden, todbringenden Kriegsmaschinerie. Die Marineinfanteristen und -pioniere kümmerten sich um Minenräumung, Landungsunterstützung und Luftabwehr. Bald waren sie statt vier Kompanien fünf.

Werners Kaserne befand sich in einer nicht mehr genutzten Schule. Sie schliefen auf ungemütlichen Hochbetten mit Matratzen aus Stroh, die nach Fäulnis rochen.

In dem Bett, das Werner zugewiesen wurde, lag unten ein junger Mann mit hellblondem Haar, der ihn freundlich anlächelte.

»Ich bin der Michel«, sagte er in breitem schwäbischen Akzent.

Werner blinzelte ihn an. Diesen Dialekt hatte er nie gehört. War das noch Deutsch?

»Ich weiß«, sagte Michel. »Mich versteht man ein wenig schlecht. Aber ich gebe mir Mühe.« Er deutete auf das obere Bett. »Du kannst das Bett oben haben. Ich schlafe lieber unten. Bei uns auf dem Hof hat es einmal gebrannt und seither habe ich ein bisserl Angst davor, net rechtzeitig rauszukommen.« Er grinste breit und entblößte dabei eine sympathische Zahnlücke. Werner beschloss auf Anhieb, ihn zu mögen.

Die anderen in seiner Kompanie waren eher raubeinig und einsilbig. Männer, die wie er harte körperliche Arbeit gewohnt waren und sich wenig um Gespräche scherten.

Einmal in der Woche schrieb er Margarete einen Brief, erkundigte sich nach der kleinen Margot, ob sie kränklich war und wie es Franz ging, der es in der letzten Zeit immer wieder im Rücken gehabt hatte.

Anfangs kamen Margaretes Briefe zügig, doch mit Fortschreiten des Krieges dauerte die Feldpost immer länger, was das Gefühl des Getrenntseins verstärkte.

Er wollte nicht hier sein, er wollte nach Hause zu den wogenden Weizenfeldern Pommerns, wo bald die Pfifferlinge in den Wäldern wuchsen und die erste Heuernte eingebracht werden konnte.

Stattdessen saß er hier fest und war tagein, tagaus mit schmutziger, sinnloser Arbeit beschäftigt. Ihre Aufgabe war es, den Kanal zu verbreitern. Mit Schaufeln hoben sie Unmengen von Schlick aus, gruben sich durch die Abfälle der Jahrhunderte und währenddessen drehte sich die Kriegsspirale immer weiter.

Im April 1940 waren die deutschen Truppen in den Westen vorgedrungen, als sie Belgien, Luxemburg und Frankreich angriffen. Die deutschen Truppen brachten die Alliierten zum Rückzug, und im Juni landeten sie in der Normandie.

Im Juli 1940 begann die Battle of Britain, die entsetzliche Luftschlacht zwischen deutschen und britischen Flugzeugen, die die Londoner Bevölkerung in Angst und Schrecken versetzte und den Kriegseinsatz Englands drastisch erhöhte. Im April 1941 marschierten deutsche Truppen in Jugoslawien ein und besetzten Griechenland. Im Juni des gleichen Jahres griffen die Deutschen die Sowjetunion an, sodass Deutschland an zwei Fronten kämpfte.

Glaubte Hitler, er könnte in Russland siegen, in den schneebedeckten Weiten der russischen Tundra gegen das grimmige Russenvolk? In Pommern wusste man, dass man sich mit ihnen besser nicht anlegte, gestählt und geprüft durch Jahrhunderte des Hungers, der Gewalt und der Entbehrung.

Werner brannte das Herz, wenn er an all die jungen Männer dachte, die in diesen sinnlosen Schlachten als Kanonenfutter verheizt wurden. Wie lange ihm wohl der Kampf an der Front noch erspart bleiben würde?

Nicht mehr lange, wenn der Irre in Berlin so weiter machte.

Der einzige Lichtblick war Michel. Mit dem fröhlichen und aufgeweckten jungen Mann spielte er an den Abenden Karten und sie tauschten Anekdoten aus dem Bauernleben aus, die sie beide verbanden.

Doch auch dieses helle Strahlen eines reinen Herzens konnte die Dunkelheit nicht ganz vertreiben. Es gab Gerüchte. Schreckliche Gerüchte. Sie erzählten von Lagern im Osten, in die man Menschen brachte, Einheimische und solche aus den besetzten Ländern, die Juden, die Kommunisten, die Schwulen, die Asozialen. Es hieß offiziell, dass diese »Volksschädlinge« und »Ballastexistenzen«, wie man sie im entmenschlichten Jargon der Nationalsozialisten nannte, dort zu Arbeitsdiensten herangezogen werden sollten. Doch jeder wusste, um was es dabei wirklich ging: Man brachte sie um. Wie Vieh wurden sie auf Wagen verladen, die Männer von den Kindern und Frauen getrennt und in Baracken unter schlimmsten Bedingungen umgebracht. Wer den Hunger, die Entbehrung, die Kälte und die Seuchen überlebte, starb an der harten Arbeit, der Folter durch das Aufsichtspersonal oder wurde mit anderen Methoden systematisch umgebracht. Es hieß, in manchen der Lager standen gewaltige Öfen, die bis zu 3.000 Leichen am Tag verbrennen konnten, auch in Deutschland. In Dachau bei München gab es so ein Lager. Dort färbte sich der Himmel an manchen Tagen schwarz vor Rauch und wer den Gestank roch, der wusste sofort, was hinter den Zäunen aus Stacheldraht vor sich ging.

Werner ignorierte die Nachrichten. Solange es darin nicht um Pommern oder Holland ging, scherte es ihn nicht. Eines Tages, da war er sich sicher, musste dieser Krieg enden. An Weihnachten hatte man sie kurz nach Hause gelassen, – was war das für ein Fest gewesen! Gänsebraten, Krautwickel, Blutwurst – Margarete hatte sich nicht lumpen lassen, obwohl durch den Krieg alles teurer geworden war. In Pommern gab es von allem reichlich. Sie hatten Schmalz und Sahne, Speck und genug Rüben für das Vieh. Bald war der Kanal fertiggestellt. Noch gab es keine Informationen darüber, wohin das Marine-Bau-Bataillon dann verlegt werden würde.

Dann kam der September 1940. Es war ein warmer Spätsommertag, die Möwen tanzten kreischend über dem Kanal. Inzwischen waren die Arbeiten weit vorangeschritten, auch wenn die Angst vor einem britischen Bomberangriff stets mitschwang. Noch kamen die Bomber nur bei Nacht, doch wer wusste schon, was als Nächstes geschah in diesem verworrenen Kriegsgeschehen?

Das harte Kratzen unter Michels Schaufel verkündete, dass er auf Stein gestoßen war. Und das kurz vor Feierabend! Michel verdrehte die Augen und stöhnte. Wenn sie auf Stein stießen, bedeutete das, je nachdem, wie groß der Stein war, einen immensen Mehraufwand, denn sie mussten den Stein umständlich freilegen und entfernen – mit purer Muskelkraft.

»Ich hole uns andere Werkzeuge«, sagte Michel und war schon dabei, die Leiter hinaufzuklettern.

Werner stieß noch einmal mit der Schaufel gegen den Stein. Er hörte den Klang. Es war nicht Metall auf Stein, sondern Metall auf Metall. Die Wucht einer Explosion schleudert ihn zurück und er verlor das Bewusstsein.

»Großes Glück gehabt, Kamerad«, weckte ihn die joviale Stimme des Arztes.

Blinzelnd öffnete Werner die Augen.

»Was?«, krächzte er. Seine Kehle war ausgetrocknet und schmerzte. Doch das war nicht der einzige Teil seines Körpers, der schmerzte. Alles an ihm schrie vor Schmerz. Gab es einen Knochen in seinem Leib, der nicht gebrochen war?

Der Arzt, ein grauhaariger, hagerer Mann mit Monokel, tätschelte seine Schulter.

»Wer weiß, wie lange dieser Blindgänger da schon schlummerte und ihr beiden Pechvögel buddelt ihn aus.« Er lachte schallend, als sei es das Komischste, was er je gehört hatte.

»Was?«, wiederholte Werner.

»Das wird schon wieder, Kamerad, bald sind Sie wieder auf den Beinen und dann geht es ab nach Russland mit der Kompanie. Freuen Sie sich schon dem Iwan Auge in Auge gegenüberzustehen? Soll ja ziemlich kalt sein dort.«

Werner blinzelte. Wovon redete dieser Arzt? Hatte er eine Halluzination? Oder war er tot?

»Na, es geht ab nach Russland, direkt an die Front. Da könnt ihr Kerle mal zeigen, was ihr so drauf habt.«

Werners Herzschlag beschleunigte sich. Er spürte, wie die Dunkelheit in ihm aufstieg und ihn gnädig umfing.

»Werner!«

Margarete lief ihm entgegen, während sie sich rasch eine Strickjacke umwarf. Inzwischen war es November, er war in den Genesenenstand versetzt worden, während seine Kompanie die Stellung wechselte. Nach Middelburg ging es jetzt in die Nähe von Den Haag.

Margaretes Arme umfingen ihn weich und warm, ihr vertrauter Duft nach Lavendel und Maiglöckchen, sogar jetzt, wenn längst nichts mehr blühte. Er hatte keine Ahnung, wie ihr das gelang, denn für Tändelei wie Parfüm hatte die praktische und bodenständige Margarete nichts übrig.

»Lass dich anschauen«, sagte sie und nahm sein Gesicht in ihre Hände.

Eine Narbe zierte seine Stirn, dick und wulstig, ein pochendes Rot, das ihn nachts um den Schlaf brachte und Kopfschmerzen auslöste. Doch er wollte sich nicht beschweren, er war dankbar, dass er mit dem Leben davongekommen war.

Michel, der ein wenig weiter weggestanden hatte, war nur leicht verletzt worden und bereits wieder im Dienst, während man ihm einen Genesungsurlaub gestattet hatte, für den er mehr als dankbar war. Tatsächlich war es weniger sein Körper, um den er sich sorgte, als vielmehr sein Geist. Er befürchtete, den Verstand zu verlieren, getrennt von der Familie, mit dem Ungeheuer des Fronteinsatzes ständig vor Augen. Wie erst musste es den armen Teufeln gehen, die in den Schützengraben an der Front lagen und einen Krieg kämpften, den sie nicht gewinnen könnten?

Niemals würde er einen solchen Gedanken aussprechen, das wäre Hochverrat und darauf stand die Todesstrafe.

Dankbar schloss er Margarete in die Arme und ließ sich von ihr ins Haus führen, wo Kompott aus den letzten Äpfeln des Sommers und ein Eintopf mit deftiger Einlage auf ihn warteten.

»Du bist ja ganz mager geworden«, schimpfte Margarete, die sich wieder den Kochtöpfen zuwandte. »Versorgen sie euch so schlecht? Und das bei der harten Arbeit? Die müssen doch schauen, dass ihr nicht vom Fleisch fallt.«

»Vati!« Margots helle Stimme war aus der Stube zu hören. Sie rannte ihrem Vater entgegen und warf sich ihm in die Arme.

»Mein Engel«, sagte er, hob sie hoch und wirbelte sie herum, während er ihr Haar mit Küssen bedeckte.

»Doch«, sagte er zu Margot. »Aber ich konnte eine ganze Weile nicht richtig kauen und da verliert man schon einmal das ein oder andere Pfund.«

»Verstehe«, meinte Margarete und nickte. »Aber jetzt bist du ja wieder hier und ich kann dich aufpäppeln. In deiner Karte stand, dass du bis Weihnachten bleiben kannst.«

Als Werner nickte, war der Jubel im Hause Dahnz groß. Zu diesem Zeitpunkt ahnte niemand, wie bald sich Werners unheilvolle Vorahnung verwirklichen würde.

Aus den Erinnerungen eines Infanteriesoldaten der 27. Infanteriedivision:

Ich war ein Soldat des 12. Infanterie-Regiments in der 27. Infanteriedivision. Das Marine-Bau-Bataillon 313 hatte man teilweise aufgelöst und auf Wehrmachtseinheiten aufgeteilt und für mich und meine Kameraden hieß es im Marschbefehl gen Osten an die russische Front.

Als wir im Februar 1942 in die Tiefen Russlands vordrangen, ahnte ich nicht, welche grausame Kämpfe mich erwarteten. Unsere Mission war es, die Stadt Demjansk vor dem Vormarsch der Roten Armee zu schützen.

Es war ein schrecklicher Kampf, aber wir versuchten unser Bestes. Tag und Nacht kämpften wir in bitterkalten Temperaturen gegen die Übermacht der Roten Armee. Jeder Tag schien ewig zu dauern, während wir uns unter Beschuss befanden. Die Angst vor dem Krieg war überall spürbar und jeder Tag konnte mein Letzter sein.

Unsere Verluste waren schrecklich und viele meiner Kameraden starben in den Kämpfen um Demjansk. Einige aufgrund ihrer Verletzungen, andere an Hunger oder Krankheiten. Aber trotz allem gaben wir nie auf und verteidigten die Stadt bis zum bitteren Ende.

Am Ende mussten wir uns schließlich zurückziehen, aber ich erinnere mich immer noch an das Grauen, das ich in Demjansk erlebt habe. Es wird mir nie mehr aus dem Kopf gehen. Dieser schreckliche Krieg hatte viel für uns alle gekostet, aber letztendlich siegten die Alliierten, und die Welt erinnerte sich an den Krieg. In gewisser Weise bin ich stolz darauf, ein Teil dieses Kampfes gewesen zu sein, auch wenn das in der Welt heute nicht mehr viel wert ist. Aber meine Erinnerungen an den Krieg und die Menschen, die ich verloren habe, werden immer bei mir sein.

Aus einem Aufsatz über die Schlacht von Demjansk:

Im Januar 1943 begannen die Wehrmachtsoldaten der Ostfront eine massive Offensive gegen das sowjetische Militär. Die deutschen Truppen versuchten, Leningrad und die Krim zurückzuerobern. Obwohl sie in manchen Gebieten erfolgreich waren und sogar einige strategische Punkte erobern konnten, war die Kampagne an vielen Fronten zu unkontrolliert, um erfolgreich zu sein. Das 12. Infanterieregiment der 27. Infanteriedivision, das an dem Feldzug teilnahm, wurde schließlich im Februar 1943 in ein Gefecht verwickelt, das als »Schlacht um Demjansk« bekannt wurde.
Die Soldaten des 12. Infanterieregiments kämpften tapfer, aber als sie sich schließlich der Übermacht

der sowjetischen Truppen gegenübersahen, wurden sie immer mehr zurückgedrängt und in den umliegenden Wäldern abgeschnitten. Aus Angst und Verzweiflung haben viele der deutschen Soldaten die Schrecken des Krieges erfahren. Manche wurden getötet, andere verwundet, und viele mussten Not und Hunger ertragen.

Majak, Sowjetunion, November 1943

Majak war ein Städtchen, das Werner inzwischen zu gut kannte. Es war einer der Orte, an denen seine Kameraden und er im Jahr 1943 stationiert waren. Hier hatten sie sich über Wochen verschanzt und gegen die Rote Armee gekämpft, nachdem sie die Hölle von Demjansk überlebt hatten. Nicht ahnend, dass ihnen eine viel größere Hölle bevorstand.

Der Ort hatte eine seltsame Schönheit, aber Kälte und Dunkelheit machten es zu einem traurigen Platz. Es war windig und ungemütlich in der Nacht, wenn man nur die Schreie der Soldaten und die Explosionen in der Ferne hören konnte.

Werner ging oft allein durch die Straßen, blickte aufs Meer und versuchte, sich vorzustellen, wie es war, an einem Ort wie diesem in Frieden und Freiheit zu leben. Aber das war ein vergeblicher Wunsch, so viel war ihm klar. Stattdessen musste er weiterkämpfen und seine Heimat verteidigen, auch wenn die Hoffnung nach einem siegreichen Kriegsschluss immer mehr schwand.

Werner weigerte sich aufzugeben, denn er und seine Kameraden kämpften für ihre Familien und ihr Land. Zumindest redeten sich das einige von ihnen noch immer ein, auch wenn die Kriegseuphorie längst einer starken Ernüchterung gewichen war. Ganz so widerstandslos ließ sich die Welt Hitlers Eroberung nicht gefallen.

Die Dinge standen alles andere als gut, das musste inzwischen dem Einfältigsten klar sein.

Im Januar 1943 hatte die deutsche Armee an der Ostfront eine schwere Niederlage erlitten, als sie versuchte, Stalingrad zu erobern. Die Truppen der Roten Armee kämpften hart und entschlossen, um ihre Stadt zu verteidigen. Am 31. Januar 1943 mussten die deutschen Truppen den Kampf aufgeben und sich zurückziehen. Im Februar begannen die Sowjets mit einer groß angelegten Gegenoffensive. Sie drängten die deutschen Truppen bis nach Westen zurück und eroberten mehrere russische Städte, darunter Charkow im März 1943. Im April starteten sie eine weitere Gegenoffensive, die sie bis in das Gebiet von Kursk brachte. Im Juli führten sowjetische Truppen den am größten angelegten Panzerangriff des Zweiten Weltkrieges durch und schlugen die deutschen Truppen. Ab August 1943 verfolgte die Rote Armee die deutschen Truppen in Richtung Westen.

Auf der restlichen Weltbühne sah es für die Deutschen nicht viel besser aus. Im Dezember 1941 hatten die Japaner Pearl Harbor angegriffen, was den Eintritt der USA in den Zweiten Weltkrieg bewirkte. Im Januar 1942 marschierten die deutschen Truppen auf Demjansk, um die Stadt vor der Roten Armee zu schützen. Im November landeten britische und US-Truppen in Nordafrika, um sich den deutschen Truppen mit der »Operation Torch« entgegenzustellen.

Davon erfuhren die Soldaten an der Front, ob in Frankreich oder Russland nichts. Die Propaganda des Führers war allgegenwärtig, von morgens bis abends wurden sie damit beschallt.

Doch die Sowjets waren nicht auf den Kopf gefallen und verteilten mit Fliegern Flugblätter, die den deutschen Soldaten erklärten, dass ihr Unterfangen aussichtslos war. Sie konnten nicht siegen, hier im eisigen russischen Winter, noch dazu schlecht ausgestattet.

Im Januar 1943 waren die Soldaten des 12. Infanterieregiments der 27. Infanteriedivision an der Ostfront in Richtung Osten marschiert. Noch immer hatte sich Werner nicht daran gewöhnt, ein regulärer Soldat zu sein, von dem man erwartete, dass er mit der Waffe kämpfte. Seine Hände kannten längst die Handgriffe, die notwendig waren, um sein Gewehr zu entsichern und auf die feindlichen Linien zu schießen. Er wusste nicht, wen er da traf, die Söhne, Ehemänner, Väter anderer Frauen, ob er tötete oder verletzte, es kam darauf an, dass er nicht getötet wurde.

Längst klebte Blut an seinen Händen und er hatte keine Ahnung, wie er es je wieder abwaschen sollte. Es haftete nicht nur an seinen Händen, sondern auch an seiner Seele. Das war es, was der Krieg aus Männern machte, er verwandelte sie in Monster und die, die er nicht in Monster verwandelte, machte er zu Krüppeln oder brachte sie gleich um.

Der Krieg gegen die Sowjetunion war in vollem Gange und sie waren auf dem Weg zu einem neuen kämpferischen Einsatz. Während sie an den Schützengräben entlang marschierten, mussten sie sich vor Kugeln und Granaten in acht nehmen. Zwischen den Scharmützeln, die sie durchfochten, kämpften sie gegen Kälte und Hunger. Sie hatten wenige Vorräte über einen langen Zeitraum zu teilen und dies stellte sicher, dass sie müde und dehydriert waren, wenn sie ihr Ziel erreichten. Doch wen scherte das? Sie waren Kanonenfutter im großen Spiel der Generäle.

Unterwegs erlitten sie schwere Verluste, in manchen Gefechten überlebte nicht einmal die Hälfte ihrer Männer. Diejenigen, die es schafften, wurden angehalten, sich die Namen der gefallenen Kameraden zu merken und sie niemals zu vergessen. Als sie ihr Ziel erreicht hatten, waren sie bereit, den Feind mit allem zu bekämpfen, was sie hatten.

Werner spürte, was der Krieg und die Kälte mit ihm machten. Er lebte nicht mehr, er überlebte wie ein Tier und das ging vielen seiner Kameraden genauso.

Vor allem Michel ging es immer schlechter. Von der Hölle in Demjansk hatte er sich nie erholt. Nachts wachte er schreiend auf seinem Feldbett auf. Sein freundliches Lächeln mit der Zahnlücke war längst erloschen und würde nie wieder zurückkehren.

Dann war da Werners kleine Johanna, geboren vor etwas über einem Jahr, gezeugt während seines Genesungsurlaubs. Nachts quälten ihn die Gedanken an seine Familie, wie es Margarete und Franz gelang, alle durchzubringen und zu versorgen. Wie die Ernte in diesem Jahr ausgefallen war? Gab es genug Wild in den Wäldern? Wer bestellte die Felder nun, wo alle im Krieg waren?

Feldpost erreichte ihn in den Weiten Russlands nur vereinzelt. Wenn Werner von Albträumen gequält wurde, dann sah er sich gefroren im immerwährenden Schnee, wie so viele seiner gefallenen Kameraden, deren Anblick sich tief in seine Seele eingegraben hatte.

»Hier«, sagte Michel eines Morgens zu ihm, als sie sich auf dem Weg zu einer versprengten russischen Gruppe machten, in Erwartung des nächsten Scharmützels. Er griff unter seine Jacke und holte einen Anhänger des Heiligen Christopherus heraus. Er hielt ihn Werner hin.

»Was soll ich damit?«, fragte Werner.

»Bring ihn heim zu meiner Mutter«, sagte Michel. »Sie hat sich immer so sehr Enkel von mir gewünscht. Ich überlebe das hier nicht.«

Werner baute sich vor dem jüngeren Mann auf und sah ihm drohend in die Augen. »Was redest du da für einen Unsinn? Leg den Anhänger wieder um und verhalte dich wie ein Mann! Den wirst du schön selbst zu deiner Mama wieder zurückbringen.«

Weiter kamen sie nicht, denn eine Gewehrsalve zerriss die Luft über ihnen und sie warfen sich in den Schnee, während die Kugeln über sie hinwegsausten.

Januar 1944, Witebsk

Er war in der Hölle. Anders konnte es nicht sein. So musste das Fegefeuer sein. Seine Ohren dröhnten und er schmeckte Metall. Er hatte keine Ahnung, wann er das letzte Mal geschlafen hatte.

Werner stand auf dem Schlachtfeld von Witebsk und sah sich um. Er konnte nicht glauben, was er sah – das Grauen des Krieges hatte ihn im vollen Umfang erreicht. Er war inmitten des Infernos, das vor ihm tobte. Die Granaten explodierten, die Luft schien mit Kugeln gefüllt zu sein und der Schnee unter seinen Füßen war rot von Blut.

Ringsherum lagen die Leichen seiner Freunde und Kameraden.

Er sah, wie sich andere Soldaten in ihre Gräben warfen, aber er konnte sich nicht rühren. Er stand da, unfähig, einen Muskel zu bewegen.

Er konnte die Leichen seiner Kameraden überall auf dem Feld liegen sehen und ein tiefes Gefühl der Trauer ergriff ihn. Um ihn herum explodierten Granaten, Panzer rasten an ihm vorbei und das ständige Rattern der Maschinengewehre versetzte ihn in Angst und Schrecken.

Es war ein Ort des Grauens, an dem keiner überleben konnte. Die Hitze der explosionsartig ausbrechenden Feuer, die Zerstörungen des Krieges und die Verzweiflung der Soldaten waren unbeschreiblich. Sein eigenes Leben war ständig bedroht, denn jeder Moment konnte sein Letzter sein.

Werner wusste, dass er hier nicht siegen konnte – es schien, als ob die Welt um ihn herum explodierte und er hatte keine Chance zu überleben. Er sah, wie seine Freunde und Kameraden starben, während er versuchte, sich zu schützen. Die Gewalt des Krieges schien unaufhaltsam zu sein und alles, was er tun konnte, war auf den Tod zu warten. Die Schlacht von Witebsk hatte ihn gezwungen, das Schlimmste in einem Menschen hervorzuholen – es gab keine Hoffnung für ihn und niemand konnte ihm helfen. Der Krieg hatte ihn besiegt.

Eine Granate explodierte unmittelbar neben ihm und presste die Luft aus seinen Lungen. Die Welt bestand nur noch aus Blut, Feuer und Schmerz. Sein Geist löste sich aus seinem sterbenden Körper und dann schwebte Werner weit oben über dem Schlachtfeld, über dieser schrecklichen Szenerie des Grauens, von der später nur die Geschichtsbücher berichten würden.

Er sah sich da unten liegen, mit zertrümmerten Gliedmaßen, Blut überströmt, sah, wie das Leben aus ihm herausfloss und dann war es vorbei, dann war da das Licht und das Gefühl eines allumfassenden Friedens.

Zewelin, Juni 1944

Der Mann, der sich durch das Gartentor näherte, hatte strohblondes Haar, eine Farbe wie Weizen im Sommer.

Margarete war damit beschäftigt, Wäsche zum Trocknen vor dem Haus aufzuhängen, als der Fremde in der Wehrmachtsuniform schwer auf eine Krücke gestützt auf sie zukam. Sie ließ das Laken sinken, das sie hatte aufhängen wollen und warf es zurück in den Korb. Ihr Blick wanderte zu Margot und Johanna, die in einiger Entfernung auf einer Decke spielten und den Mann nicht bemerkt hatten. Franz war auf den Feldern. Um diese Jahreszeit gab es viel zu tun, vor allem, wenn es an zupackenden Händen fehlte, die nun an der Front starben.

Der Tod. Es war der Tod, der sie da im hellen Sonnenschein besuchen kam, in Gestalt eines freundlich lächelnden Mannes mit einer Zahnlücke, in dessen Augen eine Traurigkeit lag, dass es Margarete schwer ums Herz wurde.

»Frau Dahnz?«, fragte er.

Sie nickte stumm. Eine eiskalte Hand hatte sich in ihre Brust gebohrt und hielt ihr Herz umklammert, das zu langsam zu schlagen schien.

Er stand direkt vor ihr, in einer Hand die Krücke, mit der anderen griff er in die Brusttasche seiner Uniform und zog einen kleinen Gegenstand heraus. Er streckte die Hand aus und als Margarete sah, was da in der Junisonne funkelte, stieß sie einen Schrei aus. Es war der Schrei eines gebrochenen Herzens.

»Es tut mir leid«, murmelte Michel.

Werner. In der Handfläche des Fremden mit dem breiten schwäbischen Akzent lag Werners Ehering. Dass der Fremde ihn besaß und nun statt Werner vor ihr stand, konnte nur eines bedeuten: Werner würde nicht mehr zurückkehren. Er war gestorben, umgekommen, ermordet in den lebensfeindlichen Weiten Russlands.

»Gehen wir hinein«, sagte Michel.

Margarete ging voran, mit steifen Schritten, ihr Rock schwang mit und ihre Finger krampften sich in die Falten ihrer Schürze. Sie fühlte sich wie betäubt. Der Fremde würde ihr erklären, wann und wo Werner gestorben war. Dass er tapfer gekämpft und für sein Vaterland sein Leben gegeben hatte, doch was bedeutete das schon? Ihr Mann, der Vater ihrer Kinder, er war tot und würde nicht mehr wiederkommen und sie war eine Witwe. Ihr Verstand weigerte sich, das zu verarbeiten, mit aller Kraft leugnete ihr Geist, was nicht länger zu leugnen war, um ihre Seele und ihr Herz zu schützen.

Sie rückte Michel in der Küche einen Stuhl zurecht.

»Bitte schön«, sagte sie und ihre Stimme schien von weit her zu kommen.

6. Kapitel

Zewelin, Pommern im Dezember 1944

Franz saß in seiner Kaminecke und starrte ins Feuer. Er sah aus wie ein alter, gebrochener Mann, dabei hatte er die 60 nicht einmal erreicht. Der Schmerz über den Tod seines Sohns Ernst war zu viel für ihn. Wie viel Verlust, wie viel Leid konnte eine Familie ertragen?

Er hatte gehofft, dass der Krieg bald zu Ende wäre und er mit seiner Familie vereint sein konnte. Doch die Nachricht vom Tod seines Sohnes brachten all diese Hoffnungen zum Erliegen.

Seine Tochter Margarete weinte an seiner Seite, während sie einander in den Armen hielten. Anna hatte die Nachricht stumm zur Kenntnis genommen, das Gesicht starr vor Kummer. Wortlos war sie in ihr Zimmer gegangen und seither nicht wieder herausgekommen. Franz wusste, dass es an ihm war, seiner Frau Trost zu spenden, seine Tochter zu beruhigen und der Fels in der Brandung für seine Familie zu sein. Er hatte das Gefühl, als kostete ihn jede Bewegung unendlich viel Kraft. Und so saß er schweigend da, lauschte dem Ticken der Uhr und hielt die weinende Margarete im Arm. Langsam füllte sich das Zimmer mit Trauer und Verzweiflung. Draußen war es still geworden, – so still, dass man die Tränen der Familie in der Ferne hören konnte. Was sollte aus ihnen werden? Es war abzusehen, dass der

Krieg nicht mehr lange dauern konnte, immerhin rückten die Alliierten immer näher. Wie sollten sie weitermachen ohne Ernst?

Franz wusste, dass der Krieg für ihn und seine Familie lange nicht vorbei war. Es hatte zu viel Leid gegeben und er konnte nur hoffen, dass es bald ein Ende hätte. Dann konnten sie in Ruhe trauern und Abschied nehmen von dem, was einst ihr Glück gewesen war. Er versprach sich, dass er alles tun würde, um seine Familie zu schützen und ihnen die Flucht aus der Ostzone zu ermöglichen. Er konnte nicht noch einen Verlust ertragen – doch mehr als die Hoffnung hatte er nicht. Es war Zeit, Abschied zu nehmen – von Ernst, von dem Leben vor dem Krieg.

Die Hoffnung auf Frieden und Freiheit war jedoch so groß, dass sich alle weigerten, den Glauben an ein besseres Morgen aufzugeben. Sie hofften, dass sie bald in Frieden und Freiheit leben könnten – für Ernst und all die anderen, die im Krieg ihr Leben gelassen hatten.

Im Jahr 1944 war das Kriegsgeschehen in Europa auf seinem Höhepunkt. Nachdem die Deutschen am 6. Juni 1944 die Normandie verloren hatten, waren sie nicht mehr im Stande, ein weiteres Vorrücken zu verhindern. Die Alliierten starteten ihren Gegenangriff und drängten die deutschen Truppen immer weiter zurück an die Grenzen des Deutschen Reiches. Mit jeder neuen Niederlage brach für die Deutschen ein Stück ihrer Hoffnung auf einen Sieg zusammen.

»Wir haben nicht einmal Zeit, sie zu betrauern«, schluchzte Margarete und wischte sich rasch die Tränen aus dem Augenwinkel. Sie wollte nicht, dass die Mädchen sie so sahen. »Oh, Papa, was soll nur werden? Wo sollen wir denn hin?«

»Noch ist der Krieg ja weit weg, mein Kind«, versuchte Franz, seine Tochter zu beruhigen. Doch er wusste, dass das eine trügerische Hoffnung war. Spätestens seit der Schlacht von Stalingrad war klar, dass Hitler im Osten nicht siegen konnte und sein Eroberungszug in die eisigen Weiten Russlands für die meisten Männer ein Todeskommando war. Wie für Werner, der irgendwo in einem fremden Land in einem namenlosen Grab lag. Beim Gedanken daran legte sich eine eiskalte Hand um Margaretes Herz. Rasch schüttelte sie diese Bilder ab und versuchte, nach vorne zu blicken.

»Wir müssen uns aufmachen und die Flucht ergreifen. Wir suchen uns ein neues Zuhause – für unsere Kinder, für unsere Zukunft«, sagte sie und nahm einen Schürhaken zur Hand, um nach dem Feuer im Kamin zu sehen. Eisblumen wuchsen an den Fenstern und ein kalter Wind strich um das Haus. In diesem Jahr war es ungewöhnlich früh kalt geworden. Wie würde es mit ihnen allen weitergehen?

Noch wusste Franz nicht, was ihnen allen bevorstand. Doch im Gegensatz zu vielen anderen hatte er noch Hoffnung.

Zum Teufel mit dem Krieg und den Nazis, welche die jüngsten Männer beider Familien genommen hatten.

Ernst war Franz' Erbe und Werners Vater war 1941 gestorben. So war Franz der einzige Mann in der Familie. Es war grausam, Margaretes Trauer zu erleben. Sie war zu jung in der Blüte ihrer Jahre zur Witwe geworden. Ein Schicksal, das in diesen Zeiten über viele Frauen und ihre Kinder hereinbrach. Viele von ihnen blieben mittellos zurück und das Ganze wurde noch schlimmer, wenn sie ihr Zuhause im Bombenhagel verloren. Von Letzterem blieben sie hier im schönen Pommern bislang verschont, dafür befanden sie sich in schlechter Position, sollte Russland sich entscheiden, bis in das Reich vorzurücken, um Hitler endgültig zu vernichten.

Wieso waren die Attentäter vom 20. Juli gescheitert? Am 20. Juli 1944 hatte eine Gruppe von Offizieren und Widerstandskämpfern unter dem Kommando von Claus Schenk Graf von Stauffenberg, einem Oberst im deutschen Heer, einen versuchten Staatsstreich gegen Adolf Hitler durchgeführt. Ihr Ziel war es, den Führer des Nazi-Regimes zu beseitigen und eine neue Regierung unter der Leitung von Ludwig Beck, dem Oberbefehlshaber der Wehrmacht, zu installieren.

Obwohl es Stauffenberg gelang, eine Bombe in Hitlers Führerbunker zu legen, ging der Plan nicht auf, denn Hitler kam mit geringfügigen Verletzungen davon und die Verschwörer konnten gefasst werden. Dennoch inspirierte die Tat Mut in den deutschen Reihen. Viele andere Offiziere und Widerstandskämpfer begannen, sich gegen das Nazi-Regime zu erheben und Plots gegen Hitler und seine Anhänger zu schmieden.

Wäre der Anschlag erfolgreich gewesen, hätte das alles

zum Besseren wenden können. Die preußischen Offiziere, allesamt adelig und mit den Gepflogenheiten der Politik und Diplomatie vertraut, hätten das Ruder möglicherweise herumgerissen. Frieden mit den Feinden geschlossen. Feinde, die sich Deutschland gemacht hatte, als es die benachbarten Länder überfiel und Millionen von Menschen in Tod und Elend stürzte.

Doch nun war alles verloren. Die alliierten Mächte würden nicht länger ruhen, bis Deutschland vernichtet war, und wer konnte es ihnen verdenken? Wer konnte sagen, wie viele Menschenleben die nationalsozialistische Mordmaschine verschlungen hatte, als sie sich wie ein Geschwür nach allen Seiten in Europa ausgebreitet hatte?

Die Zeche würden andere zahlen, jene, die bei all dem nichts mitzureden hatten, die weder in der Partei waren noch Hitler bejubelten. Menschen wie Franz und seine Familie.

Er kannte den Krieg. Er hatte seine besten Jahre mit seinen Kameraden der Garde-Kavallerie in einem Krieg verbracht, dessen Anfang nun schon 30 Jahre zurücklag. Doch die Bilder jener Jahre im Krieg standen ihm nach wie vor deutlich vor Augen. In manchen Nächten träumte er von seinen toten Kameraden, sah ihre geisterhaften Gesichter vor ihm auftauchen, wie sie ihre verstümmelten Gliedmaßen reckten und ein unbekanntes Schicksal anklagten.

Bereits der Erste Weltkrieg hatte eine nie gekannte Verrohung mit sich gebracht. Grausamkeiten, die kein Zeitalter zuvor je gesehen hatte, Leid und Elend, gefolgt von Hunger, Inflation und Chaos. Damals hatten sie hier in Pommern Glück gehabt, gesegnet mit vollen Vorratskammern und genug zu essen für alle. Wie lange würde sie dieses Glück begleiten? Die beiden Todesfälle kündigten Dunkles für die Überlebenden an.

Dieser Krieg, der Zweite Weltkrieg, wie man ihn nannte, er war etwas anderes. Er stand außerhalb aller menschlichen Erfahrung, außerhalb der Zeit, ragte heraus wie ein blutiges Messer, das der gesamten Menschheit ein Stück ihrer Seele geraubt hatte. Wie hatte es so weit kommen können? Und was konnte darauf folgen? Eine stille Angst legte sich über alles. Als ob die Welt auf etwas wartete, das alle Hoffnung und Freude hinab in einen tiefen Abgrund reißen würde.

Franz konnte nur beten, dass es nicht so weit kommen würde. Er hatte das Gefühl, als ob der Krieg erst begonnen hätte und sie alle einer unsicheren Zukunft entgegenblickten.

Am 6. Juni 1944 waren die Alliierten in der Normandie gelandet, um den Feldzug gegen die deutschen Truppen zu beginnen. Über 100.000 Soldaten der US-amerikanischen und britischen Armee stürmten die Strände von »Omaha« und »Utah«, begleitet von schweren Bombern und Luftangriffen. Auch wenn die deutschen Verteidigungslinien stark gefestigt waren, erreichten die Alliierten ihre Ziele mit überraschender Geschwindigkeit. Die Invasion mit dem Codenamen »Operation Overlord« bot eine zweifache Bedrohung für die deutschen Streitkräfte: Einerseits stellten sie ihre

Rückzugslinien dar und andererseits ein symbolisches Zeichen des Widerstandes.

In den ersten Tagen der Invasion waren die deutschen Truppen überwältigt worden, nachdem sie den alliierten Bombern ausgesetzt waren. Luftangriffe und schwerer Artilleriebeschuss rissen Lücken in den deutschen Verteidigungslinien, die sich nicht mehr schließen ließen. Es war ein Tag des Schreckens für die deutsche Armee, als sie mit der Übermacht der alliierten Truppen konfrontiert wurde. Im Verlauf des Tages schlossen sich zahlreiche französische und polnische Freiwillige den alliierten Streitkräften an, was den deutschen Truppen das Gefühl gab, umzingelt zu sein.

Innerhalb weniger Tage waren die deutschen Linien auseinandergebrochen, als die alliierten Truppen sich weiter vorarbeiteten. Am 25. August 1944 war das Ende des Krieges angebrochen, als der Stadtkommandant von Groß-Paris kapitulierte und sich die alliierten Truppen in ganz Europa ausbreiteten. Deutschland zog sich aus Frankreich zurück, sodass die vollständige Niederlage eine Frage der Zeit sein konnte, auch wenn das niemand auszusprechen wagte, galt das als Hochverrat und wurde mit dem Tode bedroht.

Aus dem Radio plärrten seit Monaten die immer gleichen Durchhalteparolen. Goebbels und nicht selten der Führer beschworen das unruhiger werdende Volk, dass der Sieg unmittelbar bevorstünde, auch wenn die Realität eine andere war. Mit dramatischen Worten versuchten sie die Massenhypnose aufrechtzuerhalten, die sie seit Hitlers Machtergreifung über die Bevölkerung gelegt hatten. Angesichts der immer stärker werdenden Bombardierung und den beängstigenden Berichten von der Front verlor sie immer mehr an Bedeutung. Den meisten war längst klar, dass im Winter Hunger und Seuchen die vier apokalyptischen Reiter vervollständigen würden.

Immerhin davor mussten sie sich nicht fürchten. Die Ernte in diesem Jahr fiel gut aus, auch wenn Franz sie nur mit Hilfe der französischen Kriegsgefangenen hatte bewältigen können, die man ihm als Arbeitskräfte zur Verfügung gestellt hatte. Er gab sich alle Mühe, sie nicht anders als früher seine Knechte zu behandeln, dennoch blieb ein Unbehagen, diese armen Teufel fern der Heimat schuften zu lassen. Warum wurden die Menschen nicht klüger? Welche Verbesserung hatte Krieg je gebracht?

Längst planten die Rote Armee und die Verbündeten ihren Vormarsch Richtung Berlin. Im Norden und Westen ließen die deutschen Truppen angesichts des unaufhaltsamen Drucks der Roten Armee das Kesselschlacht-Manöver anwenden, um ihre Linien zu schützen und die Verluste zu minimieren. Im Osten und Süden dagegen konnten alliierte Truppen trotz starker deutscher Verteidigungsanstrengungen allmählich an Boden gewinnen. Die Rote Armee durchbrach im Oktober 1944 die Weichsel-Linie und rückte auf Warschau vor, während sich deutsche Truppen in Osteuropa immer weiter zurückzogen.

Margarete ging zur Uhr und hielt sie an. Dann öffnete sie das Fenster, wie man es tat, wenn jemand im Haus verstorben war, um die Seele des Verstorbenen hinauszulassen. Ein alter Brauch, der nicht für Kriegszeiten erdacht worden war, wenn die Männer wie die Fliegen in unbekannten Ländern und für Ziele mächtiger Männer starben.

»Wann hat dieser Wahnsinn ein Ende?«, murmelte sie erneut, dann holte sie tief Luft. »Ich habe die Kartoffeln eingeweicht. Die Mädchen halten oben Mittagsschlaf. Ich werde zum Pfarrer gehen, damit er eine Messe für Ernst liest, wenn wir ihn schon nicht beerdigen können.«

Franz erhob sich. Binnen weniger Augenblicke schien er um Jahre gealtert zu sein.

»Lass nur, mein Kind«, sagte er. »Ich werde das übernehmen. Sieh du nach deiner Mutter, wenn du kannst.« Unausgesprochen sagte er seiner Tochter damit, dass er nicht mit seiner Frau über den Verlust des einzigen Sohnes sprechen konnte.

Lange sah Margarete ihrem Vater nach, als er mit krummem Rücken aus dem Hoftor schritt.

Aus einer Dokumentation über die letzten Kriegstage:

In Osteuropa begann der Kampf um Ostpreußen am 1. Februar 1945, als die sowjetische Armee das Gebiet überfiel. Die deutsche Wehrmacht in Ostpreußen kämpfte tapfer und versuchte, den

Einmarsch der sowjetischen Truppen aufzuhalten. Doch es war vergebens. Am 28. Januar fiel Königsberg und die gesamte Region wurde von den Sowjets erobert.
Dies war nur eine von vielen Kampfhandlungen in Osteuropa, bei denen Millionen Menschen ihr Leben verloren und unzählige Städte zerstört wurden. Auch in Polen, Rumänien und der Tschechoslowakei kam es zu schrecklichen Scharmützeln und Verwüstungen. Im Mai 1945 erreichten die alliierten Truppen Wien, was für viele Menschen das Ende des Krieges bedeutete. Doch bis dahin sollte der Krieg in Form einer neuen Vertreibungswelle – diesmal der Deutschen – eine neue Ebene von Leid hervorbringen.
Ab 1944 wurde die Situation auch im Inneren des Deutschen Reiches immer schlimmer. Nach dem D-Day-Angriff der Alliierten schien es nur noch eine Frage der Zeit zu sein, bis auch Deutschland erobert würde. Die alliierten Truppen setzten ihren Vormarsch fort und kamen immer näher an das Reich heran. In den Städten und Dörfern des Landes suchten sich die Menschen Zuflucht, indem sie in Bunker oder andere Verstecke gingen.
Ab Sommer 1944 setzte in Osteuropa ein entscheidender Frontverlauf ein. Die sowjetischen Truppen, vorangetrieben vom Wunsch nach Revanche gegen die deutschen Besatzer, marschier-

ten unaufhaltsam weiter und schlugen jeden Widerstand nieder.
Sie eroberten Stadt für Stadt und machten immer neue Gebiete frei. Viele Menschen wurden auf ihrem Weg vertrieben oder flüchteten um ihr Leben, während sich die deutschen Truppen zurückzogen.
Im Sommer 1944 stießen die sowjetischen Truppen in Galizien und der Ukraine vor und führten schwere Gefechte gegen deutsche Verteidigungslinien, bevor sie endlich Lemberg (Lwiw) eroberten.
Im Januar 1945 begannen die Sowjets ihren Vormarsch auf Berlin und brachten weitere Teile Deutschlands unter ihre Kontrolle, während sich die westlichen Verbündeten durch die Rheinprovinz kämpften.
Die Alliierten hatten auch in anderen Gebieten Erfolg. In Westpreußen und Pommern drangen die sowjetischen Truppen zunehmend vor, während sie von ihren Verbündeten im Westen unterstützt wurden. Millionen von Zivilisten flohen aus den Ostgebieten des Reiches, als der Einmarsch immer näher rückte.
Dieser Exodus führte zu einer humanitären Katastrophe in den Flussregionen und an der Ostseeküste. Viele Menschen stiegen auf die Schiffslast »Wilhelm Gustloff«, doch nur wenige überlebten ihre Reise. Die Belagerung von Breslau zwang Tausende von Menschen in die Flucht,

und viele starben aufgrund der schrecklichen Bedingungen, unter denen sie flüchteten.
Doch auch im Inneren des Reichs herrschten Angst und Schrecken. Die Luftangriffe der Alliierten wurden immer schlimmer. Viele Städte und Gemeinden wurden zerstört, Hunderttausende Menschen starben. In den alliierten Lager-auffanglagern, in die viele Deutsche deportiert wurden, herrschten menschenunwürdige Zustände. Die Deutschen traf nun in aller Wucht das Leid, das sie zuvor in die Welt getragen hatten.
Es gab auch eine Welle von Flüchtlingen aus Osteuropa, die nach Deutschland strömten und Schutz suchten. Die meisten von ihnen hatten kaum etwas anderes als das, was sie auf dem Rücken trugen. Die deutschen Behörden konnten ihnen kaum helfen und die meisten Flüchtlinge fanden keine Unterkunft oder Nahrung.
Als die Lage immer schwieriger wurde, versuchten viele Menschen aus den Ostgebieten des Deutschen Reiches, aus Schlesien, Pommern und Ostpreußen in das Reichsinnere zu flüchten. In Ostpreußen und Pommern ergriffen Millionen von Menschen die Flucht, als ihnen klar wurde, dass sie dem Einmarsch der sowjetischen Truppen nicht entgehen konnten.
Es war eine schreckliche Situation. Es gab keine Möglichkeit mehr, auf andere Weise zu entkommen – es blieb ihnen nur noch die Flucht. Viele Menschen flüchteten zu Fuß, mit dem Fahrrad

oder auf Pferden. Andere versuchten, sich in einem der unzähligen Flüchtlingskonvois durch die schneebedeckte Landschaft zu retten.
Tausende von Menschen fanden den Tod auf ihrer Reise. Unter den Flüchtlingen waren vor allem Kinder und ältere Menschen, aber auch junge Frauen und Männer versuchten verzweifelt, dem Einmarsch der Sowjets zu entkommen. Viele starben an Erschöpfung, Hunger und Kälte, bevor sie ihr Ziel erreichten.
Es war ein schreckliches Gemetzel – dennoch schafften es viele Menschen, die Flucht zu überleben und in andere Gebiete Deutschlands zu gelangen. Doch auch wenn sie gerettet wurden, konnten sie nicht vergessen, was sie hinter sich gelassen hatten – die Zerstörung ihrer Heimat und den Verlust von Freunden und Familienangehörigen.
Ab 16. April eroberten die Sowjets die Hauptstadt, welche am 02. Mai kapitulierte, und setzten damit den letzten Schritt zur Niederlage des Deutschen Reiches.
Mit dem Ende des Krieges hörten die schrecklichen Leiden der Menschen in Ostpreußen und Pommern jedoch nicht auf. Vertreibung und Zwangsaussiedlung der Deutschen gab es bis in die Fünfzigerjahre. Der Schmerz über den Verlust der eigenen Heimat blieb für viele unauslöschlich.

Zewelin, Pommern, im Winter 1944

Der Winter kam früh in diesem Jahr. Viel zu früh. Ende September gab es Frost und Ende Oktober fiel der erste Schnee.

Längst hatte sich in Zewelin und den Ortschaften der Umgebung Unbehagen ausgebreitet, das allerorten spürbar war, auch wenn niemand es aussprach. Der Krieg war verloren, im Osten zogen sich die russischen Truppen zusammen, um in Kürze mit einer Großoffensive zu beginnen und die Deutschen zurückzuschlagen.

Das Problem war, dass es nirgendwo verlässliche Informationen gab. Dem Radio und den Zeitungen konnte man nicht glauben und die englischsprachigen Sender waren hier nicht zu empfangen. Es gab nur Gerüchte und die Mund-zu-Mund-Propaganda, doch Franz war lange genug Soldat gewesen, um zu wissen, dass die Lage aussichtslos war.

Hitler und die Wehrmacht waren geschlagen, doch statt ihre Niederlage einzusehen, hielten er und seine Getreuen an dem wahnsinnigen Plan fest, Deutschland zum glorreichen Endsieg zu führen.

Franz konnte sich gut vorstellen, welches Leid über die Menschen der Region hereinbrechen würde, wenn die Russen einmarschieren und ihrerseits Vergeltungsmaßnahmen an den Einwohnern vornehmen würden. Er hatte von der »Order Nummer 270« gehört, die Stalin erlassen hatte: Kriegsgefangene sollten nicht ausgetauscht werden und es war üblich, dass jeder, der in die Hände der Roten Armee gefallen war, wegen Verrats erschossen wurde.

Es waren vor allem die Frauen und Kinder, die unter den schlimmsten Folgen des Krieges leiden würden. Die Menschen erzählten von Fluchtdramen, Vergewaltigungen, Gruppenvergewaltigungen und Erschießungen von Männern und Vätern, die versucht hatten, ihre Familien zu schützen.

Franz spürte, wie Alter und Verlust an ihm zehrten. Draußen funkelten die Eiskristalle auf den Pflanzen und ein eiskalter Wind wehte von der See bis in die Ebenen. Er mochte nicht daran denken, wie viele Familien dieser Tage Hunger litten.

»Wo bist du mit deinen Gedanken?«, riss ihn Annas sanfte Stimme aus seinen düsteren Vorahnungen. Mit den Händen in den Hosentaschen stand er da, nun fuhr er herum und schaute in ihr liebevolles, vertrautes Gesicht.

Statt einer Antwort lächelte er, versuchte es zumindest. Sie durchschaute ihn.

»Wir hatten gute Jahre«, sagte sie.

Er hob eine Augenbraue. »Wie meinst du das?«

»Nun ja, du erinnerst dich an jene Jahre nach unserer Hochzeit, als Grete geboren wurde und später dann unser lieber Ernst – was hatten wir denn? Du warst an der Front und ich musste in der Fabrik arbeiten. Wir hatten nicht mehr als das, was wir am Leibe trugen. Doch dann war der Krieg vorbei und du bist zu mir zurückgekehrt und sieh nur, was seither alles geworden ist.«

»Ja«, meinte Franz. »Sieh dir das an! Das Land liegt in Trümmern und uns bleibt wohl bald nur noch die Flucht.« Es schmerzte ihn unsagbar, das Land, das seine Vorfahren seit Generationen bewirtschafteten, zurückzulassen. Das Gut, die verträumte Landschaft mit den Schwalben im Sommer und den wiegenden Kornfeldern. Um an einen Ort zu gehen, an dem sie für immer Fremde bleiben würden. Und wann war der richtige Zeitpunkt gekommen, um zu gehen? Noch war es unter Strafe verboten, die Flucht zu ergreifen, die Wehrmachtssoldaten waren in der Nähe und wer überhastet aufbrach, der riskierte sein Leben. Doch da waren die Ströme von Menschen aus Ostpreußen auf Fuhrwerken, viele von ihnen zu Fuß, die vor den heranrückenden russischen Truppen flohen und von schrecklichen Gräueltaten berichteten. Wer Platz hatte, musste die Flüchtlinge bei sich aufnehmen, ebenso wie die Wehrmachtssoldaten, die in den Privathäusern einquartiert wurden. Auch bei ihnen im Forsthaus waren zwei untergebracht und mussten versorgt werden, denn längst reichten Proviant und Ausstattung der Armee nicht mehr aus, um das zu gewährleisten.

Irgendwann würden sie gehen müssen, daran bestand kein Zweifel. Doch wohin? Zu entfernten Verwandten? Was sollten sie mitnehmen? Und wer würde sie auf der gefahrvollen Flucht beschützen? Würden sie eines Tages zurückkehren können oder wäre all das hier verloren, eine Erinnerung, von der der Wind erzählt?

»Bald ist Weihnachten«, riss ihn Anna erneut aus seinen Gedanken. »Wir sind es den Mädchen schuldig, ein schönes Fest zu machen. Stell dir vor, es gibt sogar eine Gans! Morgen schon werde ich sie rupfen und stopfen, mit leckerer Apfelsoße und Maronen und wir werden feiern und beieinander sein und du wirst uns Geschichten erzählen aus deiner Soldatenzeit, jene, die uns alle zum Lachen bringen.«

Sie griff nach Franz' Arm und er zog sie an sich, atmete den vertrauten Duft ihrer Haare. Dann zwang er sich, in ihre fröhliche Stimmung einzufallen, auch wenn ihm anders zu Mute war. Schwer wog die Verantwortung, die auf ihm lastete – für drei Töchter – Margarete, Elsa und Herta und zwei Enkelinnen, Margot war sechs und Johanna vier Jahre alt. Wie sollte er ganz allein, ein alter Mann mit vier Frauen und zwei Kindern die gefahrvolle Flucht bewältigen? Ihm blieb nichts anderes übrig. Es war an ihm, seine Familie in diesen gefährlichen Zeiten zu beschützen, sie in Sicherheit zu bringen, weit fort vom Krieg und von den Soldaten und das, was diese Soldaten bereit waren zu tun.

Diese Soldaten, die Russen, sie waren nicht wie er und seine Kameraden. Sie waren wie wilde Tiere, ausgehungert, manche von ihnen hatten nicht einmal Schuhe. Viele konnten weder schreiben noch lesen oder hatten je eine militärische Ausbildung erhalten. Sie waren Stalins Aufgebot, um die mörderischen Deutschen ein für alle Mal zu besiegen. Menschenmaterial, Kanonenfutter, verroht, der dünne Firnis der Zivilisation nach Monaten und Jahren im Krieg längst zerrissen, und da waren noch die dunklen und finsteren Dinge, die die Deutschen den Russen angetan hatten. Von Massakern war die Rede, man munkelte von Massengräbern, in denen auch Frauen und Kinder lagen. Gewalt erzeugte Gewalt, das wusste Franz, und bald würde sich der Strom dieser Gewalt umkehren und sie treffen und dann durften sie nicht mehr hier sein.

Es war ein offenes Geheimnis, dass Stalin für seine Soldaten Anreize schuf, indem er ihnen erlaubte zu plündern und zu vergewaltigen. Die leeren Augen der Frauen auf den Flüchtlingstrecks aus Ostpreußen sprachen Bände, die Rede war von Kindern, die unter den Offizieren nächtelang herumgereicht wurden und die Tortur nicht überlebten. Wer sich wehrte, musste damit rechnen, von den Ungeheuern zum Spaß verstümmelt zu werden, auch um die anderen fügsam zu machen.

Franz ballte die Fäuste. Vor diesen Dämonen des Kriegs musste er seine Familie, seine Frauen beschützen, denn es gab nur noch ihn.

Er blickte zu seiner Frau, die sich bemühte, ein Weihnachtsfest vorzubereiten, als gäbe es diesen schrecklichen Krieg und die ungewisse Zukunft nicht, die sich vor ihnen ausbreitete wie ein dunkler Abgrund. Jetzt war Weihnachten, eine Zeit des Frohsinns und der Hoffnung, die in diesem Jahr von Tod und Verlust überschattet war, und dennoch standen die Uhren nicht still.

Sein Bauchgefühl sagte ihm, dass dies das letzte Weihnachtsfest war, das seine Familie in Zewelin feiern würde. Seine Familie – oder das, was von ihr übrig war.

Aus einer Dokumentation über die letzten Kriegsmonate:

Die große Flucht begann bereits 1944. Im Winter 1944/45 wurde den Menschen, die in Ostpreußen, Schlesien und Pommern lebten, nur eines klar – sie mussten fliehen. Viele Familien packten ihre letzten Habseligkeiten zusammen und machten sich auf den Weg in Richtung Westen. Doch die Reise versprach schrecklich zu werden. Die Flucht war ein Albtraum, – das Wetter schneidend kalt, der Schnee kniehoch, jeder Tag ein Kampf ums Überleben. Viele Menschen erfroren an den Straßen, viele kamen durch Hunger und Erschöpfung ums Leben. Tagelang schleppten sich die Flüchtlinge mühsam weiter, nur begleitet von Hunger und Kälte.
Nach dem Bombenterror aus der Luft begann nun die Einkreisung durch Infanterie und Panzer. Die Soldaten, vor allem aber auch die Partisaneneinheiten, rückten schnell und zielstrebig vor und schoben eine Flüchtlingswelle aus Ostpreußen vor sich her. Dabei ließen sie eine Spur der Verwüstung und des Terrors zurück. Es kam zu Massenerschießungen und Gewaltaktionen, wobei vor allem Frauen und Kinder die Hauptopfer waren. In den ersten Dörfern Ostpreußens, an denen die Armee vorbeizog, wurden die Bewohner ermordet oder vertrieben. In anderen Gegenden versuchten sie, ihre Häuser zu verteidigen

und kämpften verzweifelt gegen die russische Übermacht an.
Doch es war ein aussichtsloser Kampf. Die Deutschen wurden systematisch niedergemacht und der Weg in Richtung Westen weiter freigemacht. Es kam zu Massenvergewaltigungen, Plünderungen und Brandstiftung. Den Männern wurde meist auf der Stelle die Kehle durchgeschnitten oder sie wurden erschossen. Viele Frauen erfuhren schlimme Gewaltverbrechen und wurden schließlich auch ermordet. Die Kinder und alten Menschen, die nicht fliehen konnten, wurden vertrieben oder verschleppt.
Aber nicht nur körperliche Gefahren lauerten an jeder Ecke, auch die psychischen Belastungen waren schier unermesslich. Frauen und Kinder gerieten besonders oft in die Hände von Partisaneneinheiten, die sie gnadenlos vergewaltigten und erniedrigten. Mit Entsetzen mussten sie mitansehen, wie ihre Männer ermordet und ihre Heimat zerstört wurde. Die meisten von ihnen überlebten die Flucht nur dank eines unglaublichen Willens und der Hoffnung, irgendwann ankommen und Frieden finden zu können.
Das Leid der Bevölkerung war unermesslich – Körper und Seelen wurden gezeichnet von den grauenvollen Erlebnissen der Vergangenheit. Jene Menschen, die diese Zeit überleben sollten,

trugen ihre Narben bis an das Ende ihres Lebens mit sich.
Der Winter 1944/45 war eine schreckliche Zeit – voller Schmerz und Leid, aber auch voller Mut und Hoffnung. Doch der Weg in die Freiheit war noch lang ...

Pommern, Februar 1945

Dann musste auf einmal alles schnell gehen. Kaum war das neue Jahr gekommen und der Januar vorbei, da wachte Franz eines Morgens auf und stellte fest, dass ihr Nachbar, der August Bidenheim, samt seiner vielköpfigen Familie alles Mögliche auf ein Pferdefuhrwerk lud.

»Franz, schau, die Bidenheims, sie fliehen!«, hörte er Annas Stimme aus der Stube. »Und auch die Marxens und die Stubers, die alle packen! Es heißt, der Russe ist nur noch einen Tagesmarsch entfernt und steht schon bei Stolp!« Sie war so aufgeregt, dass sich ihre Stimme überschlug.

Franz spürte, wie ein kalter Schauer seinen Rücken hinablief und es kostete ihn Kraft, die aufsteigende Panik nieder zu kämpfen. Der Moment war gekommen. Aus dem Radio klang die Stimme des Führers, der von einem totalen Krieg fantasierte. Davon, die Gebiete in Ostpreußen zurückzugewinnen und den Russen ihre Gräueltaten an der deutschen Bevölkerung heimzuzahlen, ohne freilich zu erwähnen, welche Verbrechen von den Deutschen zuvor an den Russen begangen worden waren.

Mit ruhiger Stimme erteilte Franz Befehle, wie er es beim Militär gelernt hatte. Er wies Anna, Elsa, Herta und Margarete an, Vorräte, Decken und das Wertvollste aus dem Haus zusammenzupacken, während er die Pferde anspannte. Den Mädchen sagte er, sie sollten ihre liebsten Spielzeuge in Taschen packen und zu ihm in den Stall kommen.

Von den beiden Wehrmachtssoldaten fehlte jede Spur. Einen von ihnen hatte er mit seinem Gewehr herumschleichen gesehen, nun schienen die beiden, die kaum älter als 19 sein mochten, endgültig Reißaus genommen zu haben. Wer konnte es ihnen verdenken?

Die Vorbereitungen für die Flucht dauerten länger, als er erwartet hatte. Es war nach Mittag, als alle in dicke Mäntel und Decken gehüllt auf dem Pferdewagen saßen. Bei so vielen Menschen blieb kaum Platz für die Habseligkeiten. Anna hatte das Familiensilber eingepackt, ihre Aussteuer hatte sie, ebenso wie Margarete, schweren Herzens zurücklassen müssen.

Herta und Elsa saßen stumm beieinander und hielten sich an den Händen, als seien sie Kinder. Ein wenig war es so. Der Krieg hatte dafür gesorgt, dass sie unverheiratet waren, obwohl sie längst das richtige Alter hatten. Weit und breit war kein Mann zu finden, der infrage käme. Der schreckliche Krieg hatte sie alle verschlungen wie ein gefräßiges Monster.

Die Temperatur lag einige Grad unter Null, der Atem stand ihnen in kleinen Wolken vor dem Gesicht, als die

Braune anzog. Sie reihten sich in den langen Flüchtlingstreck gen Westen ein und ließen ihre Heimat und alles, was ihnen lieb und teuer war, hinter sich. Neben der Braunen sprang das Fohlen mit seinen dicken Gelenken her und seine ausgelassene Fröhlichkeit schien nicht zu der Schwere des Augenblicks zu passen.

Bevor sie bei dem Wäldchen um die Ecke bogen, schaute Franz noch einmal zurück und das Herz wurde ihm schwer, als er das Forsthaus immer kleiner werden sah.

Das Ziel des Flüchtlingstrecks hieß Kolberg. Es hieß, dass von dort aus noch Züge und Schiffe in das Reich gingen, auch wenn diese, wie sich Franz ohne viel Fantasie ausmalen konnte, völlig überfüllt sein würden. Dann würden sie eben mit dem Pferdefuhrwerk versuchen, weiter durchzukommen. Doch die Straßen waren verstopft. Hunderte, Tausende Menschen waren unterwegs, Frauen zogen ihre Kinder in Bollerwagen hinter sich her oder trugen sie auf dem Rücken. Der Wegrand war gesäumt mit lauter Dingen, die man nicht mehr brauchte – Töpfe, Vasen, Kisten, – die das Vorankommen beschwerten, denn da war noch der Schnee.

Als die Dunkelheit einsetzte, war es erst später Nachmittag, doch es fielen die ersten Schneeflocken vom Himmel und die Luft wurde bitterkalt. Bald musste Franz erkennen, dass sie Kolberg heute nicht mehr erreichen würden.

Das bedeutete, dass sie unter freiem Himmel campieren müssten, wie viele andere auch. Mit einigen anderen Familien aus dem Dorf schlossen sie sich zu einer Art Wagenburg zusammen und mit Mühe gelang es ihnen, ein Feuer zu entfachen. Was nach einem großen Abenteuer klang, zauberte keine Freude auf die Gesichter, auch nicht auf die der Kinder. Das hier war kein Abenteuer, es war ein Abgrund, der auf sie zuraste.

Die Frauen und Kinder legten sich auf den Wagen, um ein wenig Schlaf zu finden, während Franz versuchte, es sich auf dem Kutschersitz bequem zu machen. An Schlaf war nicht zu denken, doch wenn er diese Strapazen überstehen wollte, musste er seine Kräfte schonen, immerhin war er nicht mehr der Jüngste.

Als er den Kopf in den Nacken legte und nach oben sah, funkelten die Sterne so gleichgültig und kalt wie noch nie. Er schloss die Augen und war binnen weniger Sekunden eingeschlafen.

»*Dawai, dawai!*« Stimmen rissen ihn aus dem Schlaf. Franz fuhr in die Höhe und erst dachte er an einen Nachtschrecken oder an einen Albtraum, doch da waren sie, etwa sechs russische Soldaten in abgerissenen Uniformen und mit gierigen Augen.

Franz spähte nach hinten auf den Wagen und sah in Annas ängstliches Gesicht.

»Ihr verhaltet euch vollkommen ruhig!«, zischte er. »Und lasst die Köpfe unten, habt ihr verstanden?«

Anna nickte stumm, das Gesicht so blass wie die Schneeflocken, die über den nächtlichen Himmel tanzten.

Franz ließ sich von seinem Bock gleiten und stellte sich vor den Wagen in der Hoffnung, verbergen zu können, was sich darauf befand. Nicht auszumalen, wenn die Russen seine Töchter finden würden, und wer wusste, ob sie vor seinen Enkelkindern Halt machten? Auch die anderen Familien standen da, die Gesichter schockstarr. Die Tochter der Bidenheims hielt den Kopf gesenkt, die Schultern bebten und der arme August sah aus, als träfe ihn gleich der Schlag.

»Frau, komm!«, blaffte einer der Russen und packte Minna, so hieß die Tochter der Bidenheims, am Arm.

Sie stieß einen spitzen Schrei aus, der die Nachtluft zu zerreißen schien, und Franz hielt den Atem an. Die Soldaten packten sie und zwei andere Mädchen, das Jüngste von ihnen gerade 12, und zerrten sie hinter sich her. Die Schreie der Mädchen brannten sich Franz tief in seine Seele ein. Jeder Muskel seines Körpers war bis zum Zerreißen angespannt, doch er durfte sich nichts anmerken lassen, wenn er seine Familie beschützen wollte.

Der verzweifelte Blick von Wilhelmine Bidenheim richtete sich kurz auf ihn und fast schon befürchtete er, er würde Anna und die Mädchen verraten, da klappte sie den Mund wieder zu. Schluchzend barg sie das Gesicht in den Händen, während aus der Ferne die entsetzten Schreie der armen Mädchen zu hören waren, über die die russischen Soldaten erbarmungslos herfielen.

»Diese Tiere«, brach es aus Franz heraus.

Der Russe fuhr herum. Er war ein kleiner, vierschrötiger Kerl mit einer roten Säufernase. Seine Augen hatten etwas von einem listigen Raubtier.

Er kam auf Franz zu und Franz betete innerlich, dass er mit seiner unbedachten Äußerung kein Unheil über sich und seine ganze Familie gebracht hatte.

Der Mann baute sich vor ihm auf und er roch den Alkohol in seinem Atem, vermutlich bei einer Plünderung gefunden. Alkohol und Soldaten, das war keine gute Mischung, weshalb man zu Zeiten von Franz' Dienst auf die Disziplin der Truppe geachtet hatte. Kein Mitglied der Gardes du Corps hätte sich je betrunken, an Plünderungen beteiligt oder gar einer Frau etwas zuleide getan, das verbot der Ehrenkodex.

»Du«, stieß der Mann in gebrochenem Deutsch hervor.

Franz versuchte nicht zu blinzeln. Er wusste, dass er nicht zu aufmüpfig wirken durfte, aber auch nicht zu unterwürfig, also bemühte er sich um einen möglichst neutralen oder gleichgültigen Gesichtsausdruck.

In diesem Augenblick kam Stella, das Fohlen der Braunen, aus dem Wald herangaloppiert und stieß ein Wiehern aus, das von der Braunen prompt beantwortet wurde.

Der Russe sah das Fohlen an und stieß ein irres, schmieriges Lachen aus. Dann zog er seine Pistole aus dem Gürtel.

Mit einem Aufschrei wichen alle zurück. Er zielte auf Stella und drückte ab. Der Knall wurde von den Bäumen zurückgeworfen und dann lag Stella tot im Schnee und ihr Blut verfärbte den Boden leuchtend rot.

Vom Wagen aus war ein leises Schluchzen zu hören, das wohl von Margot kam, denn sie hatte das Fohlen so getauft, doch sofort war es wieder still.

Der Russe steckte seine Pistole wieder in sein Halfter, lachte erneut und dann stapfte er durch den Schnee davon in die Richtung, in die seine Männer die Mädchen verschleppt hatten. Vermutlich, um sich an ihrer Schändung zu beteiligen.

Aus einer Dokumentation über die letzten Kriegstage:

> *Im April 1945 nahmen die Alliierten Berlin ein und beendeten kurz darauf den Krieg gegen Deutschland. Während der letzten Tage des Krieges wurden Städte, Fabriken und Infrastruktur zerstört und das Land lag in Schutt und Asche. Als er fürchten musste, von den vorrückenden russischen Truppen gefangen genommen zu werden, entschied sich Hitler in seinem Bunker für den Suizid. Zuvor hatte er im Rahmen des »Volkssturms« Jugendliche nicht älter als 15 an die Front geschickt, wo sie den sicheren Tod fanden. Wer desertierte, wurde standesrechtlich erschossen.*
>
> *Der Tod war ein Meister aus Deutschland, das bekam nun auch die deutsche Bevölkerung zu schmecken. Deutschland war zerschlagen und die Zukunft ungewiss und wer bislang noch nicht aus den Ostgebieten geflohen war, der floh nun vor den neuen Bewohner einer Heimat, in der diese Deutschen zum Teil seit Jahrhunderten gelebt und Wurzeln geschlagen hatten. Die Wunden, die aus dieser Vertreibung entstanden, reichten tief, doch blieb für sie kaum Raum, denn die Welt befand sich angesichts der erschreckenden Bil-*

der aus den befreiten Konzentrationslagern Buchenwald, Dachau, Auschwitz und Bergen-Belsen in einem Schockzustand. Nie zuvor hatte sie dem ultimativen Bösen so ungeschönt in das Antlitz geblickt und noch viele Generationen sollten unter der Last dieser Verbrechen zu leiden haben. Am 8. Mai 1945 unterzeichnete Deutschland schließlich die Kapitulationsurkunde, trotzdem waren noch bis zum 2. September Gefechte im Pazifik und in Japan ausgetragen worden. Erst am 14. August durften sich die alliierten Truppen für den beendeten Krieg feiern lassen. Damit war der Krieg endlich vorbei.

Nach dem Kriegsverlauf in Deutschland und Europa zog sich das Leid noch weiter. Die Menschen versuchten zu verstehen, was sie hinter sich gelassen hatten – die Zerstörung ihrer Heimat und den Verlust von Freunden und Familienangehörigen. Sie mussten erneut einen Weg in eine ungewisse Zukunft finden, in der die Welt sich auf den Neuanfang vorbereitete. Es würde noch einiges an Aufbauarbeit erfordern, doch dank des Tapferkeitsgeists und des Durchhaltevermögens vieler Menschen würde ein Neuanfang möglich sein. Der Zweite Weltkrieg hatte endlich sein Ende gefunden.

Die Nacht war mondlos und bitterkalt – der Schnee lag tief und machte es schwer, sich zu bewegen. Franz und die Gruppe von Frauen und Mädchen kauerten in einem leer stehenden Haus zusammen und versuchten, sich aneinander zu kuscheln und zu wärmen. Sie hatten Glück, dass sie diesen Zufluchtsort gefunden hatten – doch die Gefahr lauerte direkt vor ihrer Tür.

Das Geräusch von Stiefeln draußen im Schnee schreckte sie auf. Franz brachte alle dazu, sich in einer Ecke zu verstecken. Im Stillen betete er, dass sie nicht gefunden werden würden – er wusste zu gut, was passieren würde, wenn ihr Versteck entdeckt würde.

Die Minuten vergingen wie Stunden – jede knarrende Bodendiele und jeder Schritt draußen ließ sie zusammenzucken. Als die Gefahr vorüber schien, atmeten sie auf. Lauschten angestrengt und sobald sie hörten, dass alles ruhig war, rannten sie aus dem Gebäude in die Dunkelheit der Nacht – zurück auf dem Weg in die Freiheit.

Wie sollte es weitergehen? Der Weg nach Westen war abgeschnitten, hier bleiben konnten sie nicht. Franz blickte in die angsterfüllten, blassen Gesichter seiner Familie.

»Wir müssen zurück«, sagte er.

Annas Augen wurden groß. »Du meinst ... nach Hause?«, fragte sie ungläubig.

Er nickte. »Wir haben keine andere Wahl.«

Sie schwieg. Er konnte ihre Panik fühlen.

Die russische Welle aus Zerstörung und Rache hatte sie überrollt und würde sie zurückreißen in ein ungewisses Schicksal.

Am nächsten Morgen trafen sie die anderen Familien, mit denen sie in der Nacht zuvor die Wagenburg gebildet hatten. Die Mädchen und Frauen, die die Russen mitgenommen hatten, waren noch immer verschwunden.

»Ihr wollt zurück? Den Russen entgegen?« Die anderen wollten es nicht glauben.

»Es ist zu gefährlich«, sagte Franz. »Der Winter, die Kälte, zu wenig Essen und zu viele auf der Flucht. Zu Hause kennen wir uns aus und haben genug Vorräte, um durch den Winter zu kommen.«

Leopold Marxen, ihr ehemaliger Nachbar, sah ihn entgeistert an. Er trat einen Schritt auf Franz zu. »Bist du von Sinnen? Mit den vier Frauen und zwei Mädchen den Russen entgegenrennen? Ihr lauft in euren Untergang!«

Franz versteifte sich. »Ich bleibe dabei. Wir gehen zurück.«

Mit diesen Worten wandte er sich ab und lief auf den Wagen zu. Seine Familie folgte ihm. Franz hatte keine Ahnung, ob er die richtige Entscheidung traf oder seine Familie geradewegs in den Untergang führte. Er drehte sich nicht um. Tief in sich wusste er, dass er weder die Bidenheims noch die Marxens je wieder sehen würde. Die eisige Hölle, die vor ihnen lag, würde sie verschlingen.

Der Weg zurück fühlte sich an, als überquerten sie die Grenze in das Totenreich. Die pommersche Landschaft im Februar 1945 war eine trostlose, gefrorene Einöde. Der Schnee bedeckte die Felder und Wiesen wie ein dicker weißer Mantel, so weit das Auge reichte. Das einzige Geräusch, das die ansonsten unheimliche Stille dieser winterlichen Landschaft durchbrach, war das gelegentliche Heulen des Windes.

Die Dörfer und Städte waren leer und leblos. Die Gebäude lagen in Trümmern, einige schwelten noch von den jüngsten Bombenangriffen. Überall waren Spuren von Tod und Zerstörung zu sehen – zerbrochene Fenster, eingestürzte Dächer, umgestürzte Karren und verbrannte Erde.

Entlang der Straßen lagen die Überreste von Pferdewagen, die von ihren flüchtenden Besitzern zurückgelassen worden waren. Hier und da konnte man in der Ferne ein paar streunende Hunde ausmachen, die in den Trümmern nach Futter suchten.

Die Sonne ging auf und unter, ohne jegliche Wärme oder Freude. Überall herrschte ein Gefühl der Traurigkeit und Verzweiflung – als ob die gesamte Region von ihren Bewohnern verlassen worden wäre und nur der Schnee ihr Elend bezeugen würde. Niemand sprach, während sie sich über die vereisten Straßen kämpften, angesichts dieser Landschaft der Verwüstung und des Todes.

Es war am Vormittag des zweiten Tages, als graues Tageslicht auf die schneebedeckten Äcker links und rechts der Straße fiel. Anna stieß einen spitzen Schrei aus, barg den Kopf in den Händen. Margarete zog sie an sich. Herta, Margot und Johanna wandten sich rasch ab. Ein Wimmern war von ihnen zu hören. Dann sah Franz es. Erst dachte er, es handelte sich um eine Puppe, die ein Kind in eine Decke gewickelt am Straßenrand zurückgelassen hatte. Dann erkannte er, dass es ein Baby war, erfroren, die toten Augen starr zum Himmel gerichtet.

Es sollte nicht die letzte Leiche sein, die ihnen auf ihrem Weg zurück in das, was einmal ihr Zuhause gewesen war, begegnen sollte. Die vorrückenden russischen Truppen hatten ganze Arbeit geleistet, Höfe und gesamte Dörfer niedergebrannt und furchtbar unter der Bevölkerung gewütet. Sogar Flieger hatten vermehrt in die sich langsam vorwärtsbewegenden Flüchtlingstrecks geschossen. Am gleichen Abend trafen sie auf einen Aussiedlerhof. Franz kannte die Familie, die dort lebte, flüchtig.

»Ihr bleibt hier«, sagte er zu den Frauen und Mädchen. »Und macht kein Licht. Verhaltet euch unauffällig, hört ihr? Auch die Mädchen dürfen keinen Mucks machen. Ich schaue, ob ich etwas Essbares finde.«

Vorsichtig näherte er sich dem Gebäude. Die Tür stand auf, kein Licht brannte im Inneren, doch da war etwas anderes, das seinen Herzschlag schneller schlagen ließ. Es war die Vorahnung des Todes, seine Gegenwart war hier spürbar, vermischt mit dem metallenen, blutigen Geruch roher und sinnloser Gewalt.

Er fand die Familie in der Stube. Alle sieben Kinder waren tot, der Jüngsten hatte man einen Kleiderbügel zwischen die Beine geschoben. Die Mutter lag geschunden und gezeichnet, mit weit geöffnetem Mund, oben im Bett, in ihrem eigenen Blut, den Vater fand er erschossen im Garten. Die Glut im Ofen war noch warm. Das entsetzliche Massaker musste erst wenige Stunden her sein. Rasch sprach Franz ein Gebet voller Dankbarkeit, dass seine Familie bislang verschont geblieben war.

Im Stall fand er die Tiere ebenso sinnlos geschlachtet wie ihre Besitzer.

»Diese Bestien«, entrang es ihm. Er wusste, dass seine Christenpflicht ihm gebot, die Toten zu beerdigen, doch dazu fehlte die Zeit. Er musste seine Familie in Sicherheit bringen. Essen hatte er nicht auftreiben können, die Russen hatten alles mitgenommen.

Obwohl ihre Vorräte längst aufgebraucht waren, vermied es Franz für den Rest des Weges durch die Dörfer zu reiten, und nahm dafür längere Umwege in Kauf. Noch lag mehr als eine Tagesreise vor ihnen.

»Siehst du das?«, fragte Anna, als sie sich auf der vertrauten Straße in Richtung des Gutshofs befanden.

Franz hob den Kopf und sah in die angegebene Richtung. Eine Rauchsäule stieg in den Abendhimmel auf.

»Hoffentlich sind alle davongekommen«, murmelte Anna zu erschöpft, um viele Emotionen zu empfinden. Die Kälte, der Hunger, die Angst, all das forderte einen entsetzlichen Tribut von ihnen. Am schrecklichsten war die Hoffnungslosigkeit. Wie sollte es weitergehen? Würden sie eine neue Gelegenheit zur Flucht erhalten?

Franz verbat sich selbst die düsteren Gedanken, die immer lauter in seinem Kopf wurden, seit sie den Rückweg angetreten hatten.

Sie erreichten das Haus am frühen Abend. Alles lag in Finsternis. Kein Licht leuchtete in den Fenstern der verlassenen Häuser ihrer Nachbarschaft, nur der Wind strich durch die Gassen.

Stumm holte Franz Feuerholz und befeuerte den Ofen, während Anna und die Mädchen sich auf die Suche nach etwas Essbarem machten. Tatsächlich war das Dorf von Plünderern bisher verschont geblieben. Ihre Kuh und auch die Hühner waren im Stall und beschwerten sich laut vor Hunger. Franz widmete sich der einst so vertrauten Arbeit, sie zu versorgen, und stapfte dann durch den Schnee zum Haus zurück.

Anna machte sich daran, Kartoffeln zu schälen und etwas von dem Sauerkraut, das sie in den Fässern zurückgelassen hatten, aufzuwärmen.

Die gewohnte Umgebung sorgte dafür, dass die Ängste und Sorgen der vergangenen Tage ein wenig verblassten. Sie fielen in einen tiefen Schlaf, als sie in ihren vertrauten Betten lagen.

Es war ein ungewohntes Geräusch, das ihn mitten in der Nacht aufschrecken ließ. Anna war bereits hellwach.

»Franz«, wisperte sie. »Da ist jemand im Haus.« Geschirr klirrte, jemand stieß an eine Kommode. Franz erhob sich und griff nach dem alten Jagdgewehr, mit dem er sonst auf Kaninchen schoss und das sich nun neben seinem Bett befand. Anna versuchte, ihn zurückzuhalten, doch er legte einen Finger auf die Lippen und befahl ihr so still zu sein. Er öffnete die Tür und ging nach unten.

Zwei Männer standen in der Stube, das Haar lang, die Uniformen verdreckt, Russen mit löchrigen Schuhen. Er mochte sich gar nicht ausmalen, was hinter ihnen lag. Gerade waren sie dabei, den Küchenschrank zu durchwühlen und hatten unter lautem Gejohle Annas Marillenschnaps gefunden.

Franz richtete den Lauf auf sie.

»Ihr«, blaffte er in dem gebrochenen Russisch, das ihm seine Jahre im Osten während des Ersten Weltkriegs eingebracht hatten. »Was wollt ihr?«

Die Männer fuhren herum, die Augen wild wie Tiere.

Einer von beiden, der Größere und anscheinend Ranghöhere, sagte nur ein Wort. Franz verstand es nicht sofort.

»Kinder«, sagte er. »Wo Kinder?«

Franz lud das Gewehr durch und richtete es wieder auf die beiden Eindringlinge. Das Bild der geschändeten Familie von dem Aussiedlerhof stand ihm allzu deutlich vor Augen.

»Hier gibt es keine Kinder«, knurrte er. »Nur einen alten Mann, der nichts mehr zu verlieren hat.«

Die beiden Männer starrten ihn an. Der Größere blinzelte.

»Na, gut, na gut, Väterchen«, sagte er. »Wir nehmen den Schnaps und gehen.« Er lächelte raubtierhaft. Dann wurden seine Augen wieder eiskalt. »Aber wir kommen wieder.«

Lärmend und johlend verschwanden sie in die Nacht hinaus und Franz verschloss die Tür hinter ihnen.

Erst am nächsten Tag stellte Margarete fest, dass sie Werners Ehering mitgenommen hatten, den sie beim Kochen auf die Anrichte gelegt hatte.

Aus einem Schüleraufsatz eines Vertriebenen über Pommern im Jahr 1956

Pommern war eine Region im Nordosten Deutschlands, die vor dem Zweiten Weltkrieg für ihre malerische Landschaft bekannt war. Die Landschaft Pommerns wurde von weiten Ebenen, sanften Hügeln und dichten Wäldern geprägt.
Die Felder waren in verschiedenen Farben gemalt: grüne Weiden, gelbe Getreidefelder und goldene Rapsfelder. In den Dörfern und Städten gab es alte Fachwerkhäuser und Kirchen mit markanten Türmen, die hoch in den Himmel ragten. Entlang der Küste erstreckten sich lange Sandstrände, die von Dünen gesäumt waren. Es gab auch viele Seen und Flüsse in der Region, darunter der Oder-Fluss, der durch das Land floss.
Die Menschen lebten hauptsächlich von der Landwirtschaft und Fischerei. Es gab viele kleine Gemeinden in Pommern, wo man noch traditionelle Bräuche pflegte.
Insgesamt war Pommern vor dem Zweiten Weltkrieg ein Ort voller Schönheit und natürlicher Pracht. Leider wurde die Region während des Krieges schwer beschädigt und hat seitdem ihr Aussehen stark verändert.
Im Frühjahr 1945 war die Situation in Pommern äußerst dramatisch. Die Region war ein Kriegsschauplatz. Die Einwohner litten unter Hunger

und Kälte, während die deutschen Truppen gegen die vorrückenden Russen kämpften.
Die Landschaft, die einst so malerisch war, lag nun in Trümmern. Die Dörfer und Städte waren fast vollständig zerstört und es gab kaum noch Unterschlupf für die Menschen. Viele waren gezwungen, in provisorischen Lagern zu leben oder sich in Kellern zu verstecken.
Die Straßen waren mit Schutt und Asche bedeckt, und überall lagen Leichen. Der Lärm von Explosionen und Gewehrfeuer hallte durch die Luft, während der Himmel von Rauch und Staub verdunkelt wurde.
Die Menschen hatten Angst vor dem Tod und wussten nicht mehr, was sie tun sollten. Sie hofften auf Rettung durch ihre eigenen Truppen oder durch alliierte Soldaten, aber oft kam diese Hilfe zu spät.
In dieser Zeit des Chaos' blieb nur noch wenig Hoffnung übrig. Die Menschen versuchten, irgendwie zu überleben, aber jeder Tag brachte neue Herausforderungen mit sich. Das Frühjahr 1945 wird für immer als eine der dunkelsten Zeiten in der Geschichte Pommerns in Erinnerung bleiben.
Nach dem 8. Mai 1945, als der Zweite Weltkrieg endete, wurde Pommern ein Teil von Polen und die deutsche Bevölkerung Pommerns wurde von polnischen Umsiedlern vertrieben. Als Deutsche hatten sie keine Rechte mehr. Viele Menschen

wurden gezwungen, ihre Häuser und ihr Eigentum zurückzulassen und in Richtung Westen zu fliehen, wo sie ebenfalls nicht willkommen waren. Wohnungen und Essen waren knapp und für die ankommenden Flüchtlinge gab es kaum genug Vorräte und Wohnraum. Allerorten waren Armut und Not spürbar.

Es war eine schwierige Zeit für die Menschen, da sie oft kein Ziel hatten und nicht wussten, wo sie unterkommen würden. Die Reise war gefährlich und viele starben aufgrund von Hunger oder Erschöpfung.

Diejenigen, die es schafften zu überleben und in anderen Teilen Deutschlands ankamen, wurden oft in Lagern untergebracht. Dort mussten sie mit begrenzten Ressourcen auskommen und sich an eine neue Umgebung gewöhnen.

Einige Pommern entschieden sich dafür, ins Ausland zu gehen, um ein neues Leben zu beginnen. Andere gingen nach Deutschland und versuchten, langsam wieder Fuß zu fassen.

Insgesamt war die Vertreibung der deutschen Bevölkerung Pommerns ein traumatisches Ereignis für alle Betroffenen. Es dauerte Jahrzehnte, bis sich die Menschen erholt hatten und ihre Wurzeln in einer neuen Heimat gefunden hatten.

Zewelin, Pommern im Mai 1945

Erst im Frühjahr war die Schlacht um Pommern beendet. Die Rote Armee hatte Pommern ebenso wie Schlesien und Ostpreußen erobert. Furchtbare Gerüchte machten die Runde über das, was in Breslau und in anderen Städten geschehen war, doch die Menschen waren an schreckliche Nachrichten gewohnt, sodass sie sie gleichmütig zur Kenntnis nahmen.

Mit dem Frühlingsbeginn hatte Franz, so gut es ihm möglich war, die Arbeiten auf den Feldern wieder aufgenommen, auch wenn es mehr als ungewiss war, ob sie im Sommer und Herbst noch hier sein würden. Die Rote Armee hatte das Gebiet unter die Verwaltung Polens gestellt und es war davon auszugehen, dass diese Entscheidung nicht mehr rückgängig gemacht werden würde, doch die Hoffnung starb zuletzt. Er konnte sich nicht vorstellen, an einem anderen Ort zu leben.

Die erste Heuernte stand an und Franz schwang die Sense über die Wiesen, während die Frauen und Mädchen das Heu zu Ballen zusammen harkten.

Es war Margarete, die die beiden Männer zuerst sah. Ihre Uniformen kennzeichneten sie als Angehörige der polnischen Armee. Sie waren beide Mitte 40, vermutlich Familienväter und hatten die Gräuel des Kriegs sicher intensiv erlebt. Von ihnen war keine Milde zu erwarten.

Franz stützte sich auf seine Sense und blickte die beiden mit ausdrucksloser Miene an.

Einer von ihnen faltete ein Stück Papier auf. Die mit der Schreibmaschine verfassten Sätze waren auf Polnisch, doch Franz ahnte, was dort stand. Der Abdruck des Stempels machte es offiziell.

»Ihr müsst gehen«, sagte einer der beiden Männer. Sein Bart war so grau wie seine Augen. Franz kannte die verborgene Schwärze, die in ihnen lauerte. Eine Schwärze, die man nicht sehen, sondern nur fühlen konnte und die viele Männer von der Front mit nach Hause brachten.

»Wann?«, war alles, was Franz erwiderte.

»Heute«, sagte der Graue und wandte sich ab. Nach wenigen Schritten blieb er stehen und drehte sich noch einmal um. »Bis Sonnenuntergang«, sagte er und deutete zum Himmel.

Franz hörte Anna hinter sich aufschluchzen und schloss für einen Moment die Augen. Dann nickte er.

Als die beiden Männer verschwunden waren, sagte er zu den Frauen: »Lasst alles liegen. Wir müssen packen.« Er warf die Sense auf den Boden und ging davon.

Den ganzen Nachmittag verbrachten sie damit, das Nötigste auf dem Wagen zusammenzupacken: Kleidung, das gute Geschirr, einige Andenken. Anna tat es weh, die Möbel, viele von ihnen wertvolle Erbstücke zurückzulassen, doch Franz überzeugte sie davon, dass jedes Möbelstück sie daran hindern würde, schnell voranzukommen.

»Wir müssen auf die andere Seite der Oder.«

Die Oder-Neiße-Linie galt schon jetzt als die zukünftige Westgrenze Polens. Erst danach begann Deutschland, oder was sich die Siegermächte darunter vorstellten. Alle Gebiete östlich standen unter polnischer Verwaltung. In Zewelin hatte man sie bisher relativ unbehelligt gelassen, bis auf einen mürrischen Hauptmann, der vor rund sechs Wochen aufgetaucht war und Namen auf eine Liste gekritzelt hatte. Die meisten ursprünglichen Bewohner hatten Zewelin verlassen, doch drei Familien waren aus der Gegend um Danzig herum geflüchtet und wie Franz und seine Familie von der Roten Armee überrollt worden, weshalb sie hier lebten.

Es war abzusehen, dass Russland seine Grenzen vergrößern würde, weshalb sowohl Polens West- als auch Ostgrenze nach Westen verschoben wurde und viele Polen aus dem ehemaligen Galizien oder der Westukraine hierher kamen. Sie zogen in die von Deutschen verlassenen Häuser ein, doch bislang hatte sich das Bewirtschaften der Felder als schwierig herausgestellt. Mehr als einmal war Franz zu Hilfe gerufen worden, wenn die neuen Bewohner nicht weiter wussten, etwa, wie man das Gespann anlegte oder wo sich das Futter für das Vieh fand. Die wenigsten der neuen Siedler waren zuvor Bauern gewesen, die meisten hatten in Fabriken oder unter Tage gearbeitet. Bald würde das Land, wie Franz und die anderen es gekannt hatten, Geschichte sein. Eine ferne Erinnerung voller Wehmut und Trauer.

Vor Anbeginn der Dunkelheit brachten sie den Wagen auf die Straße. Niemand winkte ihnen, als sie ihrer Heimat den Rücken kehrten. Anna und Margarete weinten, die Mädchen waren stumm und blass vor Kummer.

Franz brachte es nicht fertig, sich noch einmal umzudrehen. Mit seinem Blick der sanften Biegung des Weges zu folgen, hin zu den ihm so vertrauten Feldern und Bäumen, zwischen denen er sein ganzes Leben verbracht hatte. Noch wog die Sorge um die ungewisse Zukunft seiner Familie schwerer als die Trauer um seine verlorene Heimat.

Nach rund einer Stunde zeigten sich Gewitterwolken am Himmel. Sorgenvoll blickte Franz zum Himmel.

»Wir sollten uns einen Unterschlupf für die Nacht suchen«, sagte er.

In einiger Entfernung ragte ein Heuschuppen auf. Die Aussicht, die Nacht in frischem Heu zu verbringen, heiterte die Stimmung ein wenig auf.

Sie hatten Glück. Der ganze Wagen passte in die Scheune. Die Mädchen tollten unbeschwert im Gras herum. Dann setzte der Sturm ein. Die Wolken verdunkelten den Himmel und die Luft war schwer und drückend. Ein starker Wind begann zu wehen und ließ die Bäume wild hin- und herschaukeln.

Dann regnete es – erst nur ein paar Tropfen, immer stärker werdend, bis es in Strömen vom Himmel prasselte. Der Donner grollte und hallte durch die Straßen, während Blitze den Himmel erhellten.

Die Mädchen kreischten bei jedem Blitz und auch Franz konnte sich der Faszination des Naturspektakels nicht entziehen. Das letzte Mal, als er ein Gewitter unter freiem Himmel draußen in der Natur erlebt hatte, war während seiner Armeezeit gewesen. Als Junge hatte er Gewitter geliebt.

Die Blitze zuckten ununterbrochen am Horizont entlang, als ob sie sich einen Wettlauf lieferten. Der Wind wurde immer heftiger und riss Äste von den Bäumen. Der Regen peitschte gegen Holz und Wände.

Erst gegen Mitternacht, als der Mond hoch am Himmel stand, hörte das Donnergrollen auf und nur der Regen prasselte noch auf das undichte Holzdach. Margarete und die Mädchen hatten sich zum Schlafen im Heu zusammengerollt, auch Anna saß mit geschlossenen Augen da, nur Franz war von einer eigenartigen Unruhe ergriffen. Ständig ging er im Kopf die Gefahren durch, die sie unterwegs noch erwarten mochten. Der Krieg war seit dem 08. Mai vorbei, doch noch herrschte Chaos. Die marodierenden russischen Truppen gingen rücksichtslos gegen die Zivilbevölkerung vor, nach wie vor befanden sich Millionen auf der Flucht. Es gab Züge, die die Vertriebenen nach Westen transportieren sollten. Die meisten von ihnen wurden kurz vor der Grenze gestoppt und Russen oder Polen überfielen die in den Zügen befindlichen Deutschen und raubten sie bis auf die Unterwäsche aus. Dieses Schicksal wollte er seinen Frauen in jedem Fall ersparen, also blieb nur der beschwerliche Weg mit dem Pferdefuhrwerk. Es war Sommer und das Wetter war ihnen milde gestimmt, doch es gab viele andere Probleme, die unterwegs auf sie warten mochten.

Es würde alles andere als leicht werden, seine Familie nach Westen zu navigieren. Und wohin?

Neben ihm raschelte es im Heu. Es war Margarete, die das Wort an ihn richtete.

»Wir könnten nach Köthen«, sagte sie. »Einer von Werners Brüdern, Willi lebt dort und wie du weißt, ist meine Schwiegermutter, – sie heißt auch Anna – schon länger dort. Erst vor einer Woche erreichte mich ein Brief von ihr, dass sie dort im März eingetroffen ist. Sie lädt uns ein, zu ihr zu kommen.«

»Köthen?«, fragte Franz.

»Ja, es liegt zwischen Magdeburg und Leipzig, ein kleiner Ort in Anhalt. Wir könnten es schaffen.«

»Ja«, sagte Franz. »Von dort aus können wir uns immer noch überlegen, wo wir uns endgültig niederlassen. Erst einmal nach Westen, über die Grenze.«

Wie endgültig das klang, obwohl sie am Morgen noch gemeinsam am Frühstückstisch in Zewelin gesessen hatten. Doch schon da hatte der Schatten der drohenden Vertreibung über ihnen gehangen wie eine dunkle Wolke. Sie alle hatten gewusst, dass dieser Moment kommen würde. Franz wusste, dass es kein Zurück mehr gab. Die Polen ließen keinen Zweifel daran, dass sie die Deutschen nicht dulden würden, in einigen Orten kam es zu Übergriffen, nur weil jemand auf der Straße Deutsch gesprochen hatte. Der Hass gegen die ehemaligen Besatzer war allgegenwärtig, egal, wie lange man in den östlichen Landstrichen friedlich zusammengelebt hatte – Polen, Schlesier, Deutsche.

Lichter näherten sich über die ungemähte Wiese. Franz fuhr zusammen.

»Versteck dich!«, zischte er Margarete zu, die sich daraufhin in das Heu duckte. Auch von Anna und den Mädchen war glücklicherweise nichts zu sehen.

Bald darauf standen zwei Männer vor ihm, einer in einer blau-roten polnischen Polizeiuniform, ein anderer in Zivil. Der in Zivil war groß und glatzköpfig, der in Uniform klein und stämmig mit dunklem Schnurrbart. Franz nahm an, dass es sich bei dem Glatzköpfigen um den neuen Besitzer der Scheune handelte, der ihr Übernachten hier nicht dulden wollte. Sein Eindruck wurde bestätigt, als er die Pistole des Polizisten sah, deren Lauf auf ihn gerichtet war.

»Du!«, blaffte der Polizist. »Mitkommen!«

Franz hörte, wie jemand tief im Heu scharf die Luft einsog und stieß ein stummes Stoßgebet aus, dass jeder der Versteckten still bleiben würde.

Er wurde erhört. Langsam stand er auf und folgte den Männern widerstandslos nach draußen. Die Ängste, die Anna und die Mädchen nun ausstanden, vermochte er sich nicht einmal auszumalen.

Die Männer führten ihn zu einem Auto, das in einiger Entfernung geparkt war und von dort aus auf die naheliegende Polizeiwache. Franz kannte den Ort, er war hier früher schon des Öfteren hindurchgekommen. Er zwang sich, ruhig zu bleiben.

Vor der Polizeiwache befahlen sie ihm, auszusteigen. Zwei Männer in schwarzen Schürzen trugen gerade eine Frau mit auffallend fahler Hautfarbe nach drinnen. Von ihren Kleidern tropfte Wasser.

»Sie hat sich umgebracht«, erklärte der Polizist und machte eine Handbewegung, als ob er sich den Hals durchschneiden wollte. »Die Russen, sie hatte Angst.

Schon zweimal von Russen überfallen, wollte sie kein drittes Mal erleben.«

Franz schluckte. Er hatte viele solcher Geschichten in den letzten Wochen gehört, trotz der Abgeschiedenheit Zewelins. Manche Frauen traf es mehrfach, nicht wenige brachten sich um, steckten sich Steine in die Kleider und gingen ins Wasser, die Kinder nahmen sie mit.

»Komm, Frau«, verlangten die russischen Soldaten, wenn sie sie fanden, und dann nahmen sie die Frauen mit. Auch kleine Mädchen wurden nicht von ihnen verschont.

Der Schrecken des Krieges, er dauerte an. Die meisten Männer befanden sich in Kriegsgefangenschaft oder waren tot. Und die Rachegelüste der Kriegsgewinner nach den Gräueln der Wehrmacht und in den Lagern noch lange nicht gestillt. Franz hoffte, dass es besser werden würde, sobald sie sich westlich der Oder befänden. Doch wer konnte das schon wissen?

Auf der Wache wurde er durchsucht. Doch Franz war schlau gewesen und hatte keine Waffe mitgenommen. Er wusste, dass dies sein sicheres Todesurteil gewesen wäre, denn auf Waffenbesitz in der deutschen Bevölkerung stand bei der Roten Armee die Todesstrafe.

Es fiel ihm schwer, sich auf die Fragen des Polizisten zu konzentrieren, der es in radebrechendem Deutsch und Russisch mit ihm versuchte, offensichtlich kam er nicht von hier. Franz war müde und zugleich war da die quälende Angst um die Frauen. Sie waren allein und schutzlos, weit weg von der rettenden Grenze. Was, wenn durchziehende Rotarmisten die vier fänden, hilflos im Heu versteckt? Er wollte darüber nicht nachdenken und doch drängten sich ihm die schrecklichen Bilder auf.

Ruhig beantwortete er immer wieder und wieder die Fragen des Polizisten. Erklärte, dass er wegen seines Alters und einer alten Kriegsverletzung nicht im Krieg gewesen und nun auf dem Weg nach Westen sei, da er sein Zuhause verloren hatte. Er verdeutlichte, dass er sich auf dem Weg nach Anhalt befand, nach Köthen. Glücklicherweise hatte er sich den Ortsnamen gemerkt.

Das Verhör ging die ganze Nacht. Sie drohten, ihn in ein Arbeitslager zu stecken, zu hängen oder als Kriegsverbrecher den Rotarmisten auszuliefern. Auch Zivilisten liefen Gefahr, nach Russland verschleppt zu werden, um dort in den Gulags oder beim Wiederaufbau der Sowjetunion zu schuften.

Der Morgen graute bereits, als auf einmal die Tür aufging und Janosch hereinkam, ein früherer Tagelöhner, der Franz des Öfteren bei der Ernte geholfen hatte. Ein netter Mann, Anfang 50 mit polnischen Wurzeln. Er schien den Polizisten zu kennen. Als er Franz erkannte, hellte sich sein Gesicht auf. Er und der Polizist unterhielten sich eine Weile auf Polnisch, schließlich erklärte der Polizist: »Du kannst gehen.«

Franz traute seinen Ohren nicht. Er war frei? Einfach so?

»Ich habe mit ihm geredet«, erklärte Janosch augenzwinkernd. »Ich habe ihm gesagt, dass du ein guter Deutscher bist.«

Franz starrte den Mann an. Tränen der Dankbarkeit stiegen in seine Augen, die er rasch beiseite wischte. Er ergriff Janoschs Hand und drückte sie. Auch in diesen

Zeiten der Unmenschlichkeit gab es jene, die sich nicht durch das, was der Krieg den Menschen antat, in Monster verwandeln ließen.

Der Weg bis zur Scheune war weit und die Sonne ging bereits auf, als er auf den menschenleeren Alleen den Weg zurück suchte. Vögel zwitscherten unbeschwert in den Bäumen über ihm und die ersten Maikäfer umschwirrten ihn surrend. Der Frühling wusste nichts von den Schrecken des Winters und der vergangenen Jahre, er kannte nur die Gegenwart und erzählte wispernd von der Zukunft des Sommers. Wie nah Licht und Dunkelheit beieinanderlagen.

Anna und Margarete trauten ihren Augen nicht, als er auf einmal vor ihnen stand. Stundenlang hatten die beiden Frauen zusammen gesessen und überlegt, was als Nächstes zu tun sei.

»Franz, ich dachte, du seist tot!«, rief Anna und fiel ihm um den Hals. Die Freude war übergroß. Sie waren sich sicher gewesen, dass Franz tot war, und hatten die ganze Nacht weinend und trauernd verbracht. Und nun stand er vor ihnen.

Lächelnd wehrte Franz sie ab.

»So leicht stirbt man nicht, meine Liebe. Aber wir sollten nun schnell aufbrechen. Wer weiß, wie oft uns das Glück noch hold sein wird?«

Er sah Margarete an, auf deren Gesicht sich zum ersten Mal seit langer Zeit so etwas wie ein Lächeln erkennen ließ.

»Auf nach Köthen«, sagte er und lächelte.

»Auf nach Köthen«, bestätigte Margarete.

Aus einem Poesiealbum aus dem Jahr 1951

Verlorenes Pommern

In meiner Seele brennt ein Licht,
das nicht erlischt, das immer spricht
von einer Heimat, die ich verlor,
von einem Ort, der mir gehört.

Die Wellen schlagen an den Strand,
doch ich steh hier allein im Sand.
Ich sehne mich nach meinem Land,
nach all dem, was mir bekannt.

Die Wälder rauschen sanft im Wind,
doch ich höre nur mein Sehnen geschwind.
Ich vermisse meine Heimat sehr,
mein Herz schlägt leis` und ist so schwer.

Die Felder sind so weit und leer,
kein Kornfeld oder Blume mehr.
Nur Stille und verlassene Fluren,
die wo einst die Freude malte ihre Spuren.

Ich frage mich, wo meine Heimat ist,
ob sie noch existiert oder bereits vergisst.
Doch in meinem Herzen bleibt sie wahr
und dort wird sie für immer sein – unendlich nah.

Es vergingen rund 10 Tage, bis sie südlich von Stettin die Swine überquerten und kurz vor der Grenze in ein Flüchtlingslager gebracht wurden. Schon seit einer Weile war es nicht mehr möglich, die Grenze einfach zu passieren, sondern man wurde zunächst auf polnischer Seite in ein Flüchtlingslager gebracht, wo man registriert und dann nach Deutschland geschickt wurde.

In dem Lager herrschten schwierige Lebensumstände. Die Menschen waren in winzigen Blechbaracken, Konservendosen gleich zusammengepfercht. Krankheiten wie Typhus oder Ruhr grassierten, und es gab wenig zu essen. Ungeziefer vermehrte sich ungebremst und es kam oft zu schweren Unfällen, an denen Kinder beteiligt waren, weil nichts auf dem Gelände gesichert war.

Anna und Margarete hatten alle Hände voll damit zu tun, die Mädchen zu beaufsichtigten und vor einem Läusebefall zu schützen. Abend für Abend kämmten sie die langen Haare der Mädchen aus.

Die polnischen Wachleute zeigten wenig Mitleid mit dem Leid der deutschen Flüchtlinge, zu sehr hatte die deutsche Besatzung unter ihren Landsleuten gewütet. Und so fand das Leid, wenn auch unter anderen Vorzeichen, seine Fortsetzung. Glücklicherweise waren die Polen erpicht darauf, ihre deutsche Bevölkerung so schnell wie möglich loszuwerden. Nie wieder sollten die schwierigen Deutschen die Gelegenheit bekommen, den Polen oder ihren anderen Nachbarn etwas anzutun. Viele Jahrzehnte sollten vergehen, bevor zwischen den beiden Ländern wieder etwas wie ein freundschaftlicher Austausch möglich sein würde. Zu groß und finster war der Schatten, den der Tod so vieler Polen in den Jahren zwischen 1939 und 1945 warf.

Im Juli 1945, wenige Tage vor der Potsdamer Konferenz, bei der Churchill, Stalin und Truman, die drei Sieger des Zweiten Weltkriegs, sich auf die Oder-Neiße-Linie als endgültige Ostgrenze Deutschlands und damit den Verlust sämtlicher Ostgebiete einigten, durften Franz und die Frauen die Grenze passieren und befanden sich nun auf deutschem Territorium. Franz und seine Familie waren nicht die Einzigen, die Zuflucht suchten. Im zerbombten Nachkriegsdeutschland mangelte es an allem. Es gab keinen Wohnraum, es gab nicht genug zu essen, es gab keine Schulen für die Kinder, kaum ärztliche Versorgung und viele Menschen irrten auf der Suche nach ihren Angehörigen umher, darunter viele verwaiste Kinder. So wurden Franz, die Frauen und die Mädchen wie Millionen andere zunächst in Flüchtlingslagern untergebracht. Hier sollten sie erfasst und versorgt werden, gegebenenfalls auch geimpft, weil in den Lagern mit ihren schwierigen unhygienischen Zuständen immer wieder Seuchen ausbrachen. Erst fünf Monate nach ihrer Ankunft in Deutschland konnten sie nach Köthen weiterreisen und bekamen dort eine Wohnung zugeteilt.

7. Kapitel

Aus einem westdeutschen Geschichtsbuch, 1963

Westpreußen, zu dem Elbing bis 1922 gehörte, war eine Provinz des Königreichs Preußen, die von 1772 bis 1945 existierte. Sie lag an der Ostsee und grenzte im Osten an Ostpreußen, im Süden an Pommern und im Westen an Brandenburg.

Die Geschichte Westpreußens beginnt mit der zweiten Teilung Polens im Jahr 1793, als es von Preußen annektiert wurde. In der Folgezeit wurde die Region eingedeutscht, wobei viele Polen und Juden einwanderten und andere, eher deutschstämmige Siedler ermutigt wurden, sich dort niederzulassen.

Im Jahr 1807 wurde Westpreußen Teil des Großherzogtums Warschau, wurde aber nach der Niederlage Napoleons bald wieder an Preußen zurückgegeben. Im Jahr 1815 wurde es wieder eine unabhängige Provinz. In der Folgezeit entwickelte sich Westpreußen rasant und wurde Ende des 19. Jahrhunderts zu einer der wohlhabendsten Regionen Deutschlands.

Mit dem Zusammenbruch des kaiserlichen Deutschlands im Jahr 1918 und dem Versailler Vertrag im Jahr 1919 kam es zu erneuten Grenzverschiebungen. Die Teilung von 1919/1920 war eine Folge des Versailler Vertrags und veränderte die Grenzen Europas erheblich. Eine der wichtigsten Bestimmungen war die Abtretung Westpreußens an den neu gegründeten Staat Polen. Infolgedessen verlor Deutschland den Zugang zu seinen östlichen Hafenstädten wie Danzig (heute Gdańsk). Der genaue Grenzverlauf zwischen Deutschland und Polen blieb während der gesamten Weimarer Republik strittig. Elbing und viele andere westpreußische Städte entschieden sich per Volksabstimmung für den Verbleib im Deutschen Reich, doch das galt nicht für ganz Westpreußen. Zu dieser Zeit wurde Elbing formal ein Teil von Ostpreußen, so dass die Zugehörigkeit zu West- oder Ostpreußen immer von der Jahreszahl abhängig ist, was durchaus verwirren kann.

Um den deutschen Zugang zu diesen Städten zu sichern, wurde im Versailler Vertrag ein autonomer Kanal, der sogenannte Polnische Korridor, eingerichtet. Dieser Korridor verlief durch das Gebiet des ehemaligen Westpreußens und ermöglichte Deutschland eine direkte Verbindung zwischen Ostpreußen und seinen Hafenstädten an der Ostsee. Der Korridor umfasste auch die Stadt Danzig, die zu einer freien Stadt erklärt wurde.

Vor 1945 war Westpreußen ein Land mit sanften Hügeln und ruhigen Wäldern, wo das Zwit-

schern der Vögel am frühen Morgen die Luft erfüllte und eine warme Sommerbrise die Gesichter der Bewohner streichelte.
Die Menschen in Westpreußen waren für ihre Gastfreundschaft und Großzügigkeit gegenüber Fremden bekannt und boten ihnen oft Nahrung und Unterkunft. Das Essen war reichlich mit deftigen Gerichten wie Sauerkraut und Kartoffelknödeln sowie süßen Leckereien wie Pfannkuchen und Schokoladenkuchen.
Das Leben in Westpreußen war friedlich und beschaulich, erfüllt von der täglichen Routine, zur Schule oder zur Arbeit zu gehen, sonntags die Kirche zu besuchen und sich um das Abendessen zu versammeln mit Familie und Freunden am Abend. Es war ein Leben der einfachen Freuden, in dem sich die Menschen in ihren Häusern und Gemeinschaften sicher und geborgen fühlen konnten.
Doch diese friedliche Existenz wurde durch den Ausbruch des Zweiten Weltkriegs erschüttert, der Gewalt und Zerstörung nach Westpreußen brachte und das Leben seiner Bewohner für immer verändern sollte. Das Land, das sie als Heimat kannten, nicht mehr existierte und ihre Kultur und Traditionen der Zeit zum Opfer fallen würden.
Den Menschen in Westpreußen blieb nichts anderes übrig, als auf der Suche nach Sicherheit

und Geborgenheit zu fliehen und alles, was sie kannten und schätzten, zurückzulassen – eine schmerzliche Erinnerung an das, was ihnen genommen worden war. Das Einzige, was sie mitnehmen konnten, war eine Hoffnung auf eine bessere Zukunft.

Während des Zweiten Weltkriegs wurde Westpreußen 1939 im Zuge des Überfalls auf Polen vollständig von Nazi-Deutschland annektiert und blieb bis 1945 Teil des Dritten Reichs. Es war stark militarisiert und als Stützpunkt für die deutsche Marine und Luftwaffe genutzt. Dies bedeutete, dass Westpreußen das Ziel häufiger alliierter Bombenangriffe war, die die Infrastruktur der Region stark zerstörten und viele Opfer unter der Zivilbevölkerung forderten.

Am Ende des Zweiten Weltkriegs flohen viele Deutsche aus West- und Ostpreußen aus Angst vor Verfolgung oder Tod durch die vorrückende Rote Armee aus ihrer Heimat. Diese Massenflucht wurde als »Flucht« bekannt und wurde zu einem entscheidenden Moment in der deutschen Geschichte.

Die Zivilbevölkerung musste unter sehr schwierigen Bedingungen gehen, oft mit kaum mehr als der Kleidung, die sie trugen. Viele waren gezwungen, auf der Suche nach Sicherheit lange und gefährliche Reisen zu unternehmen, oft durch Länder, die von Krieg und Chaos verwüstet waren. Die meisten, denen die Flucht gelang, schaff-

ten es, in andere Teile Deutschlands oder sogar ins Ausland zu gelangen, während einige auf ihrem Weg gefangen genommen oder getötet wurden. Die Flucht aus dem Osten war eine besonders erschütternde Erfahrung, da viele der fliehenden Deutschen von den sowjetischen Streitkräften verfolgt wurden, die oft jeden, den sie erwischten, kurzerhand hinrichteten. Die Flucht führte zur Vertreibung von Hunderttausenden von Menschen und wirkte sich noch Jahrzehnte später nachhaltig auf die deutsche Gesellschaft aus.

Im Januar 1945 markierte die Weichsel-Oder-Operation einen entscheidenden Wendepunkt im Feldzug des nationalsozialistischen Deutschlands im Zweiten Weltkrieg. Sie zwang die letzte Hochburg der deutschen Truppen, etwa um Breslau, zum Rückzug nach Westen, um der Sowjetarmee an der Ostgrenze zu entkommen. Am 16. desselben Monats rückten über 1,5 Millionen sowjetische Soldaten entlang der Weichsel in Richtung der zu Festungen erklärten deutschen Städte.

Die Operation hatte dramatische Auswirkungen auf die deutschen Kriegsanstrengungen, denn sie bedeutete nicht nur das Ende der Ostfront, sondern auch die drohende Niederlage im Krieg gegen die Alliierten. Die Weichsel-Oder-Operation war eine der größten und bedeutendsten so-

wjetischen Militäroffensiven, die es je gegeben hat in diesem Krieg.
Seit der Schlacht von Stalingrad Anfang 1943 befanden sich die Deutschen langsam auf dem Rückzug und ihre Lage wurde immer verzweifelter. Im Januar 1945 sahen sie sich einem immensen Druck durch die Alliierten auf der einen und den Sowjets auf der anderen Seite ausgesetzt. Die Weichsel-Oder-Operation verschärfte diesen Druck noch, da sie den Sowjets ermöglichte, die deutschen Städte einzukesseln und sie von Nachschub und Verstärkung abzuschneiden.
Die Deutschen waren durch ihre Niederlagen im Jahr 1944 bereits geschwächt, aber die Weichsel-Oder-Operation durchtrennte ihre letzte wichtige Verteidigungslinie. Die Operation bedeutete eine Katastrophe für das angeschlagene deutsche Heer, das in den sogenannten »inneren Westen« zurückgedrängt worden war von Deutschland. Die Sowjetarmee rückte rasch ein, um die befreiten Gebiete zu besetzen. Bis Ende März 1945 hatte sie alle deutschen Großstädte unter ihre Kontrolle gebracht und die verbliebenen Truppen zum Rückzug gezwungen.
Die Weichsel-Oder-Operation war ein entscheidender Moment des Zweiten Weltkriegs, denn sie markierte den Anfang vom Ende für Nazi-Deutschland. Die deutsche Armee war nicht in der Lage, den alliierten Streitkräften aus dem Westen und der mächtigen Sowjetarmee aus

dem Osten standzuhalten, und verlor an beiden Fronten schnell an Boden. Am 02. Mai 1945 war Berlin gefallen und Nazideutschland stand vor dem totalen Zusammenbruch.
Die Stadt Elbing wurde ab dem 23. Januar 1945 belagert, nachdem der Großteil der deutschen Bevölkerung in einer panischen und unorganisierten Flucht die Stadt verlassen hatte. Bei der Belagerung wurde rund 60 Prozent der Stadt in Schutt und Asche gelegt.

Erinnerungen an Elbing aus einem Tagebuch von 1958

Ich wurde 1932 in Elbing, Ostpreußen, geboren. Ich erinnere mich gerne daran, wie ich dort aufgewachsen bin. Die kopfsteingepflasterten Gassen und engen Straßen, das kleine, aber lebendige jüdische Viertel und die großen Kirchen – sie alle sind heute ein Teil von mir. Ich liebte es, im nahen Wald Verstecken zu spielen oder in der Vist zu angeln mit meinen Freunden.

Diese Tage sind heute nur noch eine ferne Erinnerung, denn der Krieg hat unser Leben für immer verändert. 1945 wurde ich mit meiner Familie vertrieben und wir waren gezwungen, alles, was wir kannten und liebten, zurückzulassen. Diese Erfahrung werde ich nie vergessen –

die Angst, die Traurigkeit, die Ungewissheit über das, was vor uns lag.

Ostpreußen war meine Heimat und ich liebte sie von ganzem Herzen. Die sanften Hügel, die kristallklaren Seen, die malerischen Dörfer und belebten Städte – alles an diesem Land zog mich in seinen Bann. Ich fühlte eine tiefe Verbundenheit mit den Menschen und ihrer Lebensweise und wünschte mir oft, dass diese friedlichen Tage niemals enden würden.

Die Schönheit der Sonne, die in der Abenddämmerung hinter dem Horizont untergeht, der Gesang der Vögel, der meine Ohren mit Freude erfüllt – ich werde diese Erinnerungen, so lange ich lebe, in Ehren halten. Auch wenn unsere gemeinsame Zeit begrenzt war, wird Ostpreußen immer in meinem Herzen und meiner Seele bleiben.

Der Krieg veränderte dieses Land wie die meisten Orte in Europa. Was einst so lebendig und pulsierend gewesen war, war nun eine trostlose Landschaft der Zerstörung und Verzweiflung.

Auch wenn meine Heimat nicht mehr da ist, werde ich die Schönheit, die ich dort gesehen habe, nie vergessen – die Sonne, die über dem See untergeht, den Duft von Apfelbäumen im

Frühling und das Lachen der spielenden Kinder. In meinem Herzen wird Ostpreußen immer lebendig sein. Ich werde an diesen Erinnerungen festhalten, solange ich lebe.

Ostpreußen wird immer ein Teil von mir bleiben.

Bericht über die Evakuierung Elbings in einer westdeutschen Tageszeitung 1966

Die Evakuierung von Elbing war ein chaotischer und verzweifelter Versuch, das Leben der Bürger zu retten. Während der Schneefall anhielt, beeilten sich die Menschen, ihr Hab und Gut so schnell wie möglich zu packen.
Familien wurden in Windeseile auseinandergerissen, einige Mitglieder blieben zurück, andere mussten um ihr Leben rennen. Die Straßen waren voll von Schreien, Weinen und Rufen. Alle hatten Angst und waren überwältigt von den Ereignissen, die sich um sie herum abspielten.
Die russische Armee war nicht mehr weit. Die Wehrmacht begann, Schüsse in die Luft abzugeben, um die Menschen zur Evakuierung zu zwingen. Militärfahrzeuge kreischten durch die engen Straßen, Pferde galoppierten über das Kopfstein-

pflaster, und Menschenmassen rannten verzweifelt um ihr Hab und Gut.
In der Stadt herrschte Chaos. Die Menschen kämpften ums Überleben, schleppten schwere Koffer und Taschen mit Habseligkeiten und ließen sie zurück, als ihre Kräfte nachließen. Kinder klammerten sich an die Erwachsenen, die sich bemühten, nicht die Kontrolle über sich selbst zu verlieren.
Für viele von ihnen war es das letzte Mal, dass sie Elbing sehen würden und das Leben, das sie dort aufgebaut hatten. Das Einzige, was ihnen blieb, war die Hoffnung, dass sie eines Tages auf irgendeine Weise nach Hause zurückfinden würden. Als alles vorbei war und sich die Stadt leerte, legte sich eine Stille über Elbing wie eine dicke Schneedecke.
Wer nicht entkam, wurde getötet, für Sklavenarbeit verschleppt oder geschändet, tagelang und sogar systematisch.

Elses Schwester Waltraud, damals 29 Jahre alt und vom Krieg verwitwet, konnte den Sowjets entkommen und hatte wahrscheinlich fürchterliches ertragen müssen. Wer nach schwerer Schändung überlebte, aber nicht mehr zu gebrauchen war, wurde gehen gelassen. Waltraud hatte nie Kinder, obwohl sie später wieder verheiratet war. Es ist davon auszugehen, dass es nicht mehr möglich war, weil sie zu sehr verletzt worden war.

Elbing, Ostpreußen, Januar 1945

Die Stadt Elbing war still an einem Wintertag im Januar 1945. Der Himmel war schwer mit Schneewolken, während ein kalter Wind wehte, der den Geruch von Holzrauch aus den Häusern mit sich brachte, deren Bewohner versuchten, sich warm zu halten.

Die Straßen waren leer und die Geschäfte und Cafés geschlossen. Seit Wochen gab es keine Lebensmittel, keinen Brennstoff und keine Kohle mehr. Jeden Tag warteten die Bewohner der Stadt auf Nachrichten über die vorrückende sowjetische Armee und was dies für sie bedeuten würde.

Der Schnee bedeckte die Stadt und dämpfte alle Geräusche, aber in der Nacht war das Grollen des Artilleriefeuers wie Donnergrollen in der Ferne zu hören. Die Menschen der Stadt hielten sich verängstigt in ihren Häusern auf und versuchten, sich einen Reim auf die Geschehnisse zu machen.

Die Familien packten alles, was sie tragen konnten, in Koffer und bereiteten sich auf eine Zukunft vor, die ungewiss schien. Sie wussten, dass sie Elbing bald verlassen mussten und nie wieder zurückkehren würden.

Bei Else, die mit ihren drei Kindern allein zu Hause war, war es am 18. Januar so weit. Ein Uniformierter klopfte in den frühen Morgenstunden an die Tür.

»Die Stadt wird evakuiert«, teilte er ihr mit.

»Aber«, sagte Else, »ich habe kein Fuhrwerk, wie soll das gehen? Ich bin allein mit drei kleinen Kindern.«

»Kommen Sie zu den Sammelstellen, für den Rest wird gesorgt.«

Als die Evakuierung am 18. Januar 1945 begann, befanden sich die Bürger von Elbing in Panik. Die Nachricht verbreitete sich schnell, und die Straßen wurden chaotisch und überfüllt mit Menschen, die verzweifelt versuchten, sich auf ihre Abreise vorzubereiten. Einige hatten nur wenige Minuten Zeit, um alles zu packen, was sie tragen konnten, während andere überhaupt keine Zeit hatten und alles zurückließen.

Mit banger Angst blieb Else nach dem Besuch des Uniformierten zurück und packte das Notwendigste zusammen, ein paar Kleidungsstücke, etwas zu essen. Sie fühlte sich hilflos und verzweifelt, als sie den Vormarsch der russischen Armee auf ihre Stadt beobachtete. Sie wusste, dass die Ankunft der Russen unausweichlich war.

Sie hatte große Angst um sich und ihre drei Kinder, die nichts hatten, um sich zu schützen. Sie fühlte sich schuldig, weil sie gezwungen war, ihr Zuhause und all ihre Besitztümer zurückzulassen, da sie wusste, dass es unmöglich war, sie mitzunehmen.

Trotz des Chaos um sie herum schaffte sie es, ihre Kinder in Sicherheit zu bringen und an der Hoffnung festzuhalten, auch wenn dies angesichts des Terrors unmöglich schien. Draußen war es bitterkalt, Eisblumen wuchsen an den Fenstern. Sie warf einen letzten Blick auf die Straße, die sie nie wieder sehen würde, verabschiedete sich von ihrer geliebten Heimat und war bereit zu gehen.

Die Seitenstraßen waren leer und ruhig, die äußeren Bezirke lagen still und gespenstisch im Winterschnee. Dafür herrschte im Stadtzentrum das totale Chaos. Pferde- und Ochsenfuhrwerke waren auf die Schnelle umfunktioniert worden und es hieß, es gäbe für alle eine Mitfahrgelegenheit, doch die Realität sah anders aus. Züge nach Westen waren überfüllt oder fuhren nicht mehr, die Straßen waren verstopft und wer kein Fuhrwerk hatte, konnte nicht damit rechnen, mitgenommen zu werden.

Die mit Menschen gefüllten Züge verließen den Bahnhof, und Autos und Fuhrwerke verstopften die Straßen. Gleichzeitig war da die Angst, eine weitere Bombennacht erleben zu müssen. Es gab keinen sicheren Ort, wohin man hingehen konnte, und viele versuchten, auf irgendeine Weise einen Weg aus der Stadt zu finden. Aus Lautsprechern hallten die immer gleichen Parolen vom Endsieg, der in greifbarer Nähe sein sollte, die Evakuierung sei nur vorübergehend. Tatsächlich hatte es in den vergangenen Wochen immer wieder Schläge gegen die vorrückende Rote Armee gegeben. Doch die Rotarmisten hatten von der Wehrmacht gelernt und sich auf eine andere Taktik verlegt, in der sie einzelne Gebiete einkesselten. Dann war eine Flucht schwer möglich. Die Angst war groß, dass das auch mit Elbing passierte, da die Stadt während des Krieges von den Nationalsozialisten stark militarisiert worden war.

Die sowjetische Armee rückte immer näher, und zu dem Chaos und der Verwirrung bei der Evakuierung kam die Angst vor dem, was passieren würde, wenn sie eintrafen. Am Ende dauerte es mehr als zwei Tage, bis alle aus Elbing herauskamen. Die Menschen liefen kilometerweit in bitterer Kälte und mit wenig Essen und Wasser.

Else schlug sich mit den Kindern bis zum Bahnhof durch. Uniformierte schossen in die Luft, um für Ordnung zu sorgen – vergeblich. In dem allgemeinen Durcheinander entdeckte sie Heinrich, den Sohn des Schusters aus ihrer Straße, der versuchte, sich mit seinem Fuhrwerk einen Weg zu bahnen.

»Heinrich! Heinrich! Bitte, nimm uns mit!« Erst schien es, als sei ihre Stimme zu leise, doch dann fing sie den Blick des schweigsamen Mannes mit dem langen grauen Bart auf. Er zügelte die Pferde und half ihr und den Kindern aufzusteigen.

»Wohin geht es?«, fragte Heinrich.

»Nach Westen, nur nach Westen«, sagte Else, die versuchte, die weinenden Kinder zu beruhigen, die sich an sie drängten. »Es heißt, es gäbe Auffangstationen«, brummte Heinrich. »Doch wenn Sie mich fragen, dann sind das Hirngespinste. Wir sollten versuchen, uns allein durchzuschlagen. Zum Glück habe ich meine Frau und die Kinder kurz nach Weihnachten vorausgeschickt, nicht auszudenken, dass die in diesem Chaos feststecken.«

Else nickte in stummer Dankbarkeit, diese Mitfahrgelegenheit gefunden zu haben.

»Die meisten wollen nach Danzig zu den großen Schiffen. Doch wenn Sie mich fragen, dann ist das keine gute Idee. Jedes dieser Schiffe trägt eine Zielscheibe, die weithin sichtbar ist. Die Alliierten haben klar gemacht, dass sie vor Zivilschiffen keinen Halt machen.«

»Also schlagen wir uns einfach so durch?«, fragte Else. Schneeflocken tanzten über ihnen und die Nacht versprach, bitterkalt zu werden. Die Kinder trugen alle Kleidung, die sie hatten, in mehreren Schichten übereinander. Sie hatte Decken mitgenommen und allen Proviant, den sie hatte finden können. Zwieback, Trockenfrüchte, sogar ein paar rohe Kartoffeln, in der Hoffnung, sie unterwegs kochen zu können. Obwohl seit letzter Woche der erneute Vormarsch der russischen Truppen kein Hirngespinst war, hatte es als defätistisch gegolten, Fluchtvorbereitungen als Vaterlandsverrat. Es war zu willkürlichen Erschießungen gekommen, wenn jemand seine Ängste vor dem Ende laut ausdrückte.

Am Morgen erreichten sie das kleine Dorf Groß Mausdorf, wo es eine Sammelstelle gab. Suppe wurde ausgeteilt, die mehr aus Wasser bestand als aus Einlagen und es gab Zelte, die zwar vor dem eisigen Wind, nicht aber vor der Kälte schützen. Else und die Kinder rollten sich zusammen und fanden so wenige Stunden unruhigen Schlaf, in denen sie ihre knurrenden Bäuche vergessen konnten.

Der Mittag sorgte für ein böses Erwachen. Von Heinrich fehlte jede Spur. Er war ohne sie aufgebrochen. Die Verzweiflung drohte über Else zusammenzuschlagen wie eine Welle, doch sie kämpfte dagegen an. Mit einem Tuch band sie sich Erika, die Jüngste auf den Rücken und nahm Brigitte und Marianne an die Hand. Dann machte sie sich zu Fuß auf den Weg.

Anders als alle anderen hielt sie sich nicht in Richtung Norden nach Danzig, wo die Flüchtlingstrecks die Straßen verstopften. Es hieß, dort warteten Schiffe, die die Flüchtenden mitnehmen würden, doch Heinrichs mahnende Worte hallten ihr in den Ohren.

Also wandte sich Else südwestlich in Richtung Pommern und dann Schlesien. Sie würde den Weg über Bromberg und dann Posen nehmen, in der Hoffnung, dort einen Zug zu finden, der sie in Richtung Sachsen nach Dresden, wo Verwandte von ihr lebten, bringen würde.

Aus einem Zeitungsbericht über den Untergang der Gustloff:

> *In der Nacht des 30. Januar 1945 gingen Tausende von Flüchtlingen im Hafen von Gotenhafen an Bord der Wilhelm Gustloff. Viele waren Kinder und Familien, die vor den vorrückenden russischen Truppen flohen. Es war ein verzweifelter Versuch, ihren Verfolgern zu entkommen und in Deutschland Sicherheit zu finden.*
> *Sie ahnten nicht, dass die Wilhelm Gustloff bald eine der größten Schiffskatastrophen der Geschichte erleben würde.*
> *Um 21:45 Uhr verließ die Gustloff mit mehr als 10.000 Passagieren und Besatzungsmitgliedern an Bord den Gotenhafen in Richtung Kiel. In-*

nerhalb weniger Minuten wurde sie von einem feindlichen U-Boot gesichtet, und das Chaos begann. Die deutschen Offiziere an Bord versuchten verzweifelt, sich wegzumanövrieren von dem U-Boot, aber es war zu spät. Das U-Boot feuerte drei Torpedos auf die Wilhelm Gustloff ab, und innerhalb weniger Minuten wurde sie getroffen und begann schnell zu sinken.
An Bord herrschte Chaos, denn die Menschen eilten, um die Rettungsboote ins Wasser zu bringen. Viele von ihnen waren überfüllt und kenterten in den eisigen Fluten. Verzweifelte Schreie hallten durch die Nacht, während die Menschen darum kämpften, sich über Wasser zu halten. Innerhalb einer Stunde versank das Schiff in den Wellen und riss Tausende von unschuldigen Menschen mit sich.
Die Folgen des Unglücks waren verheerend. Von den 10582 Passagieren und Besatzungsmitgliedern an Bord konnten sich nur etwa 1000 in Sicherheit bringen. Noch tagelang danach wurden Leichen, die an die Küsten der Ostsee gespült wurden, gefunden. Es war eine Tragödie, die Deutschland bis ins Mark erschütterte und unauslöschliche Spuren in der Geschichte hinterließ.
Der Untergang der Wilhelm Gustloff ist nach wie vor eine der größten Schiffskatastrophen aller Zeiten, bei der in einer einzigen Nacht über 9000 Zivilisten ums Leben kamen, dreimal mehr als beim Untergang der Titanic 28 Jahre zuvor.

Aus einem deutschen Geschichtsbuch

Nach 1945 gab es kaum Unterschiede zwischen dem Westen und dem Neuen Osten, aber es gab ernsthafte Unterschiede zwischen indigenen Völkern und Flüchtlingen, die während des Kalten Krieges nur für westliche Flüchtlinge abgemildert wurden.
Bis Ende der 1990er-Jahre wurde die Erinnerung an das eigentliche ostdeutsche Territorium durch die Umbenennung der Straßen und Plätze nach und nach aus dem Gedächtnis der deutschen Öffentlichkeit verdrängt.
Gut ausgebildete Städter und früher wohlhabende Bauern wurden in West- und Mitteldeutschland nur als Hilfsarbeiter beschäftigt und ausgebeutet. Ihre Arbeitslosen- und Suizidraten waren bis Anfang der 1990er-Jahre immer deutlich höher als die der gebürtigen Deutschen.
So schlossen sich die Heimatvertriebenen bald zu Vereinen und Verbünden zusammen und konnten in der BRD auch Einfluss auf die Politik nehmen. Der Verlust der Ostgebiete blieb ein wichtiges Thema in der westdeutschen Politik und kam auch bei der Wiedervereinigung 1990/1991 noch einmal zur Sprache, als Bundeskanzler Kohl Polen zusicherte, den Grenzverlauf nicht zum Thema zu machen. Für viele Heimatvertriebene aus Westdeutschland war der Fall der Mauer die Möglichkeit, nach mehr als vier Jahrzehnten

zum ersten Mal wieder in die ehemalige Heimat zu reisen. Viele fanden ihre Häuser und Höfe wieder, nun bewohnt von Fremden.
In der DDR lagen die Dinge anders. Schon vor dem Mauerfall durften Vertriebene in der DDR nicht über ihre verlorene Heimat sprechen. Der Verlust der ostdeutschen Gebiete und das Schicksal der Vertriebenen galten als verdiente Strafe für die Gräuel des Zweiten Weltkriegs.
Viele Angehörige verloren ihre Heimat und Geschichte, ihren Besitz, ihre Religion und soziale Klasse und schließlich ihre eigene Identität.

8. Kapitel

Elbląg, Polen, im Sommer 2020

Der Sommer 2020 in Elbląg, Polen war ein seltsamer Sommer. Die Stadt, die 75 Jahre zuvor das Ende des Zweiten Weltkriegs erlebt hatte, schien einen weiteren Krieg zu erleben – dieses Mal gegen einen unsichtbaren Feind. Die Straßen waren leer und still; das einzige Geräusch war das gelegentliche Vorbeifahren eines Autos oder das Murmeln von Menschen in ihren Häusern.

Der Himmel war tiefgrau wie Zinn, aber die Sonne schien dahinter – eine Erinnerung daran, wie sich der Sommer anfühlen sollte. Dies war kein gewöhnlicher Sommer; in der Stadt lag eine unübersehbare Angst in der Luft. Allen hatten sich die dramatischen Bilder der Militärtransporte voller Toter aus dem italienischen Bergamo wenige Wochen zuvor tief eingebrannt. Die neue Seuche, – das Corona-Virus, – forderte in vielen Familien seinen Tribut. Vor allem die Alten und Kranken starben, viele mussten künstlich beatmet werden und die Angst vor der Ansteckung war allgegenwärtig. Kontaktverbote, geschlossene Restaurants, eingestellte Flüge, keine Möglichkeit zu reisen, so sah die Welt im Sommer 2020 aus. Wer sich hinaus wagte, trug eine Maske und hielt immer rund 1,5 Meter Abstand zu seinem Nächsten.

Die Menschen blieben in ihren Häusern, erledigten ihre Arbeit von zu Hause aus und vermieden Kontakte so weit wie möglich. Gesellschaftliche Zusammenkünfte beschränkten sich auf virtuelle Treffen – keine Besuche bei Freunden oder Verwandten im Stadtzentrum mehr. Gesichtsmasken wurden zur Norm; Kinder, denen der Schulbesuch verwehrt blieb, waren verwirrt und verängstigt durch den seltsamen Blick ihrer Eltern und Nachbarn.

Die Stadt war zu einer Geisterstadt geworden – die Straßen leer, die Geschäfte geschlossen und die Parks verlassen von Menschen, die sich normalerweise in der Sommersonne versammeln.

Dennoch war nicht zu übersehen, welche Mühe man sich hier mit dem Wiederaufbau gegeben hatte. Das Städtchen hat ein pittoreskes Aussehen mit historischem Charme, die Fassaden waren frisch gestrichen und viele alte Gebäude umfangreich wieder hergestellt.

Christian lenkte den Wagen durch die Straßen. Er hatte sich diese Reise in das ehemalige Ostpreußen, den Geburtsort seiner Uroma Else so gewünscht, doch aufgrund der Corona-Pandemie war es lange ungewiss gewesen, ob sie reisen konnten. Die meisten Hotels, Ferienhäuser und Restaurants hatten geschlossen oder durften nur unter Vorbehalt öffnen.

Andrea saß neben ihm auf dem Beifahrersitz. Das Auto ruckelte über die alten Straßen mit dem Kopfsteinpflaster. Auf dem Schoß hatte sie ein Reiseprospekt über die Stadt.

»*In der Vergangenheit war die Stadt Elbing ein lebhaftes Zentrum für Handel und Gewerbe. Sie hatte eine reiche Geschichte, die Hunderte von Jahren zurückreicht, und war für ihre schöne Architektur bekannt. Die Altstadt mit ihren gepflasterten Straßen, die von farbenfrohen Gebäuden, Kirchen und Denkmälern gesäumt sind, ist bis heute erhalten geblieben. Die vielen Kanäle belebten die Stadt mit einer Vielzahl von Booten und Schiffen, die Waren zu Märkten in ganz Europa transportierten. Die Stadt spielte auch eine wichtige Rolle bei der Entwicklung der polnischen Kultur und war Gastgeber für Veranstaltungen wie internationale Festivals, Konzerte und Theateraufführungen. Elbing war ein pulsierender und lebendiger Ort, an dem sich Geschichte, Kultur und Handel auf einzigartige Weise kreuzten. Die Stadt hat viel von ihrem alten Charme bewahrt und ist nach wie vor eine der meistbesuchten Städte in Nordpolen.*

Elbing war im Laufe seines Bestehens Teil vieler historischer Ereignisse, sei es als Teil des Deutschen Ordens oder als Mitgliedsstaat der Hanse. Diese lange und geschichtsträchtige Entwicklung, die vielen Denkmäler und Gebäude, die heute noch erhalten sind, zeugen von dieser Verbindung. Die einzigartige Lage der Stadt an einer Handelsroute bedeutete, dass sie im Laufe ihrer Geschichte mehrfach von fremden Mächten überfallen und besetzt wurde, was eine Mischung aus kulturellen Einflüssen hinterließ.

Elbląg ist nach wie vor ein wichtiger Knotenpunkt für Handel und Gewerbe, und viele Unternehmen sind im Stadtzentrum angesiedelt. Elbląg ist auch heute ein wichtiges Ziel für Touristen und bietet eine Viel-

zahl von Attraktionen, von historischen Stätten bis hin zu schönen Landschaften. Die Stadt bleibt eine der lebendigsten und interessantesten Städte im Norden von Polen.

Die Stadt Elbląg hat eine lange und geschichtsträchtige Vergangenheit, die von vielen historischen Ereignissen und Einflüssen aus verschiedenen Kulturen geprägt ist. Von ihren bescheidenen Anfängen als kleine Siedlung bis hin zu ihrem neueren Status als wichtiger Knotenpunkt für Handel und Gewerbe hat die Stadt im Laufe der Jahre viel gesehen und erlebt …«

»Klingt ganz schön positiv dafür, dass hier damals alles in Grund und Boden gebombt wurde«, bemerkte Christian. »Ich bin gespannt, ob das Haus noch steht. Kannst du nochmal auf die Karte schauen?«

Andrea klappte den Reiseprospekt zu und schlug die Karte auf. »Du musst dort über diese Brücke und dann rechts. Dann müsste das eigentlich schon die Straße sein.« Sie bogen in die ehemalige Königsberger Straße ein. Vor der Nummer 105 blieben sie stehen.

»Schau dir mal diese Häuser an. Hier scheint vieles noch original zu sein, die hohen Fenster, die Fassaden.«

Andrea stimmte zu. »Und wie hübsch sie das renoviert haben.« Sie wies auf ein Haus vor ihnen. »Das muss es sein.«

Christian parkte das Auto und sie stiegen aus. Die Straßen waren schmal und man konnte sich vorstellen, wie hier früher Fuhrwerke und Kutschen hindurchgerumpelt waren.

»Da vorne die Straßenbahnstation. Da ist Oma Else früher mit ihrer Schwester Waltraud hingelaufen, auf dem Weg zur Fabrik.«

»Zigarren waren es, oder?«, fragte Andrea.

»Ja, genau! In der DDR ein Luxusgut, Normalos konnten die nicht bekommen, nur die Parteibonzen und dann natürlich gleich aus dem kommunistischen Bruderstaat Kuba.« Christian grinste. »Aber Else hat später oft von ihrer Zeit in der Fabrik erzählt.«

»Wahnsinn, dass die Zigarren per Hand gerollt wurden.«

»Klar, Zigarrendreherin war ein anerkannter Lehrberuf, auch in der DDR.«

»Was denkst du? Holen wir uns da drüben am Kiosk eine Limo? Ansonsten hat hier ja wohl nichts auf«, meinte Andrea und wies zu dem kleinen Laden am Ende der Straße.

»Wir hatten Glück, dass ich die Reise als Geschäftsreise angeben konnte, sonst hätten wir hier wohl kaum eine Unterkunft gefunden«, bemerkte Christian.

Hand in Hand schlenderten sie die Straße hinunter, während Christian versuchte, sich vorzustellen, wie diese Straßen vor 80 Jahren ausgesehen haben mochten.

Der Verkäufer in dem Kiosk war freundlich, auch wenn er kein Deutsch sprach.

»Komisch eigentlich, dass Polen nach wie vor als Urlaubsland nicht beliebt ist«, sagte Andrea. »Ich meine, die Landschaft ist großartig, es gibt die Ostsee und diese Städtchen und jede Menge Geschichte zu entdecken.«

»Ja, das stimmt. Ich kenne auch niemanden, der nach Polen in Urlaub fährt, es sei denn, er kommt von hier.«

»Seltsam, oder? Dabei ist es von Deutschland aus nicht weit, es gibt die Ostsee und die Masuren und es ist günstig, eigentlich alles, was ihr Deutschen so mögt«, sagte Andrea.

Christian stimmte ihr zu. »Das deutsch-polnische Verhältnis war ja auch lange alles andere als einfach. So richtig diplomatische Beziehungen hat man erst nach dem Mauerfall aufgenommen, auch wenn Deutschland in Polen seit dem Zusammenbruch der Sowjetunion Milliarden für den Wiederaufbau investiert hat. Vielleicht wäre es nie so weit gekommen, wenn Willy Brandt damals 1970 nicht den Kniefall in Warschau gemacht hätte. Eine spontane Geste, um den vielen Toten in Auschwitz und bei der Niederschlagung des Aufstands im Warschauer Ghetto seine Ehrerbietung zu erweisen. Die DDR hatte als Teil des kommunistischen Blocks schon immer eine andere Beziehung zu Polen und sah sich natürlich auch in keiner Verantwortung für die Nazi-Verbrechen. Sie sah sich als gelebten Anti-Nationalsozialismus. Lange Zeit waren die verlorenen Ostgebiete auch ein Riesenthema im Westen. Die Vertriebenenverbände aus Schlesien, Pommern, Ostpreußen und anderen Gebieten hatten richtig viel Einfluss und konnten sogar Wahlen entscheiden. Unter Adenauer ging es da hoch her. Das wissen heute viele nicht mehr, weil die meisten natürlich inzwischen tot sind und der Einfluss nicht mehr so spürbar ist. Aber die Diskussionen um die verlorenen Ostgebiete gingen bis in die 1960er-Jahre. Eine Annäherung an Polen war also erst möglich, nachdem diese Diskussionen ein- für allemal beendet waren. Ich habe nachgelesen, dass der Mauerfall bei vielen Polen die Befürchtung wach werden ließ, Deutschland könnte das Thema wieder aufwärmen, doch es gehörte zu den ersten Dingen, die Kanzler Kohl damals den Polen versicherte. Die meisten Polen, die heute hier leben, stammen ja nicht ursprünglich von hier, sondern wurden aus der Westukraine oder Galizien hierher umgesiedelt, eine gewaltige Bevölkerungsverschiebung, die damals nach 1945 stattgefunden hat.« Er nahm den Strohhalm zwischen die Lippen und nippte an seiner Limonade.

»Ich kenne dich so nicht«, sagte Andrea. »Für Geschichte hast du dich doch eigentlich nie besonders interessiert, oder?«

»Ich kann dir auch nicht erklären, wieso das alles so wichtig ist für mich. Die meisten Menschen in meinem Alter interessieren sich nicht dafür, aber für mich ist es wichtig. Ich wünschte einfach, die Mitglieder meiner Familie hätten das alles nicht so lange für sich behalten. Es wäre bedeutsam für meine Entwicklung gewesen, das alles zu wissen.«

Andrea legte ihre Hand auf seine. »Was meinst du damit genau?«

»Na, meine zufällige Selbstfindung. Guck dir mein Leben an. Mit Mitte 30 bin ich heute ein erfolgreicher Manager, der sich durchgeboxt hat in einer Welt nach der Wiedervereinigung 1990. 1985 geboren, 1994 in den Westen gezogen, junge Eltern, geringe Bildung, keine Bücher, keine richtige Geschichte. Bereits in der

Grundschule damit konfrontiert, *nur* ein Ossi zu sein, ein einfacher Deutscher, jemand mit schlechteren Manieren oder gar schlechterer Erziehung als Kinder im Westen. Meine Lehrer im Westen haben mir eingeredet, dass ich keine Eignung für das Gymnasium habe.«

Andrea runzelte die Stirn. »Wie haben sie das denn kommuniziert?«

Christian seufzte. »Ich wollte damals mehr aus mir machen, ich wollte es wissen, verstehst du? Ich habe da mit dir auch nie drüber gesprochen, weil es mir irgendwie peinlich war. Ich schämte mich ein bisschen für meine Herkunft, das ist die Wahrheit. Ich war nicht stolz auf mich selbst, ohne dass mir das selbst klar war.«

Andrea runzelte die Stirn. »Wieso das denn?«

Christian holte tief Luft. »Noch während des Realabschlusses erfolgte die Aufnahme in ein Hochbegabten-Internat in Braunschweig, bedingt durch außergewöhnliche Testergebnisse und eine Probewoche vor Ort. Dort, in der elften Klasse der Oberstufe mit Blickrichtung Abitur angekommen, erfahre ich, dass mir meine alten Lehrer die Eignung zur Oberstufe absprachen und dies Schwierigkeiten für meine neue Schule sowie meine Zukunft dort bedeutete. Am Ende bin ich gegangen, weil ich das Internatsleben nicht akzeptieren konnte, aber ich wollte auch dem weiteren Konflikt, den meine alten Realschullehrer heraufbeschworen hatten, aus dem Weg gehen. Somit blieb mir noch ein berufliches Gymnasium in der Nähe meines ursprünglichen Wohnortes und ich schloss locker mit 2,1 mein

Abitur ab, teilweise besser als Freunde, die von der fünften Klasse an ins Gymnasium gingen.«

»Ein kleiner Erfolg«, sagte Andrea anerkennend. Sie ließ ihren Blick über die Straßenszene streifen. Mütter mit Kinderwagen spazierten vorbei, irgendwo bellte ein Hund.

»Ich denke einfach, wenn ich früher mehr über meine Familiengeschichte gewusst hätte, dann hätte ich mich eher durchgebissen, verstehst du? Ich hätte weniger Selbstzweifel gehabt und ich hätte mich verpflichtet gefühlt, es zu etwas zu bringen, einfach, weil meine Vorfahren so viel Leid durchgemacht haben.«

»Was denkst du, wieso sie nichts erzählt haben?«, fragte Andrea.

Christian rieb sich das Kinn.

»Unsere Vorfahren haben einiges mitgemacht, sich dabei gebildet und Eigentum angehäuft. Sie waren wohlhabende Bauern oder Kaufleute oder Vorarbeiter, die es mit ihrem Einsatz zu etwas brachten, mindestens zu einem Haus und solidem Mittelstand. Dann kam der Krieg und sie mussten fliehen, Millionen Menschen östlich der Oder starben und verschwanden. Meine Oma Else hat enormes Glück gehabt. Allein mit drei Töchtern begann sie einen Neustart im Deutschland von 1945 und der Nachkriegszeit. Ihr Unglück war, dass ihre Flucht nur bis Sachsen-Anhalt ging und die Familie daher im Osten und nicht im reichen freien Westen wieder auf die Beine kommen musste. Nichts war es also mit neuem Eigentum, Bildung etc. Es mussten von 1945 noch mal 45 Jahre vergehen, bis die Urenkel der Geflohenen dieselben Chancen bekamen wie die Kinder der Geflohenen, die es bis in den Westen geschafft hatten …«

»Verstehe …«, sagte Andrea mitfühlend.

»Wenn ich damals schon gewusst hätte, was ich heute weiß, niemand hätte es gewagt, mich ‚dummer Ossi' zu nennen, da hätte ich Paroli geboten. Für viele waren Leute aus dem Osten Menschen, die hinter dem Mond gelebt hatten, mit weniger Bildung, weniger sozialem Kapital. Statistisch betrachtet stimmt das vielleicht auch. Wer weiß, was aus mir geworden wäre, wenn ich im Osten aufgewachsen wäre. Ich hatte einfach Glück, dass wir 1994 in den Westen gingen.«

»Darüber hast du mir wirklich noch nie viel erzählt«, bemerkte Andrea.

»Eingeschult wurde ich 1992 im Osten, bevor es 1994 in den Westen ging. Wir waren also keine Flüchtlinge, wie jene, die 1989 versucht haben, in Ungarn über die Deutsche Botschaft in den Westen zu kommen. Dennoch kann man sagen, mit unserer kleinen Familie waren wir Wirtschaftsflüchtlinge.«

Am Haus gegenüber öffnete sich ein Fenster. Eine ältere Frau mit Kittelschürze sah hinaus und schlug dann energisch einen Teppich aus.

»Opa war zwar kein SED-Parteigenosse, aber eigentlich schon ein strenger Sozialist, daher verwundert es mich im Nachhinein sehr, dass er relativ zeitnah nach der Wende rübergemacht ist, wie man so sagte damals. Vielleicht haben wir ihm heute alles zu verdanken, denn weil Oma und Opa schon drüben waren, sind auch meine Eltern mit mir hinterher und man kann sagen, von da an ging alles bergauf. Trotzdem würde ich nie sagen, dass es uns schlecht ging. Meine Eltern arbeiteten und es fehlte an nichts Wesentlichem. Ein ausschlaggebender Punkt war sicher auch das Begrüßungsgeld mit dem ganzen Drumherum, denn ich erinnere mich an das Programm nach der Wende, in dem ostdeutsche Familien 100 Mark bekamen und vereinzelt von westdeutschen Familien eingeladen wurden. Wir gehörten dazu und auch wenn ich maximal fünf oder sechs Jahre alt war, dann sehe ich noch immer die vielen Lichter und die großen Autos. Alles war ein wenig anders, besser, größer und schöner. Ich denke, da haben viele Ostdeutsche Lunte gerochen und beschlossen, es drüben zu versuchen. Später arbeitete mein Vater über 30 Jahre in einem Unternehmen, dessen Eigentürmer Familie nach der Wende die Gastgeber für den Onkel und die Tante meines Vaters waren. Die Welt ist klein, denn das ist ein Zufall, der aber durch die Partnerschaftsaktivitäten der beiden Städte begünstigt wurde.«

Christian lehnte sich zurück und beobachtete die wenigen Autos, die in der Mittagssonne über das unebene Kopfsteinpflaster fuhren. Er machte eine kurze Pause, bevor er weiter sprach: »Opa war Hausmeister in einer ruhigen, reichen Gemeinde kurz vor Frankfurt. Der Gebäudekomplex mit unterirdischer Tiefgarage, in dem er arbeitete, zählte damals nur Eigentumswohnungen und dementsprechend exklusiv waren die ersten Westautos, die ich genauer ansehen konnte. Unsere letzten beiden Autos waren ein Trabant und ein Wartburg. Ein Auto war schon etwas Besonderes und der Wechsel von Modellen erst recht. Auf den Sprung vom Trabant zu einem Mercedes 500SL konnte einen das kaum vorbereiten und so sehe ich den Wagen heute noch vor mir stehen. Opa zog mich nach kurzer Begutachtung zwar weg, aber für mich war klar, so einen hole ich mir auch, wenn ich mal groß bin. Ich bin mir sicher, dass ich dieses Vorhaben klar artikuliert hatte und das Opa lächelte, als er mich nett ‚Spinner' nannte.« Er lachte auf und Andrea fiel in sein Lachen ein. Eine Welle der Zärtlichkeit und Zuneigung durchflutete ihn. Er konnte sich mehr als dankbar schätzen, sie als seine engste Vertraute an seiner Seite zu haben.

»Ein Spinner bin ich noch heute und ‚the sky is the limit' bzw. lautet meine Devise quasi ‚Geht nicht, gibt's nicht', welche sich am besten durch folgendes Zitat erleben lässt: ‚Alle haben gesagt, das geht nicht! Bis einer kam, der wusste das nicht und hats gemacht'. Aber auch hier muss ich meinen Eltern und Großeltern danken. Wenn man aus einfachen Verhältnissen kommt und keine Förderung erhält, wird es schwer. Gefördert wurde ich von außen nicht wirklich, die ersten acht Schuljahre passiert sogar eher das Gegenteil. Aber der Ort, in dem ich im Westen aufwuchs, bot genügend Möglichkeiten, größere Ziele zu verfolgen als die Ausbildung zum Dachdecker. Was nicht heißen soll, dass Handwerk etwas Niederes ist. Nein, es geht darum, nicht eingeschränkt sein zu müssen, sondern sich frei entfalten zu dürfen und alles erreichen zu können, was man will. Ein reicher Sohn soll Dachdeckermeister werden können, wenn er Lust darauf hat. Genau wie ein Kind aus ärmlichen Verhältnissen die Chance haben muss, Jura oder Medizin studieren zu dürfen, insofern es den notwendigen Einsatz zum Studium dazu mitbringt, wenn es vorher die Noten dafür erarbeiten konnte.«

»Ich glaube, das ist aber auch ein ziemlich deutsches Problem«, warf Andrea ein. »In der Schweiz habe ich das anders erlebt, da sind die sozialen Schichten durchlässiger oder der Zugang zur Bildung ist ein anderer.«

Christian nickte. »Kann sein. Die Kinder in meiner Schule, zu denen ich in der zweiten Klasse stieß, waren ein wenig anders als ich. Sie waren ruhiger, teilweise religiöser geprägt und wahrscheinlich besser erzogen als ich. Aber sie wurden auch mit Samthandschuhen angefasst, wurden mit dem Auto zur Schule gebracht und begannen erst mal nur mit Bleistift zu schreiben, da man später denn Füllfederhalter Führerschein machen musste. Ich durfte also nicht mit Füller schreiben und wurde gezwungen, von vereinfachter Schreibschrift zur Schönschrift zu wechseln. Meine Handschrift wurde damit sehr früh schon zu einem ewig währenden Gekrakel verdammt. Bei meiner Einschulung im Osten waren die Eltern meiner Klassenkameraden etwa im selben Alter wie meine, ungefähr Mitte zwanzig und alle hatten sie einen ähnlichen Werdegang, der vor allem von handwerklichen Ausbildungen geprägt war. Im Westen war das ganz anders.«

»Wie haben sich deine Eltern eigentlich kennengelernt?«, fragte Andrea. Sie saugte an ihrem Strohhalm, der schlurfende Geräusche von sich gab.

»Mein Vater war sportlich erfolgreich in der DDR und hätte studieren können. Wäre da nicht meine Mutter gewesen, die als 16-jährige aus dem Zug ausstieg, um im Geburtsort meines Vaters ‚staatlich anerkannte Erzieherin' zu studieren. Eigentlich wollte er nach Moskau, doch dazu kam es dann nicht mehr. Es war die typische Geschichte einer Jugendliebe und am Ende wollte man eine Wohnung, also musste ein Kind her.«

»Was hat denn das Kind mit der Wohnung zu tun?«, wunderte sich Andrea.

»Na ja, nur mit einem Kind hatte ein junges Paar Anspruch auf eine Wohnung.« Christian schmunzelte. »Ganz so unromantisch war es sicherlich nicht, aber es hatte System, weshalb Paare früh heirateten und ebenso früh Kinder bekamen. Mit Ende dreißig hatten meine Eltern dafür dann früh ihre Ruhe, denn die Sache war klar: Ich sollte mit 18 auf eigenen Beinen stehen. Zwar war das nie so gemeint, aber ich hatte es verinnerlicht und mit 18 zogen doch tatsächlich meine Eltern aus und ich blieb auf Wunsch allein zurück.«

»Wow, mit 18? Das ist ganz schön früh«, sagte Andrea, die erst nachdem sie Christian kennengelernt hatte, von zu Hause ausgezogen war.

»Ja, aber für mich war das damals ok. Ich wollte auf eigenen Beinen stehen.« Beim Gedanken daran schüttelte Christian nachdenklich den Kopf. »Mein Glück war es, dass die Eltern der Kinder in meiner Klasse ein wenig anders waren als die Eltern, die ich noch aus der ersten Klasse kannte. Geschäftsführer, Anwälte, Ärzte, Adlige, aber auch hartarbeitende Gastarbeiter mit deutscher Frau, die es zu einem eigenen Haus gebracht hatten. Wenn man sie und ihre Nachkömmlinge tagtäglich erlebt, dann geht man davon aus, das sei die Norm oder zumindest, dass man es ebenfalls schaffen kann. Dennoch blieb mir einiges verwehrt. Kinder in meiner Klasse spielten Tennis oder Golf, doch Tennis war Anfang der Neunziger für unsere Familie unerschwinglich. Heute soll das wohl anders sein mit dem Tennis, denn wie soll ein zweiter Boris Becker oder die nächste Steffi Graf entdeckt werden, wenn wir den Sport nicht der breiten Masse öffnen? Ich spielte daher Fußball, welcher stärker durchmischt war und das Kennenlernen anderer Kulturen förderte. Ich erinnere mich an meine erste Wahrnehmung fremder bzw. anderer Kulturen. Im Osten gab es ein paar Vietnamesen auf den Märkten, die sah man früh und vereinzelte Kubaner, aber auch Algerier, die mit einer deutschen Frau Kinder hatten. Interessanterweise waren diese Ausländer etwas Exotisches für die DDR-Bürger und rückblickend habe ich eher das Gefühl, meine Eltern wollten mit ihnen befreundet sein, anstatt sie abzulehnen, wie das heute der Fall ist.«

Der Kioskbesitzer rauchte schweigend und schien ihrer Unterhaltung zuzuhören. Es war schwer festzustellen, ob er Deutsch verstand.

»Tatsächlich nahm ich erst in der zweiten Klasse Kinder wahr«, fuhr Christian fort, »die anders hießen und einen anderen Hintergrund hatten. Es gab Parallelen zwischen ihnen und mir, wir gehörten nicht dazu und hatten es schwerer. Kurz gesagt: Wir waren anders. Man merkte, dass sie oder zumindest ihre Eltern sich durchbeißen mussten, um Miete zu zahlen und über die Runden zu kommen. Meine Eltern mussten das auch irgendwie aber haben es mich nie spüren lassen, sondern weitergemacht und sind vorangekommen. Aus diesem Blickwinkel hätte ich keine schlechten Voraussetzungen haben sollen, wenn da nicht die Lehrer gewesen wären, die mir bis in die Oberstufe immer wieder ein Bein zu stellen versuchten. Klar, ich war frech, fordernd und anstrengend, aber das erklärt mir immer noch nicht, wie studierte Pädagogen sich dazu hinreißen lassen können, einem Grundschüler und später einem siebzehnjährigen Schüler mit Realabschluss die Zukunft verbauen zu müssen.«

Die Erregung über diese erlittene Ungerechtigkeit war Christian noch immer anzumerken, als er erzählte. »Ich bin mir sicher, meine Herkunft hat ebenfalls eine Rolle gespielt, denn das hat man mich über die Jahre spüren lassen. Heute merke ich nämlich, dass ich viele Jahre irgendwelche Minderwertigkeitskomplexe ausgleichen musste, weil ich lange Zeit im Westen nur ein Ossi war. Ein Ossi ohne Erbe, ohne Religion und ohne richtige Geschichte. Ein Ossi mit jungen Eltern, die es kaum zu Wohlstand gebracht hatten. Die meisten Jahre war mir meine eigene Geschichte, also unsere Familiengeschichte, nicht allgegenwärtig und wie sehr wünsche ich mir, ich hätte sie gekannt, dann hätte ich ein ganz anderes Selbstbewusstsein an den Tag gelegt. Heute weiß ich, dass ich durch und durch Preuße bin. Nicht nur mütterlicher-, sondern auch väterlicherseits, einmal aus Köslin in Pommern und einmal aus und um Elbing in Ostpreußen.«

Wieder machte er eine kurze Pause. Andrea stand auf und holte ihnen zwei neue Limonaden, die sie vor ihnen abstellte. Kondenswasser lief an ihnen herunter, während Christian fortfuhr: »Ich musste erst weit über dreißig werden, um Details über den Exodus Preußens sowie den meiner eigenen Familie zu erfahren. Unsere Geschichte beginnt vor der sozialistischen Tristesse der DDR, die uns unsere Religion, viele Bräuche oder neues Eigentum versagte und es uns schwerer machen sollte im Kapitalismus. Im Osten erinnere ich mich, in der alten Wohnung meiner Urgroßmutter gewohnt zu haben. Oma Else verstarb leider kurz nach meiner Geburt und so hatte sie nie die Möglichkeit, mir alles zu erzählen. Ihre Wohnung war zu groß für unsere Familie, also wurde eine weitere Familie zugeteilt. Außerdem hatten wir keine eigene Toilette in der Wohnung und mussten auf dem Zwischenstock unser Geschäft verrichten. Geheizt wurde mit Kohlen und ich erinnere mich an die Kohlenlieferung vor dem Kellerfenster. Diese Erinnerungen scheinen mir heute wie eine gigantische Zeitreise. Fast unvorstellbar, aber sie werden mich auch ein wenig geprägt haben. Mit einer anderen Ein-Kind-Familie die Wohnung teilen zu müssen, ist für uns heute unvorstellbar. Dementsprechend kann man sich ausmalen, dass ein eigenes Haus mit Garten erst mal weit weg war von der eigenen Realität. Bis ich 18 wurde, haben wir zusammen in einer 50-qmMietwohnung gewohnt und es hat mir nichts ausgemacht. Ich habe es nicht als schlecht empfunden. Wir waren halt die Ossis, welche nicht geerbt hatten, jung Eltern geworden sind und sich alles, was sie im Leben besaßen, selber erarbeitet hatten.« Sein Blick verlor sich in der weit entfernten Ferne seiner eigenen Vergangenheit.

»Vieles wird mir jetzt erst klar, während ich darüber spreche. Meine Eltern waren erzogen worden, keine Schulden zu machen. Selbst die ersten eigenen Westautos hat mein Vater alle bar bezahlt, weil er es so gewohnt war und nicht wegwollte von dem altbewährten. Klar hätte er sich dem über die Jahre mehr öffnen können, aber ich mache ihm keinen Vorwurf, da ich ihn heute noch sehe, wie er von Montag bis Samstag Mittag im regulären Job gearbeitet hat, um am Nachmittag nebenbei irgendwelche Arbeiten zu verrichten, die ihm einen Zusatzverdienst eingebracht haben. Nur einen Tag frei zu haben in der Woche ist für mich unvorstellbar. Seit Langem denke ich schon, wie du weißt, über ein 80% Pensum nach, wenn da nicht die Altersvorsorge wäre, die massiv unter einer solchen Maßnahme zu leiden hätte.«

Christian seufzte und nahm einen Schluck von der Limonade. »So kam es also, dass mir das Leben lange andeutete, immer hart arbeiten zu müssen. Dass Dinge wie ein Mercedes 500SL oder ein Eigenheim weit weg waren von meiner Realität, da wir ja sonst nichts hatten, was wir in die Waagschale hätten legen können, geschweige denn, dass ein vielversprechendes Erbe in Sichtweite war. Einzig meinem Biss und meiner Großspurigkeit, Dinge nicht als festgeschrieben hinzunehmen, habe ich meinen heutigen Weg zu verdanken. Meine Eltern hätten ihn mir vielleicht nicht aufzeigen können, aber meine Lehrer haben versucht, ihn mir zu verbauen.«

»Ja, das stimmt«, pflichtete ihm Andrea bei. »Das zeichnet dich wirklich aus. Das mag ich an dir. Dass du dir immer wieder neue Herausforderungen setzt.«

Christian war so in Gedanken versunken, dass er auf ihre wertschätzende Aussage nicht reagierte. »Wieso war das Schulsystem so schlecht, das nicht zu erkennen? Die Förderstufe war dafür gemacht, Schüler zu einem späteren Zeitpunkt in einen der drei Zweige zu verteilen. Allerdings entsprach das wenig der Realität, denn praktisch ging es nur darum, die Schüler in Haupt- und Realschule zu unterteilen. Ich erinnere mich an keinen Einzigen, der es bei uns tatsächlich von der Förderstufe ins Gymnasium schaffte. Unsere Grundschullehrer hatten uns mit zehn Jahren die Weichen für unsere Zukunft gestellt. Heute lässt mir diese Tatsache manchmal keine Ruhe. Ich will nicht wissen, wie viele Kinder, die mehr Potenzial gehabt hätten, es aufgrund dieser frühen Selektion nicht geschafft haben, einen ordentlichen Realschulabschluss oder gar noch ihr Abitur zu machen.«

»Ich weiß nicht, Christian. Vielleicht gehst du da auch zu hart mit dir ins Gericht«, unterbrach ihn Andrea.

»Du weißt nicht, wie das im deutschen Schulsystem läuft. Im Förderzweig und später in der Realschule hatten wir einen hohen Ausländeranteil sowie Schüler mit Problemen. ADHS, Kleptomanie und unterdrückte Aggressionen sind nur ein paar der Herausforderungen, denen wir Schüler täglich ausgeliefert waren. Kein Wunder also hatten einige unserer Lehrer cholerische Züge, die wir gut zu triggern wussten. Die Lehrer wollten es mir am Ende nicht gönnen, das Internat, die Oberstufe oder ein anständiges Abschlusszeugnis. Zu tief waren ihre Wunden der letzten drei bis fünf Jahre. Konfrontiert haben mich manche mit meiner frechen Art und meiner Herkunft. Löste ich eine Mathematikaufgabe kreativ, dann war dieser Lösungsansatz egal ob richtig oder falsch, auch mal ‚Ossi-Quatsch'.« Wieder schüttelte Christian den Kopf, diesmal voller Ärger.

»Vielleicht ist es so, dass du deinen Biss überhaupt erst diesen Erfahrungen verdankst?«, gab Andrea zu bedenken, doch er schien sie nicht zu hören, zu sehr war er in seine Erinnerungen versunken.

»Allerdings ließ ich mir das nicht gefallen, genauso wenig wie mein Vater, der nach meiner Meldung von der Arbeit zur Schule raste und den Lehrer durch die Schule jagte. Als Jugendlicher war ich sogar stolz darauf, ein Ossi zu sein, aber das vor allem und das sehe ich erst heute so, weil man mir das Gefühl gab, anders zu sein. Meine Lehrer, meine Freunde und meine Familie, alle thematisierten sie meine Herkunft. Eine Herkunft, die mit dem Begriff ostdeutsch so wenig von unserer eigentlichen Geschichte erzählt wie ein Trabant über die Geschichte des Automobils.«

Spatzen zwitscherten in der Hecke, die wenige Meter von ihnen entfernt stand. »Und deshalb bin ich hier. Diese Reise ist so eine Art Reise zu mir selbst. Wie sehr wünsche ich mir heute meine Uroma zu meinem Ururgroßvater ausfragen zu können. Wahrscheinlich hätte sie sich sehr über das Interesse gefreut. Stattdessen wusste ich nur, dass Oma Grete ihren ersten Mann im Zweiten Weltkrieg verloren hatte und sie nicht gerne über diese Zeit sprach. Weder über den Krieg, noch über die Flucht oder über den Nationalsozialismus, der in Pommern bei den letzten Wahlen seinen höchsten Zuspruch erreichte. An zweiter Stelle nach Pommern kam Ostpreußen. Welch eine traurige und schreckliche Ironie, wenn man heute zurückdenkt. Erst mit über dreißig hörte ich das erste Mal konkreter etwas über Opa Franz. Bei der Kavallerie vom Kaiser Wilhelm soll er gewesen sein, mehr habe ich nie gehört und geschweige denn gesehen, obwohl seine Carte de Visite bei meiner Uroma im Fotoalbum klebte. Hätte ich dieses Bild zu Gesicht bekommen, dann hätte ich vielleicht ein paar Fragen stellen können. Leider kam es nicht so und alles, was ich nun erzählen möchte, begann erst mit Oma Gretes Beerdigung, welche bereits neun Jahre zurückliegt.«

»Und deshalb sind wir heute hier«, sagte Andrea und lächelte.

Christian erwiderte ihr Lächeln.

»Ja, und ich danke dir, dass du mich auf dieser Reise begleitest. Ich muss es einfach selbst sehen, verstehst du? Elbing, Zewelin, all das, ich will es in mir aufnehmen und bewusst zu einem Teil von mir machen. Damit es mir niemand mehr nehmen kann und damit dieser Teil unserer Familiengeschichte auch meinen Kindern und Enkeln eines Tages zur Verfügung steht.« Er leerte die zweite Limonade in einem Zug. »Durch die Prägung nicht ganz dazuzugehören, musste ich immer etwas beweisen und habe es dadurch heute geschafft. Ganz bestimmt sind andere in ähnlicher Situation aber auf der Strecke geblieben.

Du weißt ja, dass ich nur durch Zufall zur Ahnenforschung kam vor ein paar Jahren? Vor allem, da ich entweder im Westen Ossi war und in der Schweiz immer der Deutsche, womit ja auch bestimmte Vorurteile verbunden sind, wie du weißt. Durch diese Ahnenforschung habe ich unzählige Geschichtsbücher gelesen, bin gereist und bin heute um einiges schlauer. Was heißt das eigentlich, Deutscher zu sein? Wie sehr beeinflusst unsere kollektive Geschichte und die unserer Vorfahren uns heute noch? Mir geht es auch darum, über den Tellerrand zu schauen. Du bist nicht einfach nur ein Ossi oder ein Niemand. Hinter dir steht eine Geschichte und die hat mehr zu erzählen als die kollektive Betitelung der Deutschen, einem Volk, das die größten Verbrecher der Menschheitsgeschichte hervorgebracht hat ...« In Gedanken verloren begann Christian, mit der leeren Flasche zu spielen und sie zwischen seinen Händen hin- und herzudrehen.

Ich war immer mehr als ein Ossi, ich bin Preuße – mit einer besonderen Geschichte, die mir aber nicht allein zu Teil wird … diese Geschichte trägt Parallelen zu vielen Deutschen, denn Vertriebene aus dem ehemaligen Osten hat es scheinbar in allen deutschen Familien. Wir sind keine Ossis oder Wessis, wir sind alles Deutsche, die ein großer Schmerz nach dem Zweiten Weltkrieg verbindet. Alle haben wir Familienangehörige verloren und danach zu kämpfen gehabt, aber das sollte uns verbinden. Nur dass es die Ossis schwerer hatten und teilweise erst deren Urenkel eine Chance erhielten, die im Westen bereits den Kindern vergönnt war …« Er hob den Blick. »Entschuldige. Ich nehme an, du kannst das alles schon nicht mehr hören. Ich muss auf dich manchmal wie ein Besessener wirken.«

Andrea lächelte und streichelte seine Hand. »Ich liebe es, wie viele Emotionen das bei dir auslöst. Und ich finde es toll, dass du das machst. Die meisten Leute sind dazu wohl zu feige, aus Angst, was da vielleicht an die Oberfläche kommt.«

Christian ergriff ihre Hand und drückte sie.

»Weißt du, es geht dabei auch um etwas anders. Meine Uroma Else zum Beispiel, sie hat ja meinen Vater großgezogen. Ihre Tochter Erika ist meine Oma. Uroma Else hat es alles andere als leicht gehabt im Osten, anders als ihre Schwester Hilde, die im Westen ein vergleichsweise luxuriöses Leben geführt hat. Ihren Kindern fehlte der Vater, und die Erziehung blieb, obwohl sie streng war, wahrscheinlich öfter auf der Strecke, wenn Uroma Else trotz ihrer fünf Kinder ständig arbeiten musste, um Essen auf den Tisch zu bringen. Sie konnte damals froh sein, wenn ihre Nachbarn aushalfen. Wer weiß, wie es gekommen wäre, wenn sie ihre Schwester Waltraud nicht übers Rote Kreuz wiedergefunden hätte. Meine Oma Erika hatte erst mal kein Glück mit den Männern, denn die nutzten die Abhängigkeit der Frauen zu dieser Zeit aus. Am Ende heiratete sie meinen Opa Udo, als sie schon vier Kinder hatte und hochschwanger war. Er war der erste Mann in ihrem Leben, der es gut meinte. Ihm verdanke ich meinen Familiennamen, denn er adoptierte meinen Vater. Mein Vater wuchs bei Oma Else auf, und die jüngeren Kinder wuchsen bei Erika und ihrem neuen Mann auf. Mein Vater wurde dadurch ein wenig zum Aussätzigen, was man bis vor wenigen Jahren noch spüren konnte. Das Trauma verfolgte ihn bis zu meinem 18. Lebensjahr. Da hat er es irgendwie geschafft, mich loszulassen. Er machte sich immer enorme Sorgen um mich und die Zukunft. Er nahm alle Verantwortung auf sich, auch für seine Geschwister, obwohl er nicht mit ihnen lebte. Wie traurig eigentlich«, sinnierte Christian.

»Haben sich Else und Hildegard denn je wieder gesehen?«, wollte Andrea wissen.

»Else besuchte während der DDR Zeiten ihre Schwester Hildegard in Hamburg, der es trotz zweier Kinder und im Krieg verschollenem Ehemann anders erging, weil sie im Westen landete. Ein Leben fast besser, als sie es aus Elbing kannten. Else lebte allein mit einer kleinen Rente und zog nebenbei ihren Enkel groß. Man konnte sich nichts leisten und war froh genug zu essen zu haben.

Hungern musste keiner, aber man musste jede Mark umdrehen. Else erlebte vier Urenkel, starb kurz nach meiner Geburt. Sie hat mich also noch kennengelernt. Ihre jüngsten Kinder starben an den Folgen von Leberzirrhose und Lungenkrebs, aber ihre drei Töchter, mit denen sie flüchtete, leben noch heute. Der Osten, die DDR, haben ihre Spuren in der Familie hinterlassen. Wer in den Westen gegangen ist, hatte es auf jeden Fall leichter. Ansonsten sind übermäßiger Alkohol- und krankhafter Zigarettenkonsum nach wie vor ein stetiger Begleiter im Leben. Man lebte ein einfaches Leben mit viel Arbeit der Männer, die sich teilweise kaputt arbeiten. Auch große Distanzen, um arbeiten zu können, wurden von vielen in der Familie hingenommen. Abitur haben aber mittlerweile schon vier von acht Enkeln, außergewöhnliche Jobs drei von acht.«

»Keine schlechte Bilanz«, stellte Andrea fest. »Wollen wir einen Spaziergang machen? Da vorne gibt es eine Promenade. Die Geschäfte haben zwar alle geschlossen, doch es gibt sicher etwas zu sehen.«

9. Kapitel

Aus einem deutschen Geschichtsbuch

Es war ein Winter wie kein anderer. Fast drei Monate lang, von November 1944 bis Februar 1945, litt Deutschland unter dem kältesten Winter seit Menschengedenken. Die Temperaturen fielen auf bis zu -18 Grad Celsius, und der Boden war wochenlang mit Schnee bedeckt. Der Brennstoffmangel machte es den Bürgern unmöglich, ihre Häuser warm zu halten, und viele verbrannten Möbel, Bücher und alles, was man sonst noch zum Heizen gebrauchen konnte.
Der Winter war verheerend für die deutsche Bevölkerung, die aufgrund der Bombenangriffe der Alliierten bereits mit einer großen Lebensmittelknappheit zu kämpfen hatte. Die Menschen mussten stundenlang anstehen, um ihre mageren Brot- und Kartoffelrationen zu erhalten – wenn sie Glück hatten. Das kalte Wetter verschlimmerte die Situation noch, denn war es unmöglich, Lebensmittel richtig zu lagern, und das Wenige, das es gab, verdarb schnell.
Außerdem machte der Schnee den Transport fast unmöglich. Die Straßen waren blockiert und die Züge fuhren tagelang nicht.

Aus einem deutschen Geschichtsbuch über die Bombardierung Dresdens

Die Zerstörung Dresdens durch alliierte Bombenangriffe war eines der schrecklichsten Ereignisse in jenem Kriegswinter. Am 13. Februar 1945 warfen mehr als 1.200 Flugzeuge innerhalb weniger Stunden über 3.900 Tonnen Bomben auf die Stadt ab. Der daraus resultierende Feuersturm wütete tagelang, zerstörte fast die gesamte Dresdner Altstadt und tötete schätzungsweise 25.000 Zivilisten.
Der Terror der Bombardierungen war unvorstellbar. Gebäude wurden dem Erdboden gleichgemacht, Straßen mit Schutt gefüllt und der Himmel von gewaltigen Explosionen erhellt. Überlebende berichteten von einem »Bombenteppich«, der ewig zu dauern schien, mit unablässigen Luftangriffen Tag und Nacht, drei Tage lang. Die Menschen hatten keinen Platz zum Verstecken; Schutzräume wurden zerstört, so dass ganze Familien den schrecklichen Bombenangriffen ausgesetzt waren.
Die Zerstörung Dresdens war eine unaussprechliche Tragödie und eine verheerende Erinnerung an die menschlichen Kosten des Krieges. Sie ist ein Zeugnis für die Brutalität von Luftangriffen und ihre Fähigkeit zur Massenvernichtung.

Halberstadt, Sachsen-Anhalt, Februar 1945

Ende Februar 1945 bot das Flüchtlingslager in Halberstadt, Sachsen-Anhalt einen trostlosen Anblick. Es war wenige Wochen zuvor in aller Eile eingerichtet worden, um Tausende Flüchtlinge aufzunehmen, die wegen der vorrückenden alliierten Streitkräfte aus ihrer Heimat geflohen waren. Das Lager war überfüllt und unorganisiert, Zelte und Behelfsunterkünfte säumten die Landschaft.

Im Lager herrschten katastrophale Bedingungen. Die Menschen waren ausgehungert, erschöpft und krank, weil sie nicht ausreichend ernährt und medizinisch versorgt wurden. Die sanitären Einrichtungen waren unzureichend, und die Menschen mussten auf dem Boden schlafen, mit nichts als einer dünnen Decke zum Wärmen. Das raue Winterwetter machte das Leben für die verzweifelten Flüchtlinge noch schwieriger.

In Dresden hatten sie nicht bleiben können, denn nach dem verheerenden Bombenangriff Mitte Februar gab es dort nicht genug Unterkünfte. Viele Einwohner flohen aus der zerstörten Stadt, es hieß, Tote lagen überall herum. Else und die Kinder hatten die Stadt am 03. Februar erreicht, 10 Tage vor dem verheerenden Bombenangriff, der große Teile der Stadt in Schutt und Asche legte.

Else und die Mädchen waren von den Erinnerungen traumatisiert. Die Stadt hatte sich binnen Stunden in ein Inferno verwandelt. Der Himmel wurde von gewaltigen Explosionen erhellt, als Bomben auf die Stadt herabregneten. Die Flugzeuge flogen über sie hinweg und der Boden bebte unter dem Aufprall ihrer Ladungen. Wohin sie sich auch wandten, waren die Gebäude dem Erdboden gleichgemacht und die Straßen mit Schutt gefüllt. Es war ein Bild der totalen Zerstörung, das kein Ende zu nehmen schien.

Sie hatten verzweifelt in der fremden Stadt nach einem Unterschlupf gesucht, aber überall war alles zerstört oder durch herabfallende Trümmer blockiert. Menschen verwandelten sich in lebende Fackeln oder klebten verschmort am Asphalt. Man konnte sich diesen Horror kaum vorstellen. Irgendwann fanden sie einen kleinen Keller und kauerten dort aneinandergeklammert, bis das unerbittliche Bombardement endlich aufhörte. Es war eine Erfahrung, die sie erschüttert und traumatisiert zurückließ - eine grimmige Erinnerung an die menschlichen Kosten des Krieges.

Nun also ein Flüchtlingslager. Niemand wusste, wie es von hier weiterging. Else und die drei Mädchen hatten sich zu Fuß über Bromberg nach Posen durchgeschlagen und waren von dort aus mit dem Zug nach Dresden gefahren. In Halberstadt warteten sie wie Tausende andere auf ihre Umverteilung. Sie wohnten in Baracken und Zelten. Fast alle Kinder hatten Läuse oder Krätze und Krankheiten wie Typhus grassierten. In einigen Flüchtlingslagern wurde geimpft, doch die Versorgung lief nur schleppend an.

Else hatte alle Hände voll zu tun, für sich und die Mädchen genug zu essen zu besorgen. Untergebracht waren sie in einer alten Schule, in der die Bettwanzen sich in eine Plage verwandelt hatten. Zu essen gab es oft nur Mehlsuppe oder ein paar Graupen, kaum Brot oder Gemüse. Der Hunger war ihr ständiger Begleiter, schlimmer war nur der Kampf um Sauberkeit.

Rund eine Woche nach ihrer Ankunft in Halberstadt stand Else mit einigen Frauen auf dem Hof des Lagers und wusch in den Zubern Wäsche. Das Wasser war nur lauwarm und die Lauge zu wenig. Ihre Kleider waren von der Flucht so verdreckt, dass sie nicht länger darauf warten konnte, sie zu waschen, wollte sie verhindern, dass die Mädchen krank wurden.

Plötzlich machte Else in einiger Entfernung ausgemergelte Gestalten in gestreiften Anzügen aus. Viele von ihnen konnten sich kaum auf den Beinen halten, schwankten und torkelten vor Erschöpfung. Ihre Gesichter waren die von Gespenstern mit Augen, die tief in den Höhlen lagen und ausgezehrten Wangen.

Bei ihnen waren SS-Leute, die die Menschen, mehrere Hundert, unbarmherzig vor sich her trieben.

»Was ist das?«, fragte sie die Frau neben sich, eine stämmige Schlesierin in ihrem Alter.

Ihr Gesicht verdunkelte sich. »Das sind die Verdammten aus den Lagern. Hast du es nicht gerochen? Die befeuern die Öfen da jetzt Tag und Nacht, doch das scheint nicht zu genügen. Die Alliierten sind nicht mehr weit, in anderen Teilen haben sie die Lager schon befreit. Die wollen verhindern, dass die Gefangenen den Amerikanern oder den Russen in die Hände fallen, haben wohl Angst vor dem, was sie erzählen könnten.«

»Also tun sie was? Ich meine, wo bringen sie sie hin?«

Die Schlesierin zuckte mit den Achseln. »Es gibt kein Ziel. Sie jagen sie durch die Gegend, bis alle von ihnen tot sind.«

Else war fassungslos. Sie hatte von diesen Lagern gehört, von den politischen Gefangenen, den Juden, den sogenannten Asozialen, die man dort einsperrte und die nicht wieder kamen. Denen man eine Nummer auf den Arm tätowierte und sie dann umbrachte. Doch was sollten diese sinnlosen Märsche? Das Reich war längst zusammengebrochen, hier in Mitteldeutschland gab es keine Infrastruktur mehr, die den Willen des Führers oder der Partei noch durchsetzen konnte. Wozu das also?

Die Schlesierin schien ihre Gedanken lesen zu können.

»Sie sind besessen«, flüsterte sie. »Besessen davon, alle umzubringen. Sie können nicht aufhören, sogar jetzt, wo sie nicht mehr müssen. Es heißt, sie erschießen ein paar von ihnen und jeden, der es wagt, ihnen Essen anzubieten.«

Else schüttelte sich. Sie wurde von einer Kälte ergriffen, die nicht nur mit den eisigen Temperaturen zusammenhing. Es war unfassbar, was Menschen einander antaten.

Aus einem deutschen Geschichtsbuch

Das Konzentrationslager Halberstadt war ein berüchtigtes Nazi-Gefängnis in Deutschland. Das 1938 errichtete Lager beherbergte Tausende von politischen Gefangenen, jüdischen Häftlingen und anderen unerwünschten Personen, die von den Nazis als gefährlich eingestuft wurden. Es war eines der ersten von der SS errichteten Konzentrationslager und wurde sowohl für Zwangsarbeit als auch für Hinrichtungen genutzt.
Das Leben in Halberstadt war grausam und unmenschlich. Die Häftlinge wurden gefoltert, mussten Zwangsarbeit verrichten, erhielten Hungerkuren und wurden zur Teilnahme an medizinischen Experimenten gezwungen. Die Zellen des Lagers waren überfüllt und schlecht isoliert; die Häftlinge hatten kaum Nahrung und Wasser und keinen Zugang zu medizinischer Versorgung. Bis Kriegsende 1945 starben in Halberstadt Tausende von Menschen an Unterernährung.
Bei den Todesmärschen handelte es sich um Gewaltmärsche von Gefangenen aus den Konzentrationslagern der Nazis am Ende des Zweiten Weltkriegs. Die Märsche fanden statt, als die alliierten Streitkräfte vorrückten und die Nazis versuchten, die Gefangenen aus ihren Lagern zu evakuieren, um sie von den vorrückenden alliierten Truppen fernzuhalten.

Die Todesmärsche waren quälende Reisen, die wochenlang dauerten und bei denen Tausende von Häftlingen starben an Erschöpfung, Hunger und Misshandlung. Auf einem der berühmtesten Todesmärsche wurden Tausende von Häftlingen gezwungen, von Auschwitz in Polen nach Gleiwitz in Deutschland zu marschieren.
Die Reise war brutal; die Häftlinge mussten tagelang marschieren, ohne etwas zu essen oder sich auszuruhen. Viele litten unter Kälte, Unterernährung und Krankheiten, während sie von den SS-Wachen geschlagen und erschossen wurden, wenn sie zurückblieben. Selbst diejenigen, die es bis zum Ende des Marsches schafften, überlebten nicht; die meisten wurden bei Massenerschießungen getötet oder in Konzentrationslager gebracht, wo sie kurz darauf umkamen.
Der Todesmarsch von Auschwitz war ein brutales Beispiel für die Grausamkeit und Unmenschlichkeit der Nazis.

Ballenstedt, Sachsen-Anhalt, Mai 1945

Ballenstedt im Frühjahr 1945 war eine ruhige, friedliche Stadt, die einen seltsamen Gegensatz zu den Kriegswirren darstellte, die anderswo tobten. Die trügerische Idylle wurde nur kurzzeitig unterbrochen, als die Aufseher aus dem KZ Halberstadt zwei Gruppen von Gefangenen auf ihren Todesmärschen durch die kleine Stadt führten. Längst aber waren die Menschen durch den allgegenwärtigen Anblick von Tod und Leid so abgestumpft, dass sie das kaum noch zur Kenntnis nahmen. Der Frühling forderte sein Recht, als gäbe es all das himmelschreiende Unrecht nicht, das sich auf deutschem Boden abspielte.

Die Straßen von Ballenstedt waren von hohen, alten Bäumen gesäumt, die an warmen Tagen Schatten spendeten. Auf den kopfsteingepflasterten Wegen führten die Einheimischen ihre Hunde aus oder machten einen Spaziergang nach einem harten Arbeitstag. Trotz des Krieges, der anderswo tobte, gab es hier ein Gefühl der Sicherheit und des Komforts. Die Gebäude waren bescheiden, aber schön, die meisten mit einem Hauch von Art déco Details, erbaut in den späten 1800er-Jahren in einer Zeit des Wachstums. Der Ort hatte einen gewissen Charme; man fühlte sich fast wie in einem Bergdorf, das von der Welt abgeschieden war. Die Kirchturmspitze ragte über die Stadt und die Sonne schien auf ihr goldenes Kreuz. Die Stadt war lebendig und pulsierend, aber auf eine freundliche und beschauliche Art, sogar im Angesicht des Chaos des Kriegsendes.

Es gab Anzeichen des Krieges – der gelegentlich durchfahrende Konvoi oder die in der Nähe geparkten Militärfahrzeuge – aber das schien die Stimmung der Menschen nicht zu trüben. Das Leben ging normal weiter, die Geschäfte waren geöffnet, die Märkte belebt.

Als Else in Ballenstedt ankam, hatte sie keine Ahnung, ob Fritz noch lebte oder er sich inzwischen in Kriegsgefangenschaft befand. In Dresden hatte sie vor dem Feuersturm in Erfahrung bringen können, dass man ihn verhaftet und in eines der berüchtigten Lager gebracht hatte, weil er sich dem Kriegsdienst verweigert hatte. Sie hatte keine Ahnung, wie viel Glauben sie solchen Erzählungen schenken sollte. Vor rund sechs Monaten hatte sie ihn zum letzten Mal gesehen, kurz bevor man ihn hatte einziehen wollen.

In Ballenstedt wies man ihr und den drei Mädchen eine kleine Wohnung zu, die sie sich mit einem älteren Ehepaar teilen mussten, die aus Ungarn stammten und nur gebrochen Deutsch sprachen. Aus allen Teilen Europas vertrieb man die Deutschen, ob sie einen Anteil an den kriegerischen Handlungen gehabt hatten oder nicht.

Die Fenster waren zugig und es gab keinen Komfort, doch immerhin konnten sie und die Mädchen ein wenig zur Ruhe kommen. Dank der Lebensmittelmarken, die verteilt wurden, gab es Essen und es gelang ihr, einige der Familienerbstücke auf dem Schwarzmarkt einzutauschen.

Kurz nach ihrer Ankunft in Ballenstedt stellte sie fest, dass sie erneut schwanger war. Es musste kurz vor Fritz' Abreise geschehen sein. Unglaublich, welche Strapazen ihr Körper ausgehalten hatte.

Jeden Tag ging Else zum Roten Kreuz und wartete auf ein Zeichen von Fritz, ihren Schwestern Hilde und Waltraud, ihren Schwiegereltern und ihren Eltern. Lange quälende Wochen vergingen, in denen sie nichts hörte. Dann erhielt sie einen Brief von Hilde. Hilde, deren

Mann im Krieg vermisst gemeldet worden war, hatte die Stadt mit ihren zwei Kindern einige Tage vor Else verlassen und war übers Wasser bis nach Hamburg gekommen. Daran war in den Wirren der letzten Kriegswochen nicht mehr zu denken, vor allem nicht schwanger mit drei kleinen Kindern. Also blieb Else, wo sie war, in der Hoffnung, dass Hilde in einigen Wochen zu ihr kommen konnte.

Es wurde Juni, bis Fritz auftauchte, doch ihre Eltern und Schwiegereltern blieben verschwunden. Dass Fritz gefunden wurde und es ihm gelungen war, sich nach Ballenstedt durchzukämpfen, grenzte an ein Wunder. Auch Waltraud fand bis nach Ballenstedt. Was sie zu berichten hatte, war so grausam, dass sie trotz ihres jungen Alters und der Ehe mit einem zweiten Mann nie hatte Kinder bekommen können. Waltraud war den Russen entkommen, so lautete die offizielle Geschichte, die man sich über Waltraud erzählte. Die Wahrheit war eine andere: Nur wer die schrecklichen Schändungen überlebte, wurde gehen gelassen. Darüber breitete man im Nachkriegsdeutschland wie über vieles andere den Mantel des Schweigens. Als die Männer aus dem Krieg zurückkehrten, wollte man sie nicht mit den Erzählungen von den Vergewaltigungen belasten, die Scham war zu groß. So schwiegen viele der schwer traumatisierten Frauen. Erst Jahrzehnte später wagten einige, das Schweigen zu brechen und über das erlittene Leid zu sprechen.

Zu Beginn war das Auffinden von Fritz und Waltraud ein Segen für die Familie, denn sie konnten sich gemeinsam mit den Nachbarn um die Kinder kümmern, während die Erwachsenen arbeiten gingen. Ein kleines Glück in all dem Leid. Ein Hoffnungsschimmer für Else, ihr Mann war zurück und auch Trautchens Wunden würden heilen. Im Januar 1946 wurde die kleine Regina geboren.

Während Else erneut schwanger war, ging es Fritz nicht gut. Er ging zum Arzt und ließ sich behandeln, zurück zu Hause wurde ihm schwindelig. Er brach in Elses Armen zusammen und starb 1946 mit nur 36 Jahren als Vater von 5 Kindern, nachdem er den schlimmsten Krieg der Menschheitsgeschichte überlebt und seine Familie wiedergefunden hatte. Seine Sterbeurkunde berichtete von einem angeborenen Herzfehler, was erklärt, wieso er erst zum Schluss in den Krieg eingezogen worden war. Sein Herzfehler rettete ihm wohl das Leben, zumindest bis nach dem Krieg.

Er lernte seinen einzigen Sohn Eckart, geboren 1947, nicht mehr kennen.

Else blieb zurück. Mit fünf Kindern war sie in einer fremden Stadt fast auf sich allein gestellt. Sie suchte sich Arbeit in einer der Fabriken, die bald wieder eröffneten und denen es an Arbeitern fehlte, da die meisten Männer nach wie vor in Kriegsgefangenschaft waren. Es sollte lange dauern, bis sie ihre Schwester Hilde wieder sah.

Der Bau der Mauer überraschte sie ebenso wie viele andere DDR-Bürger. Der Westen und ihre Verwandten

Else Wanda Radtke, geb. Krause, 22 Jahre nach der Flucht mit drei Ihrer Enkel in Ballenstedt

dort waren unerreichbar fern, die Menschen eingesperrt. Das Leben für Else bestand aus harter Arbeit und der Sorge um ihre Kinder. Der gelebte Sozialismus machte es ihr leichter, Arbeit und Betreuung der Kinder zu vereinbaren, als es zum Beispiel im Westen der Fall gewesen wäre. Doch als Fremde und Geflohene hatte sie es im beschaulichen Ballenstedt alles andere als leicht. Viele Jahre nach ihrer Flucht war der Mangel spürbar und die Bewohner hatten selbst zu wenig, geschweige denn genug, um es mit den Flüchtlingen zu teilen. Die Ressentiments waren allerorten spürbar.

Die Geschichte ihrer Flucht und dem Bombardement in Dresden zeichnete Else auf und hielt später in Schulen und anderen Einrichtungen Vorträge, die die Gräuel des Kriegs und der Flucht verdeutlichen sollten. Details, die nicht zur sozialistischen Propaganda passten, sparte sie aus.

Else starb 1986, ihre Schwester Waltraud, obwohl vier Jahre jünger, folgte ihr kurz darauf. Bis zu ihrem Tod 40 Jahre nach ihrer beschwerlichen Flucht, arbeitete Else.

10. Kapitel

Aus einem deutschen Geschichtsbuch

Der Winter 1945/1946, auch bekannt als Hungerwinter, war eine der dunkelsten Perioden in der Geschichte Deutschlands. Das Land litt unter weitreichenden Zerstörungen und Nahrungsmittelknappheit infolge der alliierten Bombenangriffe, so dass viele Menschen nicht genug zu essen hatten.
Die Lebensmittelvorräte waren durch den Krieg aufgebraucht, und das Wenige, das übrig blieb, war oft verdorben oder von den Besatzungstruppen gestohlen. Die Menschen waren gezwungen, auf jede erdenkliche Weise nach Lebensmitteln zu suchen, auch auf der Straße und sogar durch Stehlen von anderen.
Das kalte Winterwetter verschlimmerte die Lage noch, denn die Temperaturen sanken und das Land war von Schnee bedeckt. Viele Menschen waren nicht in der Lage, ihre Häuser zu beheizen, weil es an Brennmaterial fehlte, und die Kälte verursachte viel Leid und sogar den Tod. Die Lebensmittel wurden mit fortschreitendem Winter immer knapper, und die Menschen griffen zu verzweifelten Maßnahmen wie dem Verzehr von Tierfutter oder sogar gekochten Lederriemen, um zu überleben.

Der Hungerwinter dauerte bis Anfang 1946, als die Lebensmittelvorräte allmählich wieder zunahmen. Dennoch hinterließ er tiefe Spuren im Gedächtnis der Deutschen, und seine Auswirkungen waren noch viele Jahre danach zu spüren.

Köthen, Sachsen-Anhalt, Mai 1946

Köthen hatte einen jahrhundertealten, pittoresken Charme. Die Stadt war von niedrigen Hügeln umgeben und wurde von den Flüssen Elbe und Mulde durchzogen. Im Zentrum der Stadt standen viele alte Kirchen, Klöster und andere historische Gebäude. Kopfsteinpflasterstraßen mit bunten Fachwerkhäusern säumten die malerischen Wege. Köthen hatte einen lebhaften öffentlichen Platz mit einem schönen Brunnen in der Mitte. Die Stadt war für ihre verwinkelten Gassen und ruhigen Innenhöfe bekannt.

Die Stadt hatte viel von ihrem romantischen Charme verloren. Von Bombenangriffen getroffen, gab es viele beschädigte Häuser. Der Krieg hatte auch hier seine Spuren hinterlassen, darüber konnte die milde Maisonne nach dem harten Winter 1945/1946 nicht hinwegtäuschen. Überall grünte es und die Vögel zwitscherten fröhlich in den Lauben, doch die Gesichter der Menschen waren fahl und mitgenommen, ausgezehrt von den Entbehrungen und einem Leben in Angst.

Im vergangenen Frühjahr hatte die Rote Armee die Stadt eingenommen und furchtbar gewütet, vor allem unter den Frauen. Viele hatten sich das Leben genommen. Es hatte willkürliche Erschießungen gegeben sowie Plünderungen. Die Besatzung durch das russische Militär hielt die Menschen in Angst, auch wenn der Krieg seit dem 08. Mai offiziell vorbei war. Hitler war tot, ebenso wie die meisten seiner Getreuen. Wer noch lebte, befand sich in Kriegsgefangenschaft, genauso wie Millionen deutscher Soldaten. Einige waren in französischer, englischer, amerikanischer oder russischer Gefangenschaft. Wann die Väter, Söhne, Ehemänner, die den Krieg überlebt hatten, zu ihren Familien zurückkehren konnten, war mehr als ungewiss.

Das Nachkriegsdeutschland bot einen Anblick der Verwüstung. Kaum eine größere Stadt war vom Bombenhagel verschont geblieben, in einigen von ihnen hatte Hitlers »letztes Aufgebot« von zum Teil erst 15-jährigen Jungen gekämpft – und vergeblich ihr Leben gelassen. Der Sieg der Alliierten war nicht mehr aufzuhalten, russische Truppen kämpften um Berlin und siegten. Das Dritte Reich war Geschichte.

Die Gespenster des Kriegs und der Schuld waren längst nicht gebannt. Leid und Not in den Städten, die Suche nach verlorenen Angehörigen, die Allgegenwärtigkeit des Todes sorgten für ein Klima aus Angst und Verzweiflung. Wie würde es weitergehen? Wie würden die alliierten Besatzer mit dem Kriegsverlierer umgehen? Und was war mit den unaussprechlichen Gräueln, die in den Lagern bei der Eroberung in den russischen Weiten Millionen von Menschen angetan worden waren? Deutschlands »ganz normale Männer« kehrten von den Schlachtfeldern in Ost und West und aus der Kriegsgefangenschaft nach Hause.

Dabei verfuhr man mit ihnen, den Verlierern des Kriegs, alles andere als zimperlich. Tausende starben in den Frühjahrswochen 1945 in den Lagern auf den Rheinwiesen, wo sie auf den offenen Feldern campieren mussten, an Unterernährung, Kälte und Krankheiten.

Was wog das angesichts der schrecklichen Bilder aus den Lagern, Leichenbergen, toten Kindern, den Öfen, der ungekannten Tötungsmaschine, die Nazideutschland mit aller Gründlichkeit aufgebaut hatte? Die Nürnberger Prozesse versuchten in aller Öffentlichkeit, die Schuldfrage zu klären und mussten sich angesichts der überwältigenden Menge an Taten und Tätern auf einzelne Personen konzentrieren.

Im westlichen Teil Deutschlands begann die vor allem durch die USA vorangetriebene »Entnazifizierung«, während sich im Osten die Unterschiede zwischen dem kapitalistischen Westen und dem sozialistischen Osten immer deutlicher herausstellten, auch wenn sich zu diesem Zeitpunkt niemand ein dauerhaft geteiltes Deutschland vorstellen konnte. Im Gegenteil: Die USA entschieden sich für ein umfangreiches Aufbauprogramm in Deutschland und legten damit den Grundstein für das Wirtschaftswunder zehn Jahre später.

All das war noch weit entfernt. Im Oktober 1945 kamen Franz, die vier Frauen und die zwei Mädchen in einer kleinen Wohnung bei Margaretes Schwiegermutter in Köthen unter. In diesen Zeiten musste die Familie zusammenhalten. Millionen von Menschen waren quer durch Deutschland auf dem Weg zu Verwandten, in der Hoffnung, mit ihrer Hilfe ein neues Leben in der Fremde beginnen zu können.

Über den Sommer hinweg hatten die Besatzer in ihren jeweiligen Besatzungszonen eine fragile Infrastruktur geschaffen. Die Versorgung mit Lebensmitteln klappte besser, auch wenn die Not allerorten groß war. Gleiches galt für den Zugang zu Ärzten. Viele der Frauen, deren Männer im Krieg geblieben waren oder sich in Kriegsgefangenschaft befanden, ließen sich auf Verhältnisse mit den Besatzern ein, um mit ihren Geschenken ihre Kinder und oftmals ganze Familien zu ernähren. Das »deutsche Fräuleinwunder« sollte später für weltweite Bewunderung sorgen.

Die Zeiten waren schwer. Die Städte waren zerbombt und boten ein Bild der Verwüstung. Es gab keine Schulen, keinen funktionierenden Zugverkehr, immer wieder wurden in zerstörten Gebäuden und unter Schutt Blindgänger gefunden, häufig von spielenden Kindern und sie rissen mehrere Menschen in den Tod. Die Suche nach verschollenen Angehörigen ging weiter, verwaiste Kinder warteten darauf, von ihren Verwandten gefunden und mitgenommen zu werden. Und über allem hing ein Schatten, eine Schwere, die der Sonnenschein nicht vertreiben konnte.

Franz zog mit seiner Frau Anna erst in die Gartenhütte eines lokalen Arztes, als sich die Möglichkeit ergab, denn er brauchte seinen eigenen Raum und war froh, sich organisieren zu können. Seine Frau lernte, den Mangel zu verwalten und servierte eingekochten Rübenaufstrich den ganzen Winter und Kartoffeln, die vom Zug gefallen waren oder solche, die vom Feld stibitzt wurden. Kohlen klauten die Kinder von den Zügen, die durch die Stadt kamen.

Aus einem deutschen Geschichtsbuch, 1993

Der Kalte Krieg war eine Zeit geopolitischer Spannungen zwischen den Vereinigten Staaten und ihren Verbündeten, hauptsächlich in Europa, und der Sowjetunion und ihren Verbündeten nach dem Ende des Zweiten Weltkriegs. Der Begriff »Kalter Krieg« wurde verwendet, um das Fehlen eines offenen Krieges zu beschreiben. Stattdessen herrschte ein großes Maß an politischen Manövern und militärischen Stellungen zwischen den beiden Seiten. Im Kalten Krieg bauten beide Seiten ihre militärischen Arsenale aus und konkurrierten in einer Reihe von Bereichen, darunter Weltraumforschung, Handelsverhandlungen, Spionage und Propaganda. Der Kalte Krieg endete mit dem Zusammenbruch der Sowjetunion im Jahr 1991. Sein Erbe wirkt sich jedoch bis heute auf die internationalen Beziehungen aus.

Der Eiserne Vorhang war eine Metapher, die Winston Churchill 1946 verwendete, um die physische und ideologische Barriere zu beschreiben, die Westeuropa während des Kalten Krieges von den kommunistisch kontrollierten Ländern Mittel- und Osteuropas trennte. Der Eiserne Vorhang ent-

stand 1945, als Stalin die Schaffung von Militärstaaten entlang der westlichen Grenzen der ehemaligen Sowjetunion als Pufferzonen gegen Kapitalismus und Demokratie vorantrieb. Zu diesen Militärstaaten gehörten Ostdeutschland, Ungarn, Rumänien, Bulgarien und die baltischen Staaten. Diese physische Grenze isolierte die von der Sowjetunion kontrollierten Länder von einem Großteil des übrigen Europas und schränkte die Kommunikation und den Reiseverkehr zwischen ihnen stark ein. Mit dem Zusammenbruch der Sowjetunion im Jahr 1991 wurde der Eiserne Vorhang schließlich aufgehoben, so dass in ganz Europa wieder Freizügigkeit herrschte.

Die Gründung der Deutschen Demokratischen Republik (DDR) im Jahr 1949 war eine direkte Folge des Kalten Krieges. Nach dem Zweiten Weltkrieg war Deutschland in vier Besatzungszonen aufgeteilt – die amerikanische, britische, französische und sowjetische. Im Jahr 1948 versuchten die Sowjets, ihre Zone mit den anderen drei Zonen zu vereinen, indem sie eine neue Währung einführten. Dieser Versuch war von den anderen drei Zonen blockiert, was die Sowjets dazu veranlasste, eine Blockade über West-Berlin zu verhangen. Daraufhin starteten die USA und Großbritannien eine Luftbrücke, die die Westberliner während der gesamten Krise mit Lebensmitteln und Vorräten versorgte.

1949 reagierten die Sowjets mit der Gründung eines eigenen Staates in Ostdeutschland – der DDR. Die DDR war ein kommunistischer Staat nach dem Vorbild der Sowjetunion, der Ostdeutschland vom westlichen Einfluss isolieren sollte. Sie hatte ihre eigene Flagge, Hymne, Währung und Regierung, die alle von der von der Sowjetunion unterstützten Kommunistischen Partei Ostdeutschlands kontrolliert wurden. Außerdem errichtete die DDR 1961 eine Mauer um ihre Hauptstadt Berlin, um die Bürger an der Flucht nach Westdeutschland zu hindern.
Die Gründung der Deutschen Demokratischen Republik (DDR) und der Bau der Berliner Mauer gehen letztlich auf einen politischen Schachzug des sowjetischen Staatschefs Nikita Chruschtschow zurück, mit dem er versuchte, den Flüchtlingsstrom aus Ostdeutschland nach Westdeutschland einzudämmen. Im Jahr 1955 unterzeichnete Chruschtschow einen Vertrag, der Ostdeutschland die volle Souveränität zusprach und es als eigenständiges Land etablierte. Diese Maßnahme wurde als Methode zur Kontrolle der Bürger Ostdeutschlands und zur Verhinderung ihres Übertritts nach Westdeutschland angesehen.
1961 stellte Chruschtschow sowohl den Ostdeutschen als auch den Westalliierten ein Ultimatum, indem er sie aufforderte, seinen Vorschlag für eine Grenze zwischen Ost- und West-Berlin zu akzeptieren, der als der Schlüssel zur

Aufrechterhaltung der Stabilität in der geteilten Stadt galt. Für den Fall, dass seine Forderungen nicht erfüllt würden, erteilte Chruschtschow der DDR die Erlaubnis, eine physische Barriere zwischen den beiden Ländern zu errichten. Am 13. August 1961 begannen die ostdeutschen Behörden mit dem Bau der sogenannten Berliner Mauer.

Die Berliner Mauer schottete West- und Ostberlin effektiv ab und trennte Familien und Freunde, die seit 1945 in der Stadt gelebt hatten. Die Mauer wurde schnell zu einem Symbol der Spannungen des Kalten Krieges, da sowohl Ost- als auch Westdeutschland sie als Symbol für ihre jeweiligen Regime nutzten. Obwohl die Berliner Mauer schließlich 1989 abgerissen wurde, erinnert sie noch heute an eine der dunkelsten Zeiten der modernen deutschen Geschichte.

Die Jahre verstrichen und die DDR formte sich. Ein Gebilde mit seltsamen Ideen für eine Familie, welche die erste Prägung durch die Kaiserzeit erfahren hatte. Kapitalismus kannte man im Dritten Reich als bösen Begriff, aber nicht im selben Ausmaß, wie es im Sozialismus der Fall war. Immerhin kam man aus Bauernfamilien, die ihre Waren verkauften oder tauschten, ohne dass man sich sorgen brauchte um das Auskommen oder die Verpflegung der eigenen Familie.

Jetzt lebte man dicht gedrängt zusammen in einer kleinen Wohnung, Franz und Anna in einem Schuppen, aber Franz wusste, wie man diesen bewohnbar machen und vor allem warm bekommen konnte.

In der Stadt Köthen, in der neuen Heimat der DDR lernte Margarete ihren zweiten Mann kennen, bekam aber keine weiteren Kinder mit ihm. Das Wichtigste war es, die Familie zu ernähren und die Kinder aufzuziehen. Hauptsache ein Dach über dem Kopf und etwas zu essen auf dem Tisch, das bestimmte den Alltag vieler Menschen in den Nachkriegsjahren.

Johanna, die jüngste Tochter, war keine zwanzig Jahre alt, da starb Opa Franz mit 72 und die Erinnerung an ihn begann allmählich zu verblassen. Seine Enkelinnen vergaßen mehr und mehr, wer ihr Opa gewesen war und welche übermenschliche Leistung er im hohen Alter erbracht hatte. Ihm war es gelungen, seine gesamte Familie sicher durch das tödliche Chaos der Flucht im eisigen Winter 1944/1945 zu bringen und jenseits der Oder-Neiße-Linie ein neues Leben in der Fremde zu beginnen. Seine Vergangenheit beim Gardes du Corpes geriet in Vergessenheit. Dass er dereinst ein Kriegsheld gewesen war, wusste niemand mehr.

In der DDR war es nicht üblich, den Soldaten der vergangenen Kriege zu huldigen. Soldaten aus dem Zweiten Weltkrieg waren Verbrecher der Nazis und der Erste Weltkrieg war der Anfang allen Übels, hervorgerufen durch die kapitalistischen Bestrebungen der Großmächte. Einzig die Russen konnten stolz auf sich sein, durch die innere Revolution 1917 aus eigener Kraft das russische Kaiserreich zerschlagen zu haben. Die deutschen Entwicklungen 1919 spielten dabei kaum eine Rolle, – es war klar, Deutschland war wie so oft der Aggressor, der Inbegriff des Bösen.

So vergingen die Jahre, man arbeitete viel und lebte auf engem Raum. Nach dem Tod von Opa Franz bekam Oma Anna ihr eigenes Zimmer in der kleinen Wohnung im Haus, in dem auch zwei ihrer Töchter wohnten. Sie lebte bis zu ihrem Tod mit der Familie unter einem Dach. Man konnte von Oma lernen, denn neben ihrer Lebenserfahrung war sie Schneiderin und hatte vor dem Ersten Weltkrieg als Hausdame bei französischen Diplomaten in Potsdam, der Garnisonsstadt von Franz, gearbeitet. Der Not und dem Mangel stellten sich die Vertriebenen mit ihrem Fleiß und ihrem Können entgegen und langsam, aber stetig wendeten sich die Dinge zum Besseren. Aufgeben war keine Option. Nach den Strapazen der Flucht und der Erleichterung, anders als viele andere, den Krieg überlebt zu haben und als Familie zusammenzuleben, biss man die Zähne zusammen und kämpfte sich durch. Das Ziel war es, dass die nächste Generation hier in der Fremde es besser haben sollte und eines Tages wieder an den verlorenen Wohlstand in der Heimat anschließen konnte.

Margarete als Mutter von zwei Töchtern wurde einige Jahre später Großmutter zweier weiterer Mädchen. Man könnte meinen, die Familie hätte genügend Schicksalsschläge erleiden müssen, sodass es nur bergauf hätte gehen können, doch leider hatte das Schicksal andere Pläne. Anfang der 1970er-Jahre erlag Margaretes älteste

Tochter Margot jung einem aggressiven Krebsleiden und ihr Mann blieb mit zwei Töchtern zurück. Wieder einmal musste die Familie zusammen stehen und einen Schicksalsschlag meistern, der sie alle bis ins Mark traf. Keine Mutter, so sagte man, sollte das eigene Kind beerdigen müssen.

Bestimmte Themen finden sich wie das Motiv einer düsteren Melodie innerhalb von Familien in mehr als einer Generation. Wie ein roter Faden, der den Tod im Schlepptau hat. So starb auch Margots Tochter 36 Jahre später, im gleichen Alter wie ihre Mutter an einem ähnlichen Krebsleiden. Sie hinterließ ebenso zwei kleine Kinder und einen Ehemann, die ihren Weg ohne Mama zu bestreiten hatten.

Margarete blieb tapfer. Zu viel hatte sie in den vergangenen Jahren gemeistert und sie wusste, dass sie für ihre Familie stark bleiben musste. Oft sprach sie wenige Worte und beschränkte sich darauf, Tag für Tag ihre Pflicht zu erfüllen. Grund zum Lächeln gab es nach so viel Verlust für sie selten, auch wenn sie in zweiter Ehe verheiratet war. Das Leben, das sie nun lebte, unterschied sich viel zu sehr von dem Leben, das sie sich als junge Frau frisch verliebt in Werner ausgemalt hatte. Der Krieg hatte nicht nur Familien, sondern auch Biografien zersprengt, Lebensläufe auseinandergerissen und überall lose Enden hinterlassen.

Die unbeschwerten, glücklichen Zeiten lagen vor 1944 und sie spielten in Pommern. Das war mittlerweile lange her und weit weg, dass es darüber nichts mehr zu erzählen gab, zumal die Enkel und Urenkel nichts damit anzufangen wussten. So verblassten diese Erinnerungen mit der Zeit. Indoktriniert von einem sozialistischen System, das Werte predigte, die keinen Bestand haben konnten und gezeichnet von unzähligen Schicksalsschlägen des Lebens, war Margarete wie viele andere aus ihrer Generation froh überlebt zu haben.

Ihre Erfahrungen aus den Jahren nach dem Krieg sollten sich nach 1989 wiederholen, als die Urenkel auf die Welt kamen und die Zeit vor der Wende als ganz kleine Kinder mitbekommen oder keine bewusste Erinnerung daran hatten. Die DDR war nur noch etwas, das man aus zum Teil nostalgischen, zum Teil verbitterten Anekdoten der Älteren kannte. Ein Niemandsland, unerreichbar, verloren in der Zeit. Vertriebenenvereine waren verboten. Wer die alten Namen der Städte nutzte, wurde als Revanchist abgestempelt und hatte mit Repressalien zu rechnen. Vielmehr war der Verlust der Heimat als gerechte Strafe für die Verbrechen der Nationalsozialisten, die sie gewählt hatten, anzusehen. Sie hatten dankbar zu sein, am Leben sein zu dürfen. Für Else und viele andere bedeutete das, dass sie zeit ihres Lebens nie über den erlittenen Verlust der Heimat sprechen oder trauern durften. Hinzu traten die sich immer stärker heraustretenden wirtschaftlichen Unterschiede. Es war anfangs fast egal, ob man im Westen oder Osten war. Der Unterschied bestand vor allem zwischen Einheimischen und Flüchtlingen. Das änderte sich nach dem Bau der Mauer. Wer im Westen war, der durfte später vom Wirtschaftswunder profitieren, wer im Osten blieb, der durfte auf seine Urenkel hoffen, die nach der Wende irgendwann eine Chance bekommen würden, wieder aufzuholen.

Anfang der 80er-Jahre erhielten Vertriebene in der DDR einen Lastenausgleich für ihr verlorenes Eigentum östlich der Oder. Im Westen hatte es Jahrzehnte früher für Vertriebene, die ihr Eigentum geltend machen konnten, etwa das Vierfache der Summe gegeben, den ein Großteil der Vertriebenen im Osten erhielt. Ein winziger Trost für verlorenes Land und Häuser, für Christians Familie vor allem ein endgültiger Abschluss mit einer Vergangenheit, in die es keine Rückkehr mehr gab. Die alte Heimat, sie war verloren, die Verwandten im Westen unerreichbar jenseits des Eisernen Vorhangs.

Was blieb, war das Schweigen. Über das, was vor 1945 geschehen war, wurde nicht gesprochen, zu schmerzhaft die Erinnerungen, zu dunkel die Gefühle, die sie auslösten. Wozu sich damit belasten? Zu jener Zeit war es nicht üblich über das, was die Seele quälte, zu sprechen. Gequälte Seelen gab es viele in der Nachkriegszeit und wenn es die Schuld war, überlebt zu haben angesichts so vieler Toter im direkten Umfeld. Andere düstere Zusammenhänge waren weit verhängnisvoller und wurden erst recht totgeschwiegen, während sie viele Deutsche wie kollektive Albträume heimsuchten. Das Miteinander in Ost und West, es war belastet mit diesem Erbe aus der Zeit vor 1945.

Schwer war es für Anna und Franz, dass ihr Sohn Ernst in Linz am Rhein begraben lag und damit unerreichbar weit entfernt. Anna und später Margarete zahlten dafür, dass Fremde das Grab des einzigen Sohnes der Familie pflegten.

Die Familie hielt zusammen. Man war beieinander bei Familienfeiern, man freute sich über die Enkel und die kleinen Freuden des Alltags. Leben in der DDR bedeutete, auf vieles zu verzichten, doch eines war immer da: die Familie. Und so saßen jene, die es nicht nach Köthen geschafft hatten, mit am Tisch und feierten, wenn eine der Familienfeiern anstand.

11. Kapitel

Aus einer Broschüre zum 30-jährigen Jubiläum des Mauerfalls

Das Ende der Deutschen Demokratischen Republik (DDR) mit dem Fall der Berliner Mauer und den Ereignissen in der deutschen Botschaft in Prag war ein bedeutendes Ereignis. Es markierte eine Ära der Wiedervereinigung, der Freiheit und der Hoffnung für alle Deutschen. Am 9. November 1989 versammelten sich Hunderte von DDR-Bürgern am Checkpoint Charlie, um entgegen den Anweisungen der DDR-Behörden nach West-Berlin zu gelangen. Die Menschen waren entschlossen, trotz der Warnungen der Polizei die Grenze zu passieren. Tatsächlich blieben trotz Drohungen wie durch ein Wunder Schüsse und Gewalt der Polizei und der Grenzsoldaten der DDR aus. Binnen weniger Stunden war die Mauer, die mitten durch Berlin geführt hatte, eingerissen und gehörte der Vergangenheit an. Bis heute gilt das als Symbolbild einer friedlichen, gewaltfreien Demonstration.

Am darauffolgenden Tag, dem 10. November 1989, versammelte sich eine große Menschenmenge aus Geflüchteten um die deutsche Botschaft in Prag und forderte ebenfalls Zugang zur Bundesrepublik Deutschland. Unter den Geflüchteten waren viele Kinder. Schließlich erlaubte man den Menschen unter großer öffentlicher Anteilnahme den Grenzübertritt. Dieses Ereignis wurde in Europa und in der ganzen Welt als ein großer Sieg für Demokratie und Freiheit angesehen. Diese Ereignisse waren Schlüsselmomente der Geschichte, die das Ende der DDR-Herrschaft markierten und zur deutschen Wiedervereinigung führten. Der Mut und das Engagement derjenigen, die sich gegen die Unterdrückung auflehnten, inspirierten Generationen, ihre Rechte einzufordern, für Gerechtigkeit zu kämpfen und größere Freiheiten zu erreichen.

Die Wiedervereinigung Deutschlands brachte eine Vielzahl von Herausforderungen mit sich. Die Wirtschaft der DDR war am Ende, was der Hauptgrund für ihren Zusammenbruch gewesen war. Kaum eines der Unternehmen der DDR war profitabel und viele Menschen wollten so schnell wie möglich raus aus der DDR. Der plötzliche Zustrom von Ostdeutschen in den Westen stellte eine zusätzliche Belastung für die ohnehin schwache Wirtschaft und Infrastruktur im Westen dar. Es gab kaum Arbeitsplätze, der Wohnraum war begrenzt und die Ressourcen waren knapp, da Westdeutschland versuchte, die neu zugezogenen Bürger unterzubringen und gleichzeitig seine eigenen Angelegenheiten zu regeln.

Hinzu kam, dass sich die ost- und westdeutsche Kultur während der Trennung auseinanderentwickelt hatte und es den Ostdeutschen schwerfiel, sich an das Leben im Westen anzupassen. Sie fühlten sich oft unverstanden oder von ihren westlichen Mitbürgern unterschätzt. Hinzu kam, dass viele Einrichtungen wie Banken, Behörden, Schulen und Krankenhäuser, die seit Jahrzehnten in der DDR etabliert waren, plötzlich für das vereinigte Deutschland angepasst werden mussten. Dies war eine große Herausforderung, und viele der Lösungen waren nicht erfolgreich.

Die Wiedervereinigung brachte auch politische Probleme mit sich. Die Bundesrepublik Deutschland musste schwierige Entscheidungen darüber treffen, wie Ost und West am besten in ein vereintes Land integriert werden konnten und wie mit dem Erbe der geteilten Vergangenheit umgegangen werden sollte. Bis heute gibt es Spannungen zwischen Menschen aus verschiedenen Teilen der ehemaligen DDR und der BRD.

Es ist wichtig, sich daran zu erinnern, dass diese Ereignisse weniger als 30 Jahre zurückliegen – was zeigt, wie viel sich ändern kann, wenn Menschen für eine Sache zusammenkommen, an die sie glauben.

Luzern, März 2023

»Was ist das?«, fragte Andrea, die Christian am Sonntagmorgen am großen Tisch in ihrer Wohnung im Esszimmer fand. Vor ihm ausgebreitet lagen viele eng beschriebene Blätter.

»Das ist mein Manuskript«, sagte Christian grinsend. »Es ist fast fertig, das sind die Fahnen von der Lektorin. Kannst du das glauben? Stell dir vor, wenn Ururopa Franz das hätte erleben können, oder Else! Endlich erfahren ihre Lebensgeschichten die Würdigung, die sie verdienen.«

Seine Augen funkelten. Andrea ließ ihren Blick über die Stapel von Büchern schweifen, die auf dem Tisch verteilt herumlagen, viele von ihnen in altdeutscher Schrift. Sie nahm eines davon in die Hände.

»Kannst du das überhaupt lesen?«, fragte sie.

Christian nickte. »Ja, es kostet ein wenig Übung, aber wenn man es einmal raushat, geht es.«

»Unfassbar, wie viel Mühe du in all das gesteckt hast«, sagte Andrea anerkennend. »So viel Recherche - und du bist ja Manager und kein Historiker.« Sie nahm seinen Kopf in die Hände und küsste ihn leidenschaftlich. »Ich bin sehr stolz auf dich.«

»Danke! Auch dafür, dass du in den letzten Jahren immer an meiner Seite warst, mit mir überall hingefahren und dir alle meine Ideen angehört hast. Ohne dich hätte ich es nicht geschafft.«

»Wenn du dir einmal etwas in den Kopf gesetzt hast, lässt du eben nicht locker«, sagte Andrea und verschwand in Richtung Küche, um sich einen Kaffee zu kochen. »Möchtest du auch noch einen Kaffee?«

»Ja, bitte, ich bin seit dem frühen Morgen wach. Ich möchte dieses Buch endlich zu Ende bringen. Stell dir vor, ich werde mit meinen beiden Omas zur Buchmesse nach Leipzig fahren und dort aus dem Buch lesen.«

»Wow!«, rief Andrea.

»Ja, ich bin sehr gespannt auf die Reaktionen. Unsere Geschichte ist ja auf gewisse Weise die unbekannte, vergessene und verdrängte Geschichte vieler Deutscher. Ich denke, die Zeit ist jetzt reif, um all das wieder ins Bewusstsein zu holen, bevor es endgültig im Dunkel der Geschichte verschwindet. Bald ist niemand mehr da, der sich erinnern oder die Bruchstücke zusammenbringen kann. Mich hat es fast sechs Jahre und viel Aufwand gekostet. Jetzt fehlt nur noch ein Stück.«

Andrea kam mit zwei dampfenden Tassen ins Esszimmer. Der aromatische Duft von Kaffee verbreitete sich in dem von der Morgensonne durchfluteten Raum.

»Was für ein Stück?«, fragte sie, während sie die Tasse vor ihm abstellte und sich ihm gegenübersetzte.

»Meine Geschichte«, sagte Christian. »Ich bin in Köthen geboren und später in Ballenstedt aufgewachsen, bis ich 8 Jahre alt war. Dann sind wir rüber in den Westen, die Mauer gab es nicht mehr. Für mich wurde es zum Segen, in den Westen zu kommen und dort heranwachsen zu dürfen, um heute diese Geschichte aufarbeiten zu können. Aber die Minderwertigkeitskomplexe blieben. Wessis hatten Häuser und deren Eltern tolle Jobs und tolle Autos. Wir kamen 1994 ohne Geld oder besondere Ersparnisse in den Westen und meine Eltern mussten alles von null an aufbauen und lange Zweitjobs annehmen. Im Westen, vor allem im reichen Speckgürtel von Frankfurt, wo wir damals lebten, war es undenkbar, ein Haus zu kaufen. Meine Eltern hatten das mit dem Schulden machen nie gelernt. Deshalb sind sie zurück in den Osten. Hier stehen viele Immobilien leer, weil die jungen und gut ausgebildeten Leute alle in den Westen gehen. Die Immobilienpreise sind im bundesweiten Vergleich niedrig, dafür ist das mit der Infrastruktur so eine Sache. In manchen Orten gibt es keine Einkaufsmöglichkeiten mehr. Vor allem gibt es kaum Jobs.

Wir waren wie Flüchtlinge und andere ostdeutsche Familien im Westen, die wir kennenlernten, waren sogar wirklich welche, denn sie waren in Ungarn über die Botschaft der BRD geflohen.« Er ließ seinen Blick zum Fenster schweifen. Draußen erwachte gerade die Stadt, geschäftiges Treiben und Alltag, während er mit seinen Gedanken in der Vergangenheit weilte.

»50 Jahre nach Ende des Zweiten Weltkrieges waren wir wieder Flüchtlinge. Wirtschaftsflüchtlinge für eine besser oder zumindest gewissere Zukunft, die uns der Osten Anfang der 90er nicht geben konnte. Es war der richtige Zeitpunkt, da ich mich mit 8 Jahren ohne Weiteres integrieren konnte. Gleichzeitig kam durch das Übersiedeln in den Westen eine neue Distanz zu unserer Familiengeschichte hinzu. Ich musste 30 werden, um zu entdecken, von wem ich abstamme.« Er pausierte kurz. »Aber es geht um mehr. Es geht um die lebendige Erinnerung an das, was war. An das, was vor 100 Jahren geschehen ist und ein Teil meiner Geschichte ist. Als Franz 1961 starb, war er Schrankenwärter in einem kommunistischen Land. 1919 hatte man ihn abgestellt, Kiew gegen den Bolschewismus zu verteidigen, 1946 hatte er die Übernahme Deutschlands durch den Sozialismus nicht verhindern können. Ich kann nur hoffen, dass seine Frau und seine Töchter auf der Flucht nicht mehrfach durch russische Soldaten geschändet wurden. Was für eine unerträgliche Demütigung für jemand wie ihn, den ehemaligen Elitesoldaten. Der ehemalige Gefreite des vornehmsten Regiments des Deutschen Reichs, ein letzter deutscher Ritter, saß nun an einer Schranke und wartete darauf, Zügen den Übergang zu sichern. Trotzdem stelle ich mir vor, dass er nicht unglücklich war. Seine Frau und seine Töchter hatten überlebt und den Enkelinnen ging es gut. Das Leben ging weiter und er durfte sich sogar über ein Urenkelkind freuen.«

»Ich mag diesen Gedanken«, sagte Andrea, während sie an ihrem Kaffee nippte. In ein paar Stunden würden die Kinder aufstehen, doch bis dahin genoss sie die exklusive Zeit mit Christian. »Was ist mit Oma Grete?«, fragte sie.

»Oma Grete wurde zum Inbegriff dieses Leids der Familie Wolter, denn sie hatte es alles erlebt. Vom kleinen Mädchen, deren Vater für sie aus dem ersten Weltkrieg nach Hause zurückkehrte, bis zur Urgroßmutter, die nach der deutschen Wiedervereinigung auf der Couch saß, Däumchen drehte und ihren Urenkeln beim

Spielen mit amerikanischem Plastikspielzeug zusah. Unfassbar, welche Spanne sich in einem Leben bei ihr abgespielt hat. Hoffen wir, dass Opa Franz sie 1945 ausreichend beschützen konnte, als er sie bei der Flucht vor den Russen versteckt hielt. Denn diese schreckliche Erfahrung oft durch mehrere russische Soldaten, die ein Großteil der deutschen Frauen aus den Ostgebieten durchleben mussten, über die will ich nicht schreiben. Wenn es geschehen ist, dann muss es nicht in all seinen schrecklichen Bildern wieder heraufbeschworen werden. Trotzdem ist es wichtig, es zu erwähnen, damit es nicht in Vergessenheit gerät.«

»Verstehe«, sagte Andrea und drückte mitfühlend seine Hand. »Ich denke, es wäre für jede Familie toll, wenn es jemand wie dich gäbe, der das alles aufarbeitet und für die Nachwelt bewahrt. Ich weiß, wie viel Arbeit das war.«

»Ja, das war es, aber es war auch wie eine Art Therapie. Ich meine, ich bin zu Großonkel Ernsts Grab nach Linz am Rhein gefahren. Dort befindet sich jetzt ein Stein, den hat Margarete nicht mehr gesehen.« Er zog das Foto mit dem Grabmal hervor. *Ernst Wolter, geboren am 17.12.1919 in Köslin/Zewelin, Pommern, gefallen am 26.12.1944 als Obergefreiter an der Westfront/Ardennenoffensive*, stand darauf.

»Sie hat das Grab nie besuchen können, sie dachte sogar, es existiere gar nicht mehr, weil der Kontakt zu den Frauen, die das Grab pflegten, abgerissen war.«

»Wie tragisch«, sagte Andrea. »Aber jetzt hast du ihnen allen mit diesem Buch ein Denkmal gesetzt.«

Unbekannter, dessen Bild sich bei den wichtigsten Fotos befand, der aber nicht zugeordnet werden konnte

»Das stimmt. Ich tue das auch für unsere Kinder, verstehst du? Sie sollen wissen, wie die Geschichte zusammenhängt, wie die Weltgeschichte die Biografien von Menschen formt, wie wir alle miteinander verbunden sind. Damit sie nie vergessen, wer sie sind – und wo sie herkommen. Nie wieder soll das in Vergessenheit geraten.«

Nachwort

Dieses Buch zu schreiben, war für mich eine Reise, die mit Uroma Gretes Beerdigung vor über einem Jahrzehnt begann. Es war eine Reise in die Historie meiner Familie, meiner Heimat und zu mir selbst.

Als Kriegsurenkel ist es an meiner Generation, eine gereifte Perspektive auf die eigene Geschichte zu erlangen und Vergessenes wiederherzustellen. Ich durfte die alten Ostgebiete wiederentdecken und mit ihnen und ihrer Tragödie zu einer differenzierteren Identität finden.

> *Die jüngere deutsche Geschichte ist geprägt vom Erbe des Holocausts, des Zweiten Weltkriegs und der Aufarbeitung dieser in der Geschichte einzigartigen Schrecken. Die Folgen sind heute noch zu spüren, da sich viele mit Themen wie Schuld, Leid und Versöhnung auseinandersetzen. Die Thematik war jahrzehntelang eine Quelle von Spannungen zwischen Deutschland und seinen Nachbarn, aber die Aufgabe der Versöhnung ist der Schlüssel zur Sicherung von Frieden und Heilung für künftige Generationen. Bis heute ringen wir als Gesellschaft damit, wie wir mit dem schwierigen Erbe der Vergangenheit umgehen und unserer Verantwortung gerecht werden. Viele junge Menschen wehren sich reflexhaft dagegen, diese Schuld vererbt zu bekommen. Sie*

sehnen sich danach, wieder einen positiven Bezug zu ihrer Heimat Deutschland haben zu dürfen, doch das bleibt schwierig.
Die Historie muss anerkannt werden, um voranzukommen. Deutschland hat Schritte unternommen, um sicherzustellen, dass seine Geschichte in Erinnerung bleibt und offen diskutiert wird. Dazu gehören eine Reihe von Maßnahmen wie die Förderung des Dialogs zwischen verschiedenen Gruppen, die Errichtung von Denkmälern zu Ehren der Opfer und die Bereitstellung von Bildungsangeboten, um mehr über die Vergangenheit zu erfahren.
Versöhnung ist ein fortlaufender Prozess, der aktiv vorangetrieben werden muss, um Heilung und Verständnis für alle Beteiligten zu erreichen. Sie ist für künftige Generationen wichtig, da sie beiträgt, dass die schrecklichen Ereignisse der Geschichte nicht vergessen werden oder sich wiederholen. Dafür stehen wir als Deutsche ein.
Die Zeit bleibt nicht stehen. Die Schrecken des Krieges verschwinden allmählich aus dem Gedächtnis, da die Menschen, die sie erlebt haben, nicht mehr leben. Diejenigen, die sie durchlebt haben, haben das Trauma des Konflikts lebhaft vor Augen. Für die nachfolgenden Generationen werden diese Ereignisse immer ferner und weniger greifbar.
Das soll nicht heißen, dass wir die Tragödie des Krieges vergessen sollten oder das Leiden derer,

die ihn erlebt haben. Wir müssen uns an die Vergangenheit erinnern und aus ihr lernen, aber wir müssen erkennen, dass die Erinnerungen und das Grauen des Krieges allmählich verblassen. Deshalb ist es so wichtig, dass wir uns weiter über unsere Geschichte informieren und uns aktiv an Diskussionen über den Krieg und seine Folgen beteiligen. Auf diese Weise können wir dafür sorgen, dass die Tragödie des Zweiten Weltkriegs nicht in Vergessenheit gerät und dass derjenigen gedacht wird, die darunter gelitten haben.

Die Vergangenheit erinnert uns eindringlich daran, wo wir gewesen und wie weit wir gekommen sind. Unsere Familien sind die Wurzel dessen, was wir sind, geprägt von unseren Erfahrungen. Ihre Geschichten helfen uns, uns besser zu verstehen, sie führen uns durch das Leben und sind eine Landkarte für unsere Identität.

Wir tragen die Erinnerungen der vergangenen Generationen in uns, wie ein verborgenes Buch mit Geheimnissen, die nur wir entschlüsseln können. Die Lebensgeschichten unserer Vorfahren erzählen uns von Härte und Widerstandskraft, von Liebe und Verlust und all den Momenten dazwischen. Sie sind unser Vermächtnis, das uns Kraft und Mut gibt, wenn wir uns einer neuen Zukunft stellen.

Ein Familienstammbaum ist wie eine lebendige Landkarte, die uns mit denjenigen verbindet, die vor uns kamen. Es ist ein Andenken daran, dass unsere Historie uns immer begleiten wird und niemals vergessen werden darf. Wir verdanken denen, die vor uns gegangen sind, so viel, und wir sind dankbar für ihr Vermächtnis. Das Nachdenken über die Geschichte unserer Familie ist ein Akt der Selbstliebe und der Wertschätzung für das, was uns gegeben wurde. Durch Reflexion ehren wir sie und sind über die Zeit für immer mit ihnen verbunden.

Der Wert von Familie und Erinnerung kann nicht hoch genug eingeschätzt werden. Unsere Geschichte prägt uns heute und gibt uns die Kraft, trotz aller Widrigkeiten weiterzumachen. Die Vergangenheit leitet uns in die Zukunft und erinnert uns daran, dass wir alles überleben können, wenn wir miteinander verbunden bleiben.

Indem wir uns an ihre Kämpfe und Erfolge erinnern, können wir einen besseren Einblick in uns gewinnen. Wir können das Erbe unserer Familie nutzen und lernen, wie wir Hindernisse überwinden und Erfahrungen gebrauchen können, um widerstandsfähiger und mutiger zu werden. So eine bessere Zukunft für uns und die nachfolgenden Generationen erschaffen.

Die Macht unserer Geschichte ist tiefgreifend und erinnert uns daran, dass wir stärker sind, wenn wir mit denen verbunden sind, die vor uns gegangen sind.

Die Vergangenheit ist das, was uns zu dem macht, was wir heute sind, und sie sollte nie vergessen werden.

Sie hat uns geprägt und wird nachfolgende Generationen prägen. Es ist unsere Pflicht, uns an diejenigen zu erinnern, die vor uns gegangen sind, sie zu ehren und von ihnen zu lernen, damit wir ihr Erbe in dieser sich ständig verändernden Welt fortführen können. Der Blick auf unsere Historie hilft uns, auf neue Weise miteinander in Kontakt zu treten und dafür zu sorgen, dass diese Geschichten nie vergessen werden. Lasst uns die Lehren unserer Vorfahren nutzen, um die Welt zu einem besseren Ort für alle zu machen, die noch kommen werden.